ESTÉTICA DA EMERGÊNCIA

REINALDO LADDAGA

ESTÉTICA DA EMERGÊNCIA
A FORMAÇÃO DE OUTRA CULTURA DAS ARTES

Tradução:
MAGDA LOPES

martins fontes
selo martins

© 2012 Martins Editora Livraria Ltda., São Paulo, para a presente edição.
© 2006 Adriana Hidalgo editora.
Esta obra foi originalmente publicada em espanhol sob o título
Estética de la emergencia por Reinaldo Laddaga.

Publisher	Evandro Mendonça Martins Fontes
Coordenação editorial	Vanessa Faleck
Produção editorial	Cíntia de Paula
	Valéria Sorilha
Preparação	Cristina Benages Alcantara
Revisão	Flávia Merighi Valenciano
	Pamela Guimarães
	Silvia Carvalho de Almeida
Diagramação	Studio 3 Desenvolvimento Editorial

Dados Internacionais de Catalogação na Publicação (CIP)
(Câmara Brasileira do Livro, SP, Brasil)

Laddaga, Reinaldo
 Estética da emergência : a formação de outra cultura das artes /
Reinaldo Laddaga ; tradução Magda Lopes. – São Paulo : Martins
Fontes – selo Martins, 2012.

 Título original: Estética de la emergencia.
 Bibliografia.
 ISBN 978-85-8063-071-8

 1. Arte 2. Cultura 3. Estética 4. Expressão I. Título..

12-09383   CDD-701.17

Índices para catálogo sistemático:
1. Arte e estética   701.17

Todos os direitos desta edição reservados à
Martins Editora Livraria Ltda.
Av. Dr. Arnaldo, 2076
01255-000 São Paulo SP Brasil
Tel.: (11) 3116 0000
info@martinseditora.com.br
www.martinsmartinsfontes.com.br

SUMÁRIO

Introdução 9

Estética da Emergência 23

Redes e culturas das artes 27
Globalização 49
Parques, passeatas, festivais 75
Movimento e quietude das imagens 105
Formas da arte e formas do trabalho 137
Uma assembleia 165
Outras mitologias 197
Duas cenas de linguagem 233
Um regime prático 269

AGRADECIMENTOS

À Universidade da Pensilvânia, que me concedeu um subsídio que permitiu parte da pesquisa para a realização deste livro. A Néstor García Canclini, Fabián Lebenglik, Karl Erik Schollhammer, Carlos Alonso e Roger Chartier, que o leram e comentaram em sua totalidade ou em parte. A Liisa Roberts, Roberto Jacoby, Giovanni Cattabriga e Christoph Schafer, sem cuja colaboração este livro teria sido impossível. A Carlos Basualdo, por suas múltiplas sugestões e incitações. A Fabián Marcaccio, Inés Katzenstein, Guillermo Saavedra, Ernesto Grosman e Claudio Baroni, por mil conversas detalhadas. A Margaret Sundell, por todo o resto.

INTRODUÇÃO

O ponto de partida deste livro é a certeza de que no presente nos encontramos em uma fase de mudança de cultura nas artes comparável, em sua extensão e profundidade, à transição que ocorreu entre finais do século XVIII e meados do XIX. Comparável, portanto, à fase de emergência dessa configuração cultural (esse conjunto articulado de teorias explícitas e saberes tácitos, instituições e rituais, formas de objetividade e tipos de prática) da modernidade estética, que se organizava em torno das diversas figuras da obra como objeto paradigmático de práticas de artista que se materializavam nas formas do quadro ou do livro, que eram postas em circulação em espaços públicos do tipo clássico e se destinavam a um espectador ou um leitor retraído e silencioso, o qual a obra devia distanciar, ainda que apenas por um momento, do seu entorno normal, para confrontá-lo com a manifestação da exterioridade do espírito ou do inconsciente, da matéria ou do informe. Essa configuração se desenvolvia ao mesmo tempo (e nos mesmos lugares) que o faziam as formas de organização e associação dessa modernidade que Foucault chamava de "disciplinar": modernidade do capitalismo industrial e do Estado nacional. Assim, não foi por acaso que as duas coisas tenham entrado em crise ao mesmo tempo, cerca de três décadas atrás, quando o impulso das últimas vanguardas se extenuava, o aparecimento de novas formas de subjetivação e associação transbordava as estruturas organizativas do Estado social e o capitalismo de grande indústria entrava em um período de turbulência.

Tampouco foi por acaso que precisamente ao mesmo tempo se iniciava um novo ciclo global de protestos (na primeira metade da década passada), quando, em diversos focos do globo, começava a se esboçar outra configuração, que indicava renovar, após o *impasse* do pós-modernismo "realmente existente", a capacidade das artes de se proporem como um local de exploração das insuficiências e potencialidades da vida comum em um mundo histórico determinado. Na época, um número crescente de artistas, escritores ou músicos começava a desenhar e executar projetos que supunham a mobilização de estratégias complexas. Esses projetos implicavam: a implementação de formas de colaboração que permitiram associar durante tempos prolongados (alguns meses no mínimo, alguns anos em geral) a números grandes (algumas dezenas, algumas centenas) de indivíduos de diferentes proveniências, lugares, idades, classes, disciplinas; a invenção de mecanismos que permitissem articular processos de modificação de estados de coisas locais (a construção de um parque, o estabelecimento de um sistema de intercâmbio de bens e serviços, a ocupação de um edifício) e de produção de ficções, fabulações e imagens, de maneira que ambos os aspectos se reforçassem mutuamente; e o planejamento de dispositivos de publicação ou exibição que permitissem integrar os arquivos dessas colaborações de modo que pudessem se tornar visíveis para a coletividade que as originava e se constituir em materiais de uma interrogação sustentada, mas também circular nessa coletividade aberta que é a dos espectadores e leitores potenciais. Um número crescente de artistas e escritores parecia começar a se interessar menos em construir obras do que em participar da formação de *ecologias culturais*.

Este livro pretende propor alguns elementos para uma leitura dessa reorientação das artes. Dessa transição no curso da qual um número crescente de artistas reage ao evidente esgotamento do paradigma moderno (e à insuficiência desse tipo de resposta que identificávamos como pós-moderna) realizando uma metabolização seletiva de alguns de seus momentos: a demanda de autonomia, a crença no valor interrogativo de algumas configurações de imagens e de discursos, a vontade de articular essas configurações com a exploração "da substância e do significado da comunidade". Entretanto, com a exploração de "que coisa é a comunidade, que coisa ela foi, que coisa poderia ter sido, que coisa poderia ser; como se vincula a comunidade com os indivíduos e as relações; como os homens e as mulheres, ao serem comprometidos diretamente, veem neles ou além deles, mas com maior frequência contra eles, a forma da sociedade...",[1] como escreveu Raymond Williams. Essa exploração, para os artistas e escritores

---

1. WILLIAMS, Raymond. *The English Novel from Dickens to Lawrence*. Nova York: Oxford University Press, 1970, p. 12. Aqui, como em todos os lugares onde não se mencione explicitamente, a tradução é minha.

em cujo trabalho me deterei, implica abandonar a maior parte dos gestos, as formas, as operações herdadas dessa cultura das artes que se havia constituído a partir dos últimos anos do século XVIII, e se havia mantido, estendido, aprofundado em um movimento mais ou menos contínuo (mesmo quando estivesse tecido de rupturas) até esse outro momento, há um quarto de século, em que um observador tão agudo como Roland Barthes podia se referir (no último de seus seminários no Collège de France, em 1979) a certo "sentimento de que a *literatura*, como Força Ativa, Mito Vivo, está não em crise (fórmula demasiado fácil), mas talvez *em vias de morrer*",[2] quando os "sinais de obsolescência" se tornavam evidentes, quando se debilitava a figura da Obra "como monumento pessoal, objeto louco de investimento total, cosmos pessoal: *pedra* construída pelo escritor ao longo da história"[3] e se tornava evidente que o universo moderno das letras se encontrava em vias de dissipação.

E essa dissipação não era um fenômeno isolado: havia desenvolvimentos paralelos nas artes da imagem e do som, mas também em outras regiões do universo social. Porque esses eram os anos em que as instituições, as práticas e as ideias que haviam definido o universo das disciplinas, como dizia Foucault, ou do "governo por socialização", segundo a expressão de Nicholas Rose, perdiam gradualmente sua capacidade de estruturar as formas da vida comum. O processo de transbordamento desse universo e de lenta construção de outro (pela debilitação da soberania dos Estados nacionais,

---

2. BARTHES, Roland. *La preparación de la novela* (trad. Patricia Wilson). Buenos Aires: Siglo XXI, 2005, p. 351. Tradução ligeiramente modificada.
3. Ibid., p. 353.

pela multiplicação das formas de cidadania complexa, pela constituição de redes transnacionais de ativismo ou de protesto, pela consciência de crise ecológica, pela diversificação das conexões) é o que costumamos chamar de *globalização*.

Sabemos como falar sobre o tipo de práticas que ainda exemplificam, digamos, os trabalhos de Diamela Eltit ou J. M. Coetzee, de W. G. Sebald ou Juan José Saer, de Gerhard Richter, Dolores Salcedo ou James Coleman. Sabemos como ler os produtos que resultam dessas estratégias que consistem em compor livros, esculturas ou pinturas (entidades mais ou menos definidas, mais ou menos sustentadas sobre si) destinados a ser postos em circulação em bibliotecas, museus, galerias, e que reclamam a atenção de um indivíduo momentaneamente silencioso, ao qual se propõe que se distancie do seu entorno imediato na observação de uma aparição que se distancia. Adquirimos esse saber no curso de dois séculos de crítica artística e literária. Sabemos, inclusive, como ler as produções das vanguardas clássicas: as de Marcel Duchamp ou Macedonio Fernández, Kaszimir Malevich ou Antonin Artaud. Não sabemos, verdadeiramente, como falar de projetos como os que me interessa analisar: projetos irreconhecíveis a partir da perspectiva das disciplinas – nem produções de "arte visual" nem de "música", nem de "literatura" etc. – que, no entanto, se encontram inequivocamente em sua descendência; produções das quais é difícil decidir a que tradição nacional ou continental pertencem – se se trata de arte "argentina", "americana", "francesa" etc. – e onde, todavia, se interroga a relação entre a produção de representações e imagens e as formas da cidadania, só que agora em mais de uma língua, em mais de uma tradição, em mais de um lugar.

Mas de que tipo de projeto estou falando? Em 2000, uma artista norte-americana e finlandesa, Liisa Roberts, iniciava um projeto vinculado à restauração de uma biblioteca projetada por Alvar Aalto e construída em meados da década de 1930 na cidade de Vyborg, oeste da Rússia. Esse edifício havia sido concebido em função de sua inserção em um entorno definido, mas, como Vyborg havia pertencido à Finlândia até 1939 (seu nome era Viipuri) e à União Soviética a partir de então, a biblioteca acabou vivendo em uma zona de flutuação incerta. Roberts resolveu iniciar um processo que se desenvolveria em paralelo à restauração do edifício e que era uma restauração à sua maneira: uma oficina de escrita com um grupo de seis adolescentes, destinada inicialmente a produzir um filme que seria exibido no auditório dessa biblioteca, e cujo objeto era explorar o estado dos saberes e dos desejos associados com Viipuri/Vyborg. Mas os resultados da oficina começaram a se expandir de outras maneiras: mediante a progressiva realização de fragmentos audiovisuais que seriam transmitidos na televisão local por meio da produção de cartazes que apareceriam aqui e ali, nesse ou naquele lugar da cidade; mediante a proposta de modificações específicas do edifício; e mediante uma excursão pela cidade, guiada pelas adolescentes com suas próprias identidades ou de personagens inventados, para a qual um grupo de moradores do lugar no presente russo se reuniria a antigos habitantes do passado finlandês que haviam sido deslocados, artistas, jornalistas, arquitetos que, durante algumas horas, seriam o centro de uma exibição que teria lugar em ônibus, estações ou casas, além da própria biblioteca. Esses processos resultariam em um acúmulo de palavras e de imagens que constituiria o material de um filme que agora o incorpora, junto com alguns modelos que os participantes da oficina desenhariam com um urbanista finlandês que haviam encontrado na excursão e que estão destinados a se exibir na Finlândia, onde também...

Até meados da década passada, no bairro de St. Pauli, em Hamburgo, uma aliança entre artistas, arquitetos e moradores se opunha a um projeto do governo de a cidade conceder determinado terreno público a empreiteiros privados. Contra esse projeto, o grupo (que se denominava *Park Fiction*) iniciava uma série de ações de protesto em torno da solicitação de que, em vez disso, se construísse um parque que a aliança teria colaborativamente projetado em processos complexos de conversas facilitados por eventos de música e de arte. Os arquivos dessa colaboração seriam expostos em Viena, na Itália, na *Documenta* 11, em Kassell, em breves arquiteturas concebidas segundo os desenhos da vanguarda russa à qual, à distância, respondiam.

Uma "produção colaborativa de desejos": assim *Park Fiction* definia o objetivo do projeto. A expressão poderia ter sido usada por Roberto Jacoby, que, no final dos anos 1990, concebia, junto a um grupo de pessoas vinculadas ao cenário de arte na Argentina, um sistema de intercâmbio chamado *Venus* e que articulava uma moeda destinada a circular em um grupo (de setenta integrantes no começo, hoje uns quinhentos), na qual poderia ser empregada para intercambiar bens ou serviços – banais ou suntuosos – que seriam anunciados em um site. O sistema serviria progressivamente como incitação a uma interrogação prática sobre a monetarização em geral e como artefato de revelação de saberes que se encontram na comunidade determinada em que circula. Essas interrogações e manifestações seriam expostas também em uma série de congressos, discussões, festivais que articulariam a vida desse grupo, que se tornaria gradualmente uma *vida observada*. Observada pelos participantes do sistema, mas também por uma multiplicidade crescente de visitantes anônimos, que assistiriam ao desenvolvimento diário de ofertas e apresentações em seu site, em que os intercâmbios seriam cada vez mais complexos ou criativos, como se certos desejos antes não formulados houvessem encontrado uma linguagem adequada à sua simplicidade ou à sua extravagância.

A partir do final da década passada, um grupo de escritores italianos que se denominava *Wu Ming* propunha-se a construir, mediante as diversas formas de narrativa, uma mitologia para o movimento de protesto global. Para isso, escreviam uma grande quantidade de romances, como também punham em circulação boletins e ensaios, por meio dos quais queriam ativar processos de escrita colaborativa que incluíssem os que eram inicialmente os leitores. A partir de 2002, o grupo começou a ocupar-se com frequência cada vez maior da realização do que chamava "relatos em fonte aberta": composições coletivas de textos – em italiano, ou em espanhol quando essa colaboração se estendesse a um grupo que se formaria na Espanha com o nome de *El tronco de Senegal* para se ocupar do desastre do *Prestige* – mediante a circulação de versões, revisões, discussões, que serviriam ao mesmo tempo para tecer a trama do relato e para identificar as partes da comunidade que o constrói.

As operações desse grupo geram uma forma de circulação que é, de certo modo, a de uma assembleia muito estendida no tempo e no espaço. Um pouco como é o desenvolvimento de uma assembleia que presenciamos em um filme chamado *A comuna (Paris 1871)*, realizado em 1999 sob a direção de Peter Watkins, cineasta inglês que, para fazê-lo, reuniu em um bairro de Paris uma coletividade de duas centenas de pessoas destinada à reconstrução da comuna parisiense de 1871. Essas duzentas pessoas trabalhavam na preparação de seus personagens em uma escola com grupos de historiadores, e também na discussão da estrutura da comunidade (da comuna) que se formava no decorrer dessa preparação. E isto é o que o filme nos mostra: a discussão de uma coletividade que se organiza à luz do exame de outra coletividade passada e que medita sobre os problemas de uma "arte da organização", cujos contornos emergem lentamente. (E seguem emergindo através da continuação do filme, que adquiriria a forma de uma associação chamada *Rebond pour La Commune*, que prosseguiria o seu trabalho em outra direção: propondo a exploração da questão em outros âmbitos e tomando o filme como ponto de partida de uma discussão do presente tal como pode ser formulado mediante os atos de palavra de uma coletividade dispersa, móvel e variável.)

Estou pensando em projetos como esses. A eles dedicarei espaço no livro. Todos supõem a articulação de imagens e palavras, mas também dessas imagens e dessas palavras com conversas que são facilitadas por desenhos institucionais que artistas e escritores concebem como momentos tão próprios de sua prática como a geração de objetos de arte. Todos implicam colaborações de artistas e não artistas, cuja comunicação o desenho dos projetos se propõe assegurar. Todos diferem de vários modos de práticas às vezes semelhantes de educação pela arte. Estas costumam ser "individualizantes", em vez de "coletivizantes", mas inclusive quando se dirigem a uma coletividade costumam entendê-la como se ela já se encontrasse constituída e se tratasse simplesmente de conduzi-la à expressão. Os projetos que me interessam, por outro lado, são *construtivistas*; propõem-se à geração de "modos de vida social artificial", o que não significa que não se realizem através da interação de pessoas reais: significa que seus pontos de partida são arranjos aparentemente – e da perspectiva dos saberes comuns na situação em que aparecem – *improváveis*. E que dão lugar ao desenvolvimento de comunidades *experimentais,* enquanto têm como ponto de partida ações voluntárias, que vêm reorganizar os dados da situação em que acontecem de maneiras imprevisíveis, e também mediante seu desenvolvimento se pretende averiguar coisas mais gerais com respeito às condições da vida social no presente.

Não que sejam, está claro, os únicos. Eu poderia, por exemplo, ter me detido nas operações da *AVL-Ville*, um grupo holandês que se propõe como uma comunidade entrecerrada, com algumas dezenas de integrantes que vivem no local, destinado à produção de objetos ao mesmo tempo funcionais e polêmicos: vastas camas que favorecem ou admitem a poligamia, esculturas feitas para a produção em massa e que recobram momentos da concepção socialista, ou uma unidade ginecológica montada em um *contêiner*. Poderia ter me detido na associação temporária do grupo de artistas *Negativland* com alguns acadêmicos brasileiros e o coletivo de ativistas *Creative Commons* para o desenvolvimento de uma licença que – à maneira da licença de *copyleft*, que tornou possível o desenvolvimento do vasto projeto da programação em fonte aberta – permita que músicos coloquem fragmentos de música[4] abertos à sua modificação em espaço público. Poderia ter traçado o percurso do grupo norte-americano *Cult of the Dead Cow*, que se iniciava, há quase duas décadas, como um projeto de escrita colaborativa e que, nos últimos anos, desenvolvia um mecanismo para facilitar o contato pela internet daqueles ativistas que se encontravam em países com censura utilizando uma rede de comunicações *peer-to-peer*. Poderia ter falado do coletivo italiano *Multiplicity*, que nos últimos anos desenvolveu um projeto de mapeamento dos deslocamentos migratórios no mar Mediterrâneo (*Solid Sea*). Poderia também ter me concentrado no projeto que, em Mumbai, na Índia, o grupo *Sarai* leva adiante, ou nos projetos de Jeanne van Heeswijk, que propõem uma articulação do espaço digital e a formação de ocupações do espaço na trama urbana complexa em que operam. E, se o houvesse feito, poderia também ter descrito a formação de algumas listas de artistas, como rhizome.org ou *Nettime*, o projeto de *webbrowsers*, como *The web stalker*.

Poderia ter me detido em *The Land*, um desenvolvimento de Rirkrit Tiravanija na Tailândia; no *Musée Precaire Albinet*, que Thomas Hirschhorn instalou no bairro parisiense de Aubervilliers; nos projetos do grupo de músicos e ativistas chamado Ultra-red, no bairro de Pico Aliso, em Los Angeles; em alguns aspectos do projeto em torno da revista

---

4. A licença em questão foi publicada com o nome de *Re:combo* (que é o nome de um coletivo de Recife em cujo trabalho também poderíamos ter nos detido).

McSweeney's. Poderia ter dedicado o livro inteiro a analisar a propensão na cultura artística argentina destes anos para ensaiar formas de produção em conjunto em espaços determinados, ainda que incertos.

Poderia ter ensaiado um catálogo exaustivo de projetos colaborativos, o que teria a virtude de fazer avançar o processo de acumulação coletiva de saber, de enumeração e de catálogo, que deve preceder ao traçado dos mapas. Poderia ter tentado reconstruir em seus detalhes as continuidades e diferenças através das quais se produz a paisagem das artes do presente. Cada uma dessas possibilidades teria tido diferentes vantagens e desvantagens. Escolhi uma espécie de terreno intermediário: construir a figura – o *tipo ideal*, nos termos de Max Weber – de uma forma de produção que me parece expandir-se crescentemente e que, todavia, permanece sem teorizar. Preferi me deter em certos casos nos quais "as diferentes e dispersas semelhanças de família que compõem a pessoa parecem se juntar",[5] e realizar do conjunto justaposto que compõem algo como uma *leitura distante*.

Essa expressão é de Franco Moretti, que acredita que, junto à "leitura detalhada" que é a prática adequada a cânones pequenos, é preciso, caso se queira aprender o movimento de dinâmicas mais amplas, reconhecer a possibilidade de uma "leitura distante" que autorize a "concentrar-se em unidades que são muito menores ou maiores que o texto: giros, temas, tropos, gêneros, sistemas",[6] mesmo quando o preço

---

5. KRAMER, Lawrence. *Opera and modern culture: Wagner and Strauss*. Berkeley: University of California Press, 2004, p. 3.
6. MORETTI, Franco. "Conjectures on World Literature", *New Left Review* 1 (janeiro/fevereiro 2000), p. 57.

dessa mudança seja uma cegueira relativa com relação àquilo que havia sido fundamental na prática tradicional, ou seja, a coerência dos textos individuais, sua localização na obra de autores, a consistência das tradições nacionais (e mesmo quando esse procedimento exija um uso particularmente extensivo do trabalho de outros, uma mobilização particularmente grande de bibliografias secundárias). Essas "leituras distantes" não poderiam ser senão "experimentais", no sentido de que nelas "se define uma unidade de análise... e depois se seguem suas metamorfoses em uma variedade de entornos",[7] de modo que se torne visível a trajetória de um "sistema de variações" (mesmo quando esse sistema não seja nem uno, nem uniforme), e que seja possível a proposição de uma "morfologia comparativa".[8]

Uma morfologia comparativa de projetos de artistas e escritores que iniciam, desenvolvem ou articulam certo tipo de produções colaborativas: foi isso que eu quis fazer neste livro. Uma morfologia que permita também vincular o que acontece nesses âmbitos das letras e das artes com o que acontece em outros âmbitos. Na ciência, por exemplo – particularmente nas ciências do que é vivo –, onde se desenvolvem novos tipos de colaborações, entre engenheiros, programadores e biólogos, que dão lugar à emergência de uma "ciência prática", onde o saber se produz mediante procedimentos de fabricação e a diferença entre investigação e aplicação tende a se esfumar. Na produção econômica, em que se experimenta com formas – exemplificadas, sobretudo, pelo movimento de programação em fonte aberta – e se trata de orga-

---
7. Ibid., p. 62.
8. Ibid., p. 64.

nizar vastas equipes de profissionais e não profissionais que se ocupem da elaboração de objetos ou discursos de maneira descentralizada e sem necessidade de recorrer às formas do mercado ou da empresa. Na prática política, onde se inventa uma multiplicidade de práticas que articulam o local com a formação de redes locais.

Em todas essas dimensões, regiões, áreas da vida social são feitos ensaios de modos *pós-disciplinares* de operar. Que formas são próprias de uma cultura não disciplinar das artes? Este livro pretende oferecer alguns materiais para responder a essa pergunta; é difícil dizer em que grau de metabolização esses materiais se encontram aqui. Este é um registro parcial de uma investigação em curso, cuja temporalidade própria (e cuja vastidão, por outro lado) implica que não tenha um final definitivo. O texto que se segue sugere alguns pontos de partida. Agora, não cabe a mim prolongá-los, mas ao leitor que queira fazê-lo.

Estética da Emergência

Para M.

REDES E CULTURAS DAS ARTES

1

Nosso ponto de partida é o seguinte: o presente das artes está definido pela inquietante proliferação de certo tipo de projeto,[1] que se deve às iniciativas de escritores e artistas que, em nome da vontade de articular a produção de imagens, textos ou sons e a exploração das formas da vida em comum, renunciam à produção de obras de arte ou ao tipo de repúdio que se materializava nas realizações mais comuns das últimas vanguardas, para iniciar ou intensificar proces-

---

1. Não sou o único que detectou tal dinâmica: projetos como os que me interessam receberam, nos últimos anos, uma crescente atenção crítica. No que concerne ao espaço da arte, uma lista mínima das publicações deveria incluir as seguintes: BOURRIAUD, Nicolas. *Esthétique rélationelle*, Paris: Les Presses du Réel, 1997 [trad. cast.: *Estética relacional*. Buenos Aires: Adriana Hidalgo, 2008 (2ª ed.)]; BISHOP, Claire. "Antagonism and Relational Aesthetics", *October* 110, outono de 2004, p. 51-79; ARDENNE, Paul. *Un art contextuel*, Paris: Fayard, 2002; KESTER, Grant, *Conversation Pieces*, Los Angeles, CA: University of California Press, 2004; DE DUVE, Thierry. *Look*, Bruxelas: Palais de Beaux Arts, 2001; LUTTICKEN, Sven. "Secrecy and Publicity, Reactivating the Avant-Garde", *New Left Review* 17 (setembro-outubro 2002). Quanto às letras, ver a bibliografia citada mais adiante, nos Capítulos 7 e 8.

sos abertos de conversação (de improvisação) que envolvam não artistas, durante longos períodos de tempo, em espaços definidos, onde a produção estética se associe ao desenvolvimento de organizações destinadas a modificar estados de coisas em tal ou qual espaço, e que apontem para a constituição de "formas artificiais de vida social", modos experimentais de coexistência.

Essa proliferação se acelerava a partir do início da década passada, mas a orientação, a tendência, o movimento em profundidade do qual ela é um índice não é indiferente a alguns processos de longa duração, positivos e negativos: a perda lenta de energia, a multiplicação de "sinais de obsolescência" de certa tradição moderna, a "queda de intensidade da fé na cultura literária e artística",[2] que define o domínio das artes nas três últimas décadas. Essa queda de intensidade na fé na cultura das artes que se formava durante a primeira metade do século XIX, cujos contornos se encontravam já definidos no momento romântico, acabava de cristalizar em torno de 1850, quando se constituía a figura da vanguarda.

Mas o que é uma cultura? Não é, simplesmente, um conjunto de ideias. É um conjunto de ideias, sim, mais ou menos articuladas, um *patchwork* mais ou menos bem tecido, mas também um repertório de ações com que se encontra o participante de uma cena na hora de atuar, repertório que se vincula a um conjunto de formas materiais e de instituições que facilitam a exibição e a circulação de certa classe de produtos e que favorece certo tipo de encontro com os sujeitos a que estão destinadas. Uma cultura, nesse sentido, é um

---

2. LAHIRE, Bernard. *La culture des individus*. Paris: La Découverte, 2004, p. 559.

pouco o que o filósofo francês Jacques Rancière chama de um "regime das artes". O que é um regime das artes para Rancière? "Um tipo específico de vínculo entre modos de produção de obras ou práticas, formas de visibilidade dessas práticas e modos de conceituação de umas e outras".[3] Não só isso: um regime é um vínculo entre modos de produção, formas de visibilidade e modos de conceituação que se articula com as formas de atividade, organização e saber que têm lugar em um universo histórico determinado: "as práticas artísticas são 'maneiras de fazer' que intervêm na distribuição geral das maneiras de fazer e em suas relações com as maneiras de ser e as formas de visibilidade".[4] Um regime é um pouco o que Michel Foucault chamava de "episteme" ou o que Thomas Kuhn chamava de "paradigma": um marco geral que é o fundo sobre o qual as operações particulares adquirem perfil e significado.[5] Em qualquer momento da história, em qualquer lugar, uma ação destinada à composição de imagens, palavras ou sons, desenvolvida com o objetivo de afetar um indivíduo sozinho ou entre outros e forçar o seu fascínio

---

3. RANCIÈRE, Jacques. *Le partage du sensible. Esthétique et politique*. Paris: La Fabrique-éditions, 2000, p. 27.

4. Ibid., p. 14.

5. É claro que esses termos talvez tenham o inconveniente de conotar uma totalidade centralmente organizada e perfeitamente distinguida, o que não é o caso, manifestamente, quando falamos de uma "cultura". Os componentes de uma constelação cultural "fazem um pouco sistema", mas o fazem à maneira de uma série de elementos, traços, componentes que pertencem a diferentes genealogias, e que se modificam e reorientam mutuamente no momento em que entram em contato. Nesse sentido, vale a pena, talvez, reter um termo proposto por Marcel Detienne, "orientação". Detienne propõe o termo para diferenciá-lo de toda abordagem que aponte para a reconstrução de "estruturas profundas". Uma "orientação" é, ao contrário, uma configuração na qual se descobre uma tendência: uma "placa localizada de encadeamento quase causal", uma "placa de coerência", uma "placa de encadeamento decidido por uma eleição inicial" (cf. DETIENNE, Marcel. *Comparer l'incomparable*. Paris: Seuil, 2000, p. 41-60).

ou o seu espanto (suponhamos que esse seja o mínimo denominador comum de tudo aquilo que chamamos de "arte"), é realizada no interior de uma cultura: não há produção artística que possa ser realizada sem que os agentes da operação tenham uma ideia de que tipo de pressuposições porão em jogo aqueles indivíduos ou aqueles grupos aos quais está destinada; nem esses indivíduos a receberão sem antecipar que tipo de coisa podem esperar que lhes aconteça ali onde se encontram, confrontados, precisamente, com tais textos e imagens. Não é que uma cultura se constitua por si mesma, magicamente, prescindindo das condições do momento e do lugar em que aparece. Tampouco que de uma cultura se passe a outra de imediato, nem que umas gerem outras como se evoluíssem em âmbitos vazios. Há mil redes que devem se desenvolver para que a menor estabilização de um nexo determinado e mais ou menos coerente de ideias, habilidades, rituais, expectativas e instituições se produza. Redes de inovação tecnológica, por exemplo: a condição para que se pudesse formar aquela literatura moderna, cujas formas maduras se generalizariam no final do século XVIII e tenderiam a se converter em dominantes a partir da segunda metade do século XIX, era a organização de uma vasta circulação de textos impressos, como a que se produzia no oeste da Europa, durante o longo século XVII (e não haveria uma cultura das artes plásticas modernas sem a definição de tipos de ação e de identificação que teriam lugar inicialmente no âmbito literário).[6] Mas essa própria circulação não teria alcançado o

---

6. Para o processo, paralelo ao desenvolvimento de uma cultura do livro, de "instauração do quadro" como forma típica no âmbito das artes da imagem, cf. STOICHITA, Victor I. *L'instauration du tableau*. Genebra: Droz, 1999.

ponto crítico que alcançou, justamente durante o século XVIII, sem a extensão da educação que era ao mesmo tempo condição e consequência da vasta desformalização daquelas sociedades tradicionais que dividiam seus membros em camadas sociais cujos limites eram estabelecidos de uma vez para sempre, que organizavam o acesso aos saberes e às representações em torno desses limites, sobre cuja lenta desintegração seriam estabelecidas as sociedades nacionais. Daí o fato de uma cultura moderna da arte não ser concebível senão com a condição de que se expandisse uma concepção prática do social como a soma das individualidades independentes, que se materializaria nas diversas instituições através das quais um espaço público burguês se organizava,[7] e onde se mobilizava uma competência discursiva que pouco tempo antes havia começado a se dispersar além do território das classes altas, permitindo a formação de uma Alta Cultura que podia ser proposta, ao mesmo tempo, como formalmente igualitária.

Próximo ao final do século XVIII, em uma área pequena da Europa (em cadeias de intercâmbios de técnicas e discursos que tinham lugar, sobretudo, entre a Inglaterra, a França e a Alemanha), se iniciavam práticas e modos de identificação dessas práticas que cresceriam e se expandiriam gradualmente – e que alcançariam uma espécie de forma definitiva perto de meados do século na França, em torno dos trabalhos e operações de Flaubert, de Baudelaire, de Manet, em

---

7. Essa história é, certamente, complexa: em seu livro clássico sobre a questão, Jürgen Habermas traçava esse espaço – a formação de uma esfera pública – inicialmente no espaço inglês. Joan de Jean matizou essa posição e chamou a atenção para fenômenos importantes, nesse sentido, na França de finais do século XVII (cf. DE JEAN, Joan. *Ancient against Moderns: Culture Wars and the Making of a Fin de Siècle*. Chicago: Chicago University Press, 1997).

que se estabilizavam os contornos da figura de uma arte de vanguarda. Mas, para que essas dinâmicas parciais se agregassem de certa maneira e se orientassem em certa direção, era preciso que se formulassem algumas ideias gerais em entornos onde pudessem se articular e cristalizar. Ideias que servissem para ordenar e generalizar dados que se encontrassem em uma situação determinada e que tivessem a capacidade de reorganizá-la: de induzir uma precipitação mais ou menos rápida de elementos em um entorno. Uma cultura da arte se forma quando uma série de ideias cristaliza e ilumina um campo de instituições e de práticas. Na opinião de Rancière, tais ideias (ideias que se organizam em narrações e imagens) se encontram nas *Cartas sobre a educação estética da humanidade*, de Friedrich Schiller. Ali uma experiência é narrada: na ficção das cartas, alguém observa uma estátua de Juno. O escritor se aproxima da estátua e vê nela uma entidade que reside em si mesma, autocontida, ao mesmo tempo inerte e latente, sede de uma potência indiferente ao seu entorno imediato, em um ócio que é uma força contida. A estátua não mostra nenhum sinal de vontade ou de trabalho: nenhum sinal da arte que a fez (se é que "arte" designa o saber técnico que consiste em dar uma forma a alguns materiais). E, em virtude da captura do seu olhar, o observador sente que sua própria observação se distancia, de maneira que a experiência se autonomiza na própria medida em que ele se entrega à observação de um jogo de sinais que se encontra, de algum modo, fora do seu alcance (por isso, na experiência se cancelam as alternativas do consciente e do inconsciente, a atividade e a passividade). É que a indiferença da estátua é indiferença, também, com respeito aos seus pensamentos e às suas imagens, que ela desencadeia, mas pelos quais não se deixa determinar. E não só isso: na perspectiva de Schiller, na estátua se expressa uma forma de vida. Uma forma de vida autônoma, em que a arte é o prolongamento de um puro estar no mundo: a estátua vale enquanto se apresenta como o prolongamento de uma vida integrada.

No fragmento isolado de uma estátua (essa é a ficção que Schiller constrói) se expõe uma poeticidade presente em um mundo histórico e em um meio (o da linguagem, o da cor, o do som) que ela expressa na forma de uma tensão: que existe no mundo algo assim, uma coisa desse tipo, que tal coisa pode ser a ocasião de certo tipo de experiência, que uma experiência como essa ocasiona a abertura de outras regiões da sensorialidade ou da inteligência, que essa abertura é a condição para uma vida mais profunda ou mais intensa etc.: essas são pressuposições centrais da cultura das artes que, no momento em que as *Cartas* são escritas, começa. É essa trama que – segundo Rancière – repetidamente se voltará a pôr em ação, nos romances de Woolf ou Flaubert, nos programas de modernismos ou vanguardas. Por quê? De que modo? Quais são os primeiros passos do processo? Ele não esclarece. Nós tampouco o esclareceremos aqui. Mas não é difícil imaginar sua forma geral: essa descrição parece verossímil para alguns ali onde se formula. Não só verossímil: excitante. Porque, como sugeria Ernest Gellner há alguns anos, uma ideia terá força de expansão na medida em que consiga se apresentar como uma promessa e, ao mesmo tempo, uma ameaça. "Acima da necessidade, e acima da mera plausibilidade de fundo (a mínima elegibilidade conceitual), deve haver algo que faça clique, algo que lance luz em uma experiência comum, insistente e perturbadora, algo que finalmente lhe dê uma moradia local e um nome, que converta uma sensação de mal-estar em uma intuição: algo que reconheça e situe uma experiência ou compreensão, e que outros sistemas de crenças parecem ter ignorado." Que faça isso, e que também possa ser apreendido como o local da apresentação de um risco: porque além de se vincular com as convicções da época em que aparece e se propor como a explicitação de algo mais ou menos sabido, "a crença deve engendrar uma tensão", deve ter nela "um elemento de ameaça ou risco".[8]

E é isso que a ideia das *Cartas* – e as que rapidamente se esboçariam nos diversos romanticismos, alemão, inglês, francês, sob a forma de poéticas do fragmento ou elogios da "capacidade negativa" – introduz em um meio onde há instituições (museus, círculos de leitura, salões), formas (a pintura a óleo, o romance) e tipos de organização profissional (artistas e escritores que produzem textos ou imagens destinados a circular em um mercado): uma iluminação e uma tensão. Faz isso primeiro em entornos locais, onde há indivíduos capazes de dividir e conectar atores e processos cruciais, onde oferece a esses grupos de indivíduos a possibilidade de separarem e reunirem algumas de suas experiências, mas também de se identificarem enquanto partes específicas de uma comunidade mais ampla. Que facilita a ativação de certa interação criativa, que oferece contextos em que os participantes podem estabelecer "acordos gerais sobre procedimentos e resultados", em que alguns podem se colocar na posição de "árbitros que estabelecem limites às atuações,

---

8. GELLNER, Ernst. *The Psychoanalytic Movement. The Cunning of Unreason*. Malden, MA: Blackwell, 2003 (2ª ed.), p. 34-35.

à habilidade individual, ao conhecimento", em que podem se propor formas de preparação disciplinada e se acumular as experiências em histórias. É assim que, na opinião de Charles Tilly, se produz a formação de identidades. É também de Tilly a ideia de que uma identidade se estabiliza onde se consolida uma "ecologia cultural",[9] em cujo seio transações recorrentes entre unidades "produzem interdependências entre locais extensivamente conectados, depositam material culturalmente vinculado nesses locais, transformam os entendimentos compartilhados no decorrer do processo e voltam a vastos recursos de cultura disponíveis em cada local particular por meio de suas conexões com outros locais", por meio de uma organização espontânea que supõe "a formação e a ativação de conexões coordenadas entre pequenos grupos de indivíduos que iniciam avanços ou demandas em suas escalas locais, mas que de alguma maneira os articulam com identidades de grande escala e lutas coletivas".[10]

Isso é um pouco o que acontece a partir da expansão, entre o fim do século XVIII e o início do XIX, de uma série de ideias na Europa que, associadas com certos indivíduos e retomadas em conversações, dão lugar à formação de uma "ecologia cultural", em cujo centro se encontra a crença de que a "arte" deve ser praticada na forma da produção de objetos ou de eventos que se separem e interrompam o curso habi-

---

9. Lembre-se de que eu usava essa expressão para me referir ao que se propõem a realizar as estratégias que se mobilizam nos projetos nos quais nos deteremos. A repetição é intencional: a forma de organização, coordenação, coexistência que se verifica nesses projetos mediante a perseguição de uma quantidade limitada (embora aberta) de ações pode ser comparada com a forma da coordenação ou da organização incomparavelmente mais vasta que é, por exemplo, a de uma *cultura das artes*.

10. TILLY, Charles. *Stories, Identities and Political Change*. Nova York e Oxford: Rowman & Littlefield, 2002, p. 49.

tual das ações em um mundo. A vasta trama que, em nome da arte, tomaria forma a partir do final do século XVIII em discursos e em atitudes, em predisposições particulares e também em instituições, desenvolveria repetidamente uma crença: a crença de que "existe uma experiência sensorial específica – a estética – de que reside a promessa de um novo mundo da Arte e uma nova vida para os indivíduos e as comunidades".[11] E essa experiência específica não é uma experiência qualquer: trata-se da experiência de um fragmento de matéria sensível que, "separado de suas conexões habituais, é habitado por uma potência heterogênea, a potência de um pensamento que se tornou estranho a si mesmo: produto idêntico ao não produto, saber transformado em não saber, intenção do não intencional etc." Na verdade, "essa ideia de um sensível que se tornou estranho a si mesmo, sede de um pensamento que se tornou estranho a si mesmo, é o núcleo invariável das identificações da arte que configuram originalmente o pensamento estético".[12] Essas identificações encontram formulações prestigiosas em Schiller, mas também na "ideia proustiana do livro inteiramente calculado e absolutamente distanciado da vontade", na "ideia mallarmeana do poema do espectador-poeta, escrito 'sem aparato de escriba' pelos passos da bailarina iletrada", ou a "prática surrealista da obra que expressa o inconsciente do artista com as ilustrações fora de moda dos catálogos de folhetins do século anterior".[13] E não é difícil agregar a essa lista outros:

---

11. RANCIÈRE, Jacques. "The Aesthetic Revolution and its Outcomes". *New Left Review* 14 (março/abril de 2002), p. 133.
12. RANCIÈRE, Jacques. *L'inconscient esthétique*. Paris: Gallimard, 2000, p. 32.
13. Ibid., p. 33.

a ideia beckettiana de uma peça finalmente abandonada pela ideia de que haveria algo a expressar, a aspiração de Clarice Lispector a um texto no qual se alcance a expressão da vida que "se é", ou a ideia heideggeriana da obra de arte como local em que se verifica um desocultamento da verdade na diferença de uma terra e um mundo.

Na primeira metade do século XIX, inicialmente em uma série de localidades mais ou menos conectadas da Europa e da América, tende a se estabilizar uma cultura das artes. Essa cultura se organiza e se estende em torno de uma proposição: a proposição de que há uma forma de prática cujo momento central é o isolamento, a colocação a distância de um fragmento de matéria ou de linguagem que, em virtude da interrupção de seus vínculos imediatos com o espaço em que vem a aparecer, se expõe como o portador de outras potências, como o veículo do sentido de um todo ou o intérprete universal, como um local de combinações e metamorfoses através das quais se desenha certa ordem do mundo, como um lugar de exposição onde se leva a "uma potência superior uma poeticidade já presente na vida da linguagem, no espírito de uma comunidade e inclusive nos vincos e nas estrias da matéria mineral".[14] Quando essa cultura se estabilizar será organizado um repertório de ações disponíveis para os que participarem dela: formas estereotipadas de que os atores no entorno em que se encontram dispõem na hora de realizar suas ações. Repertórios de estratégias que implicam uma apreensão da própria posição na paisagem de pessoas e coisas em que se encontram: para o artista moderno

---

14. RANCIÈRE, Jacques. *La fábula cinematográfica* (trad. Carles Roche). Barcelona: Paidós, 2005, p. 185.

(que se vinculará com um público anônimo mediante publicações ou exposições cujos detalhes raramente controlará) se tornarão irrelevantes aqueles gestos que devia mobilizar, digamos, o escritor que compunha uma mascarada ou um auto sacramental em cujo centro estava a exposição do poder real ou da autoridade da escrita para uma coletividade disposta a reconhecê-los, ou ainda o autor de teatro que podia assumir que seus destinatários esperavam que lhes fossem mostrados personagens falantes através dos quais se expusessem ações em cujo centro se encontrava uma mudança de sorte ou de estado de conhecimento dos quais pudesse ser derivado um ensinamento moral. Esse mundo do patronato, digamos, é onde o teatro e a poesia constituíam a grande arte verbal, onde a música sacra era dominante, onde a pintura religiosa ou os retratos mais ou menos alegorizados eram as formas principais da imagem. Universo onde as formas legítimas se encontravam mais ou menos codificadas, de maneira que o artista podia controlar sua produção – orientá-la para o momento de ser recebida – por meio de uma série de operações simples, que se apoiavam sobre um saber estabilizado.

2

É que o artista em condições de modernidade desenvolveria suas ações em um meio em que podia supor que os atores compartilhavam um acordo geral sobre os objetivos da prática na qual um e outros, por diferentes motivos, participavam, mas não sobre as maneiras precisas de alcançá-los.

De que maneira se deve operar no universo da arte? A resposta é incerta. O regime estético "identifica a arte com o singular e desvincula essa arte de toda regra específica, de toda hierarquia dos sujeitos, dos gêneros e das artes"; por isso o particularmente problemático desse regime é que ele "afirma a absoluta singularidade da arte e ao mesmo tempo destrói todo critério pragmático dessa singularidade".[15] Daí a dificuldade da operação da arte moderna: o artista supõe que o espectador sabe que somente em virtude da singularidade aquilo que compõe pode aspirar a mostrar uma importância geral. Porque a arte é importante. Talvez nenhum pressuposto seja tão central à cultura moderna das artes como a crença em uma importância própria da prática artística. E essa importância está vinculada à crença de que ali ocorre a exposição de certa verdade geral dos indivíduos ou das comunidades, tal como pode se manifestar em uma forma singular. É na medida em que se singulariza com respeito ao mundo em que se origina que a obra de arte se torna capaz de indicar o autenticamente comum no fundo do comum. Como enuncia Rancière: o regime estético das artes "faz da arte *uma forma autônoma de vida* e postula assim ao mesmo tempo a autonomia da arte e sua identificação como um momento em um processo de autoformação da vida".[16]

Os artistas se encontrarão repetidamente com a necessidade de resolver este problema: como propor à observação geral um fragmento de sensível no qual se mostre uma "ordem sem propósito", graças à qual apareça esse traço crucial da obra de arte que é o fato de "se distinguir em virtude da

---

15. RANCIÈRE, Jacques. *L'inconscient esthétique*. Paris: Gallimard, 2000, p. 33.
16. Ibid., p. 37.

escassa probabilidade de sua emergência".[17] A expressão é de Niklas Luhmann, cujos textos formalizam de maneira particularmente bem-sucedida, somente o que seria próprio da arte em geral, dos artigos centrais da crença nessa cultura das artes: a crença segundo a qual uma obra de arte é bem-sucedida na medida em que possa se apresentar como "um sucesso ostentosamente improvável"[18], uma aparição que nenhum estado de coisas no mundo teria permitido antecipar, de modo que um momento essencial do seu desenvolvimento é o de certo "bloqueio da heterorreferência".[19] Por isso, "o nexo de distinções que se articulam umas com as outras" em uma obra de arte *"não pode ser generalizado"*.[20] Por isso, um observador fiel deve abordar uma obra como se ela constituísse "as condições de possibilidade de suas próprias decisões", como se observasse a si mesma e decidisse por si mesma seu desenvolvimento, em um domínio que ela mesma abriu, sem contar com diretrizes externas (ou contando com diretrizes externas somente enquanto incitações): "Para se observar uma obra de arte adequadamente, deve-se reconhecer como as regras que governam as decisões formais da obra se derivam dessas decisões".[21]

Uma obra de arte é para ser observada. É uma *obra de arte*: porque a arte – assim como se suporia no contexto dessa cultura – está destinada a culminar em *obras*. No padrão da cultura moderna das artes a ideia da obra é, para usar uma

---

17. LUHMANN, Niklas. *Art as a Social System*. Stanford, CA: Stanford University Press, 2000, p. 153.
18. Ibid., p. 153.
19. Ibid., p. 151.
20. Ibid., p. 42.
21. Ibid., p. 24

expressão kantiana, a "ideia reguladora" principal.[22] Uma obra registra uma emergência improvável que, no entanto, se preserva. De que modo? A cultura em questão prescreve que isso não deveria ser prescrito. "A primeira distinção – assim Luhmann descreve o processo –, aquela pela qual o artista começa, não pode ser programada pela obra de arte. Só pode ocorrer espontaneamente – mesmo quando implique uma decisão em relação ao tipo de obra (se é um poema, uma fuga ou uma janela de cristal) e talvez uma ideia na mente do artista. Toda decisão posterior ajusta a obra, a orienta para aquilo que já está ali, especificando os lados inocupados de formas já estabelecidas e restringindo a liberdade de decisões futuras. Quando as distinções começam a se estabilizar e se vinculam umas com as outras recursivamente, o que ocorre é precisamente o que esperamos de uma evolução: a obra de arte encontra a estabilidade em si mesma; pode ser reconhecida e observada repetidamente."[23] A estabilização de distinções separadas do mundo e produzidas a partir de uma decisão inicial injustificável: é isso que a obra realiza. Por isso uma obra de arte é observada adequadamente na medida em que a observação se deixe conduzir pela rede de distinções que ela propõe: um observador "só pode participar da arte quando se ocupa, enquanto observador, das formas que foram criadas para sua observação, ou seja, quando reconstrói as indicações de observação incorporadas na obra".[24]

---

22. Essa é a posição de Lydia Goehr, desenvolvida e defendida em seu notável livro *The Imaginary Museum of Musical Works* (Nova York: Oxford University Press, 1992).
23. LUHMANN, op. cit., p. 216.
24. Ibid., p. 70. Por isso, escreve Luhmann, "observar as obras de arte como arte, mais que como objetos de algum outro tipo, só acontece se o observador deco-

É claro que, para fazê-lo, tem de se identificar como alguém a quem se dirigem a imagem, o som, a palavra. Como também indica Luhmann, "o outro [visto da perspectiva do artista] é sempre antecipado como um observador. Também a audiência está vinculada pela comunicação. Eles atribuem a obra de arte a um artista. Não confundem a obra com a natureza. São conscientes de si mesmos como aqueles (anônimos) destinatários de uma comunicação e assumem a obra de arte como garantia mínima da sua experiência. Assumem que ela é intencional, que algo lhes está sendo mostrado".[25] Enquanto observador, no experimento de um objeto de arte como tal, a menos que suponha que tenha sido feito por alguém. Mais ainda, que foi feito por alguém para ser exibido. Para ser exibido para mais alguém, mas de modo tal que seja possível torná-lo público; se eu mesmo o observo, leio, escuto agora, não entendo que tenha sido destinado apenas a mim. As estratégias desses artistas que a partir do final do século XVIII tenderiam a conceber seu trabalho como prática especializada e, no entanto, de interesse humano geral, se baseiam em saber que, enquanto espectador, eu saberei que onde uma obra se expõe no espaço público me é solicitado certo isolamento: o isolamento preciso para observar as diretrizes depositadas na obra. E isso inclusive nas artes que dependem de uma recepção coletiva. Não é que, quando um grupo de indivíduos se reúne em um museu, uma sala de concerto ou de leitura (nesses espaços típicos da cultura moder-

---

difica a estrutura de distinções da obra e infere dessa estrutura que o objeto não poderia ter emergido espontaneamente, mas deve sua existência à intenção de comunicar informação" (p. 39).
25. Ibid., p. 79.

na das artes), se suprime a comunicação: uma comunicação persiste entre os indivíduos reunidos. Mas a comunicação é a que deriva de sua atenção conjunta ao que acontece na cena iluminada, de modo que cada um se põe em público, mas retirado. Daí um corolário: nessa cena aparece secundarizada a conversação entre os indivíduos. Não a conversação em geral. Muito ao contrário: nenhuma época teve em abundância, como a moderna, essa forma de conversação que é a crítica, que estende, complica, formaliza essas outras conversações que os indivíduos têm em salas de museu ou em vestíbulos de teatro. Mas essas conversações têm como ponto último de referência uma observação silenciosa, a muda observação de uma mudez.

Esse silêncio não é o que se costumava chamar de "passividade": ninguém mais ativo que o observador da arte moderna, ocupado em reconstruir as diretrizes para a observação que se encontram em disposições complexas. Ninguém mais ativo que o leitor a quem se supõe capaz de reconstruir a sequência de referências e reenvios no menor conto de Borges ou as ressonâncias internas nos numerosos volumes de *Em busca do tempo perdido*, o que decifra o jogo das línguas em *Finnegans Wake* ou na prosa de João Guimarães Rosa. Nenhum observador é mais ativo do que aquele que, confrontado com *A noiva despida por seus celibatários, mesmo*,[26] de Duchamp, deve recuperar as referências enterradas e seguir as pistas que os arquivos duchampianos lhe oferecem. Mas o desenvolvimento dessa atividade tem como condição a supressão de outra: a atividade que consiste em realizar

---

26. Obra de Marcel Duchamp mais conhecida como *O grande vidro* (1915--1923) (N. E.).

ações orientadas para modificar estados de coisas imediatos no mundo. Por isso que, não menos que o fragmento do sensível em questão, supõe-se ao observador a capacidade de se distanciar de suas "conexões ordinárias". Não para sempre, mas no momento em que guia a experiência. E no centro desse momento há uma instância de receptividade. De receptividade pura, inclusive. Que se fantasia, talvez. Mas disposições fantasiadas são importantes em casos como esses.

Principalmente porque, enquanto espectador, devo me predispor a certo tipo de emoção ou de sensação: porque uma cultura das artes se organiza em torno de objetos ou performances que aspiram a uma mobilização da afetividade. O desenvolvimento dessa forma particular de "tecnologias do encantamento" (como as chamava o antropólogo Alfred Gell), que são as artes em condições de modernidade, implica que seus destinatários tenham um saber prévio de que coisas se predispõem a sentir. Mas não é o sentimento a parte estritamente interior das pessoas? Sim, mas os indivíduos falam também de seus sentimentos. É claro que, como há muito tempo Foucault já nos mostrava, nem tudo pode ser dito em qualquer momento. E os repertórios de frases, de articulação entre as frases, as formas de geração de novas frases, espaços e maneiras de escrita ou vocalização, de audição ou de leituras, delimitam espaços de sensação e determinam o tipo de "educação sentimental" que os indivíduos podem se dar. E esses repertórios de frases, na cultura artística da modernidade, regressam continuamente a certo ponto: a uma valorização da solidão. Certo silêncio e certa solidão são a forma da cena própria dos desenvolvimentos das artes.

Não qualquer silêncio nem qualquer solidão: a solidão e o silêncio do que se encontra em um círculo através do qual passa o que, no presente, deverá ser reencontrado na obra. Solidão de artista, quando alguém pode se tornar disponível a uma demanda sem limites que o mundo lhe dirige. Porque a produção de um estado de disponibilidade estará no centro das éticas de artistas. Disponibilidade para um mundo que é ao mesmo tempo horrendo e fascinante. Sublimação ou estranheza: esses são os valores que esta modernidade insistirá em valorizar. Por isso a arte deve ser difícil: sua abordagem requer um trabalho particular, o de quem se confronta, cada vez, com uma aparição sem modelo. Por isso também pela ótica do artista se trata de valorizar certa ideia da receptividade. O artista é o indivíduo capaz de abdicar da sua vontade, ainda que apenas para deixar que seus materiais se desenvolvam totalmente. Por isso a formulação "mais abrupta" da ideia da arte que se encontra no centro do regime estético é – segundo Rancière – o "projeto flaubertiano" de uma obra que não repouse senão sobre "o estilo do escritor liberado de todo argumento, de toda matéria, afirmando seu poder único e absolutizado", "uma obra liberada de todo rastro de intervenção do escritor, com a indiferença, a passividade absoluta das coisas sem vontade nem significado".[27] No projeto flaubertiano, o pensamento "já não seria a faculdade de imprimir a própria vontade em seus objetos, mas a faculdade de se igualar ao seu contrário": o artista mobiliza um pensamento que "abdica dos atributos da vontade, se perde na pedra, na cor ou na língua e homologa sua manifestação ativa para o caos das coisas".[28]

---
27. RANCIÈRE, Jacques. *La fábula cinematográfica,* op. cit., p. 141.
28. Ibid., p. 141.

Mas algo semelhante se espera desse espectador que esquadrinha uma configuração repetível de aparências em um espaço diferente do lugar de onde elas se originam: que realize uma série de operações sobre as coisas (os textos, as configurações de sons) e ao mesmo tempo sobre si em uma dimensão relativamente retirada. Que se ocupe em uma atividade que se destine à geração de um estado de receptividade exacerbada. E é isso que favorece a estrutura institucional e ritual que tende a se estender nas artes. É que essa ideia do espectador não teria podido se desenvolver não fosse por uma razão mais simples: a de que certa cena tendia a se constituir, na qual, como em toda cena, se produzia uma separação entre o que acontece entre as bambolinas e o que acontece sob as luzes. Sabemos que mil operações têm lugar na composição do menor texto: idas e vindas entre o mundo e o espaço em que as operações acontecem, gabinete de escrita, estúdio de cinema, oficina de pintura ou sala de ensaios. Mas se a aparição de que se tratava começasse a se expor como o local onde um pensamento se evade de seus vínculos ordinários, seria preciso desprendê-la do aparato que lhe deu lugar. Uma aparição desprendida: assim se apresenta a obra de arte. E desprendida, em primeiro lugar, do indivíduo situado no tempo e no espaço que a ocasionou.

Essa cultura que se constituía durante as primeiras décadas do século XIX valorizava certa maneira de operar: a crença de que é possível explorar as formas do social ou do subjetivo mediante processos de construção de discursos ou de imagens que tenham como momento central do seu desenvolvimento o tipo de retração do entorno imediato que possibilita realizar profundas reconfigurações; a crença de que é possível intervir em situações de discurso ou de imagem governadas por leis de desenvolvimento que não podem ser generalizadas; a crença de que a forma típica sob a qual isso acontece é aquela em que um artista, em uma solidão de que se acerca em grande medida para incrementar sua receptividade, compõe – dos fragmentos de sensibilidade que separa – um objeto em que se manifesta outro pensamento, destinado a se desenvolver em outro lugar, talvez neutralizado, onde um espectador desconhecido e silencioso o escute atentamente, com a intenção de descobrir sua estrutura. Por isso, onde – até o final dos anos 1960 – se ensaiava acabar com a obra de arte, por meio de uma prática da *performance*, por exemplo, de diferentes maneiras em Andy Warhol e Joseph Beuys, em Lygia Clark e Vito Acconci, se tratará de exibir o corpo do artista como o veículo de um outro pensamento: corpo capturado por uma afeição indecifrável. E onde se tentava acabar com o livro como forma normal de transmissão de uma obra de arte verbal, se recorrerá à grafia como forma basal da linguagem ou à invocação a vocalizações nas quais se exibiria tudo aquilo que, do sujeito, pertenceria à matriz de forças em que se forma.

Porque essa cultura tendia a favorecer esse momento da arte pelo qual a exploração das formas da comunidade se associa não só à construção de formas de expressão, mas à apresentação de uma exterioridade absoluta à situação em que aparece: a natureza tal como existe em si mesma em Flaubert ou Courbet, em Cézanne ou Woolf, a pulsão em Faulkner ou Lang, Buñuel, Onetti ou Bernhard, o próprio real em Pollock ou Blanchot, Lispector ou Pasolini etc. Essa exterioridade se concebe como uma incidência que cancela o desenvolvimento rotineiro das comunicações e das ações, as separa de si e as desterra: momento de interrupção absoluta da comunidade que pode ser ao mesmo tempo uma promessa de plenitude particular. E quando digo que nos projetos nos quais me deterei se esboça a invenção de outra cultura das artes, me refiro à invenção de uma cultura em que o motivo da separação que se produz como condição para a exposição de uma exterioridade absoluta é secundarizado. E em que, portanto, se secundariza esta outra cena típica: a que vincula um autor retirado com um espectador ou um receptor mediante um objeto discernido (ao mesmo tempo que seu cancelamento apocalíptico). O que resultará em nos encontrarmos, com uma frequência cada vez maior, com indivíduos que, em nome da vontade de explorar as relações entre a produção de textos ou de imagens e a vida das comunidades, se obstinam em participar da geração de pequenas ou vastas ecologias culturais em que a instância da observação silenciosa, ao mesmo tempo que a distinção estrita entre produtores e receptores, é reduzida.

GLOBALIZAÇÃO

1

Nas páginas anteriores esbocei rapidamente as formas principais dessa cultura das artes cujos "sinais de obsolescência" Barthes observava há um quarto de século. Foi nessa época que começava a perder a capacidade de estruturar as ações dos indivíduos no domínio das artes a ideia de que o artista é aquele que, em um retiro, constitui uma aparição separada e saturada e, portanto, de exterioridade. Naquela ocasião, um número crescente de indivíduos formados na cultura das artes começava a ser concebido como originadores de processos nos quais intervêm não só enquanto possuidores de saberes de especialista ou sujeitos de uma experiência extraordinária, mas como sujeitos quaisquer, embora situados em lugares singulares de uma rede de relações e de fluxos. Sujeitos acercados de processos que conjugam a produção de ficções e de imagens e a composição de relações sociais, campos de atividade de cujo desenvolvimento se espera que favoreça a abertura e a estabilização de espaços onde possam ser realizadas explorações coletivas de mundos comuns desenvolvidos por meio de uma multiplicidade de fenômenos de *intra-ação*. Essa é uma expressão proposta pela filósofa norte-americana Karen Barad, utilizada para se referir a situações de contato em que os termos alcançam sua definição no próprio contato, de modo que não se pode dizer que sua identidade preceda o seu ingresso na relação.[1] No início dos anos 1990, após o interregno do pós-modernismo "realmente existente", quando se tornara crescentemente frequente que indivíduos formados na tradição moderna das artes se aproximassem de práticas que supunham menos a realização de objetos concluídos do que a exploração de modos experimentais de coexistência de pessoas e de espaços, de imagens e tempos, suas ações, no entanto, responderiam a uma conjuntura particular.

Quando uso a palavra "conjuntura", penso em Perry Anderson, que propunha, justamente, uma "explicação conjuntural" para essa outra mudança de cultura que teve seu ponto crucial de inflexão quando, em torno de Manet, Baudelaire ou Flaubert, se gerava o maior paradigma do modernismo.[2] Anderson, em um ensaio de alguns anos atrás, afirmava que o modernismo pode ser entendido como "um campo de forças *triangulado* por três coordenadas principais".[3] A primeira era "a codificação de um academicismo altamente formalizado nas artes visuais e em outras artes, que, por sua

---

1. Cf. BARAD, Karen. "Posthumanist performativity". *Signs: Journal of Women and Culture in Society*, v. 28, n. 3, p. 801-832.
2. ANDERSON, Perry. *Campos de batalla* (trad. Magdalena Holguín). Barcelona: Anagrama, 1998, p. 63.
3. Ibid., p. 63.

vez, foi institucionalizado no sentido dos regimes oficiais do Estado e da sociedade" ainda maciçamente controlados pelas classes aristocráticas e proprietárias. A segunda era "o ainda incipiente e essencialmente novo surgimento, dentro dessas sociedades, das tecnologias-chave ou invenções da Segunda Revolução Industrial". A terceira era "a proximidade imaginada da revolução social".[4] O primeiro componente "aportava um nível crítico de valores culturais *contra os quais* as formas insurgentes de arte podiam ser medidas, mas também *em termos das quais* podiam, em parte, se articular". O segundo oferecia "um poderoso estímulo imaginativo". O terceiro, "a bruma da revolução social movendo-se no horizonte", proporcionava-lhe "grande parte da sua luz apocalíptica".[5] Há pouco tempo, Fredric Jameson resumiu da seguinte maneira a interpretação de Anderson:

> Na verdade, [Anderson] triangula o modernismo dentro do campo de forças de várias correntes emergentes da sociedade europeia do final do século XIX. O início da industrialização, embora ainda geograficamente limitada, parece prometer toda uma nova dinâmica. Na esfera artística, enquanto isso, o convencionalismo e o academicismo das belas artes prolongam uma difundida sensação de asfixia e insatisfação e geram em todos os âmbitos o desejo de rupturas ainda não tematizadas. Por último, novas e imensas forças sociais, o sufrágio político, o crescimento dos sindicatos e os distintos movimentos socialistas e anarquistas parecem ameaçar a sufocante

---

4. Ibid., p. 63-64. Trad. ligeiramente modificada.
5. Ibid., p. 64-65. Trad. ligeiramente modificada.

clausura da alta cultura burguesa e anunciar uma ampliação iminente do espaço social. A ideia não é que os artistas modernos ocupem o mesmo espaço que essas novas forças sociais, nem sequer que manifestem uma simpatia ideológica ou um conhecimento essencial delas, mas antes que sintam essa força gravitacional a distância, e que a sua própria vocação de mudança estética e de novas e mais radicais práticas artísticas se encontre poderosamente reforçada e intensificada pela convicção de que a mudança radical se encontra simultaneamente em vigência no mundo social exterior.[6]

Suponhamos que quiséssemos dar uma "explicação conjuntural" para a mudança de cultura que afirmo estar se produzindo atualmente. Que fatores seria preciso mencionar? Por um lado, é claro, o conjunto de modificações sofridas pela instituição da arte e da literatura nos últimos anos, as transformações nas formas institucionais e organizacionais que asseguravam a circulação da arte em condições modernas. Porque nas últimas décadas continuou em desenvolvimento (e alcançando novas alturas) um mercado da arte que se concentra nas peças dos grandes mestres, desde Paul Cézanne até Jasper Johns, mercado de mercadorias de um tipo particular (objetos dotados da conotação de "formas únicas de consciência incorporada, interioridade concentrada e maestria consumada", como escreve o historiador Thomas Crow[7]), que era como o sinal da modernidade, mas esteve se

---

6. JAMESON, Fredric. *Una modernidad singular* (trad. Horacio Pons). Barcelona: Gedisa, p. 117. Trad. ligeiramente modificada.
7. CROW, Thomas. *Modern Art in the Common Culture*. New Haven e Londres: Yale University Press, 1996, p. 81.

articulando também outro mercado que tomou a forma – como formula Crow – de uma economia mais de *serviços* do que de *bens*: as galerias do Soho (e depois de Chelsea), em Nova York, começariam, a partir dos anos 1970, a oferecer a seus clientes não tanto o valor que se deriva de possuir um objeto único, mas sim o valor de participação e reconhecimento como membro de uma cena prestigiosa: os prazeres do acesso mais que os da posse, que seriam centrais nessa "arte de viver *yuppie*" (como a chamaria Pierre Bourdieu) que na época se expandia.[8] Ao mesmo tempo, outro processo se expandia no universo das artes: uma explosão das grandes exibições, que tendiam a seguir o modelo da *Documenta*, em Kassel, das bienais de São Paulo ou de Veneza, e que têm lugar agora na África do Sul, na Turquia, na Coreia do Sul. Essa situação oferece novas restrições e novas oportunidades. Por um lado, a associação entre a arte e o turismo ou a especulação imobiliária – que levaria a certas momentâneas alturas o vasto empreendimento do Museu Guggenheim (em Bilbao e agora, talvez, no Rio de Janeiro) – é um dado que ninguém pode ignorar; por outro, a nova configuração institucional abre outros espaços discutíveis.[9]

Seria preciso falar também desse outro processo que ocorre no mundo dos livros, em que nos últimos anos esteve

---

8. Paradoxalmente, esse movimento fora facilitado precisamente por aqueles movimentos que, como a arte conceitual ou minimalista, haviam vinculado suas práticas imediatamente com o sistema de distribuição, e nas quais o local de produção em performances e em instalações (que se tornavam na época formas típicas), era mais a galeria que o estúdio. Mas isso também sugeria a alguns a possibilidade de tentar outras maneiras de vincular o estúdio e a galeria, de modo que um número crescente de artistas se ocupava de formas de desenho institucional, que se restringiam a espaços diferentes ou a redes, orientados para sustentar formas de conversa entre os espaços da exibição e seus entornos.

9. Para uma descrição desse processo, cf. um livro recente de Julian STALLBRASS: *Art Incorporated*. Nova York: Oxford University Press, 2004.

se desenvolvendo uma crise no aparato de edição e disseminação do mais ambicioso da modernidade nas letras: essa articulação de editoriais independentes, suplementos de jornais e livrarias de livreiros que constituíam a série das mediações que permitiam que textos complexos alcançassem seus leitores lentamente, no curso de meses ou anos. Esse sistema começava a se encontrar invadido, lenta ou rapidamente, por editoriais que se tornavam parte de empresas onde eram uma seção em uma grade, em que ocupavam uma posição lateral, subordinada às estratégias do audiovisual, onde as decisões começavam a ser tomadas por equipes nas quais os editores se encontravam com encarregados de vendas que tendiam a privilegiar o tipo de estratégia de curto prazo que constituíam a regra em outras regiões da indústria da cultura, e que entravam em ressonância com o crescimento das cadeias de livrarias. Desse modo, parecia produzir-se um progressivo estreitamento desse espaço que havia assegurado um lugar de comunicação entre as experimentações de meados do século e os públicos ampliados que, na época, alcançava. E isso acontecia ao mesmo tempo que se produzia um repentino incremento das possibilidades de comunicação, quando a digitalização generalizada permitia outras formas de composição do impresso, mas também de dispersão de materiais em formatos que repentinamente autorizavam a articulação da ficção e da imagem, do som, do poema e da conversa.[10]

Seria preciso definir, de uma maneira mais desenvolvida e mais precisa do que aquela que podemos aqui, essas

---

10. Para uma descrição das transformações recentes na indústria editorial, cf.: SCHIFFRIN, André. *The business of books: how international conglomerates took over publishing and changed the way we read*. Londres, Nova York: Verso, 2000.

amplíssimas transformações nas organizações que asseguram a circulação das peças de arte. Mas há que mencionar também tudo aquilo que, além dos cada vez mais vagos confins do universo das artes, anuncia a emergência de uma "segunda modernidade", como diria Ulrich Beck,[11] que acredita ser ela caracterizada por uma série de transições que acontecem em vários planos: um incremento drástico das comunicações, com a multiplicação das formas de "compressão espaço-temporal" que acarreta; uma reorganização da produção econômica segundo modalidades pós-fordistas; uma debilitação progressiva das instituições mediante as quais as formações de identidade se consolidavam durante a primeira modernidade (nações, partidos políticos, sindicatos etc.). Ou seja, pelo conjunto de processos que associamos a um termo, globalização, cuja circulação se incrementava no momento exato em que se iniciava a mudança de cultura das artes cujas formas tento descrever.

Mas o que é globalização? Em uma breve definição, é um conjunto de processos que convergem a partir desse momento de inflexão terminal que é a primeira metade da década de 1970. Um conjunto de processos de conexão e desconexão que transbordam e decompõem as formas de vida que haviam sido garantidas, aceitas, promovidas pelo que Étienne Balibar chama de "Estados nacional-sociais", que haviam se tornado a forma normal nessa Europa e nessa América em meados do século passado. Esses processos são de várias ordens: econômicos, políticos, tecnológicos, culturais etc. O que os artistas sentem gravitar em seus entornos? A que

---

11. Cf. BECK, Ulrich. *What is Globalization?* Cambridge, UK: Polity Press, 2000.

aspectos desses entornos eles reagem? A resposta não pode ser senão conjetural e incompleta. Mas uma conjetura pode ser proposta: o que sentem é, para começar, uma debilitação da capacidade das categorias dos Estados nacionais para captar os fluxos que compõem a paisagem social. Não é que se produza um cancelamento integral das formas dos Estados nacional-sociais (e industriais, capitalistas, urbanos). Não é que essas instituições – e os sistemas de interações e de expectativas que elas promoviam e autorizavam – desapareçam simplesmente: qualquer de nós passa e repassa sobre elas o tempo todo. Assim, por exemplo, quando se trata de cruzar uma fronteira, é preciso preencher um formulário em que nos é solicitado declararmos nosso nome completo, nossa profissão, nosso sexo, nossa nacionalidade. Da mesma forma se pedia aos indivíduos que se identificassem no quadro das organizações que emergiam durante a longa saída desses universos de comunidades substanciais que lhes solicitavam que o fizessem por seu status social, seu lugar de origem e residência, ou sua religião.

O indivíduo moderno, assim se supunha, definia sua identidade ao pertencer a uma família, por sua inscrição em uma comunidade nacional, por possuir uma profissão. Mas o que é uma profissão em épocas de flexibilidade laboral? O que é uma família onde as famílias se tornam eletivas? O que é a nacionalidade quando se generalizam as condições de migração e as situações de cidadania hipercomplexas? Não significa que as formas da composição familiar, da afiliação profissional ou da cidadania que a modernidade havia situado no centro da vida social desapareçam, mas que se tornam menos capazes de captar as trajetórias cada vez mais individualizadas em coletividades cada vez mais pluralizadas como aquelas que tendiam, há duas décadas, a imperar nos locais onde são realizados os projetos que analisaremos.

E que dão o tom ou o clima da época. É que uma enorme variedade de mudanças em diferentes níveis, nos últimos anos, agregava-se no que se tornava difícil não perceber como uma "mudança de clima". A expressão é de Tom Nairn, que, falando da transformação das mentalidades que representaria a globalização, propõe que ela é incitada mais por uma "mudança de clima" que por uma configuração deliberada de ideias. E essa "mudança de clima" induz em números crescentes de indivíduos uma "consciência globalizante" que

> tem mais a ver com um "estar no mesmo barco" que com qualquer forma de exaltada transcendência. O "barco" pode estar escorando ou afundando, ser instável ou estar com excesso de ocupantes; os passageiros podem estar lutando pelas minguantes provisões de água ou pela direção que o barco deveria tomar. Entretanto, o que chegou a contar como muito mais que qualquer versão da transcendência é o peculiar e incômodo reconhecimento de uma "sorte comum" irreversível [...]"[12]

A irreversibilidade de uma "sorte comum": isso, na opinião de Nairn, está no centro da nossa percepção do presente. Por quê? Por várias razões. Porque populações que costumavam levar suas vidas separadas levam-nas agora em comum. Porque a separação se torna cada vez mais difícil em

---

12. NAIRN, Tom. "Globalisation today: a human experience". *Open Democracy*. Em: <www.opendemocracy.net/debates/article-3-77-895.jsp>.

um universo onde ninguém consegue garantir suas bordas. Nesse universo, não importa quantos controles de fronteiras se estabeleçam, eles não podem deter as migrações, os controles de capitais, os fluxos de dinheiro, os aparatos de censura, os fluxos de palavras e de imagens, de modo que todos esses controles se encontram crescentemente exacerbados. Pode-se dizer que o 11 de setembro de 2001 é uma data particularmente significativa dessa exacerbação pela qual se dissociam, se misturam, se recompõem as figuras do "aqui" e do "ali", mas dissociações, recomposições e misturas acontecem um pouco o tempo todo e um pouco em toda parte. Não se trata de não haver exclusões no mundo do presente: talvez nunca se tenha tentado com maior intensidade a formação de um governo por exclusão. Trata-se da ineficácia dos procedimentos: se "excluir" é eliminar da vista o que se exclui, nunca se excluiu com menos eficácia.

Uma condição desse processo é singularmente importante: o crescimento exponencial das comunicações. Não só o crescimento, mas a mudança nas estruturas das comunicações. Um desenvolvimento é particularmente espetacular: o da internet. Mas esse não pode ser separado do desenvolvimento mais geral das formas de produção e difusão de textos, sons ou imagens nos meios digitais, ou da facilitação, da extensão, da redução do custo dos transportes, que favorece, ao mesmo tempo, uma multiplicação das possibilidades de vínculo e uma decomposição dos esquemas de garantia que foram elaborados na longa duração dessa modernidade que alcançava sua forma mais madura, de maneiras diferentes dependendo dos lugares, nas décadas centrais do século XX.

Qualquer figura simples da cidadania se perturba onde tudo é arrastado pela mobilização crescente, ou seja, quando um número cada vez maior de indivíduos está situado em encruzilhadas de estradas que vinculam seu território cotidiano a circuitos que se estendem a perder de vista, em cujo desenvolvimento se desfaz a associação de comunidade e proximidade que estruturava os imaginários sociais em condições de modernidade madura, e que se encontram agora menos abolidos que problematizados, reinscritos, recompostos. Indivíduos que se encontram em equilíbrios instáveis, particularmente nesses locais de alta volatilidade que são as cenas globalizadas de artistas e intelectuais, onde se torna particularmente comum o que Ulrich Beck chama de "formas de vida polígamas com respeito ao lugar": biografias em constante tradução, "vidas no meio" que demandam que os indivíduos se constituam em administradores ativos de suas trajetórias e de suas traduções, especialmente onde ocorrem "em um contexto de demandas conflitivas e um espaço de incerteza global".[13]

Essas "vidas no meio" se desenvolvem, sobretudo, nos pontos de maior pobreza e de maior riqueza. Porque é neles que se multiplicam as migrações, temporárias ou definitivas. Mas não só apenas os migrantes experimentam essa mobilização do território. É que o incremento nas comunicações – especialmente onde as redes de computadores se estendem tanto na trama da vida cotidiana que se torna incerto o limite entre o espaço das imagens e palavras digitalizadas e o das coisas sólidas – induz uma consciência incrementada de

---

13. BECK, Ulrich; BECK-GERNSHEIM, Elisabeth. *Individualization*. Londres: Sage, 2002, p. 170.

interdependência: a consciência de que o menor fenômeno depende da organização de uma multiplicidade irredutível de fontes, e que o local está desde o princípio articulado com as distâncias mais remotas. É claro que isso torna cada lugar imediatamente mais turbulento: cada lugar tem menos a forma de um território assegurado que a de um veículo (onde estamos, forçosamente, com outros) que parece estar à beira da decomposição.

Onde estamos com outros que não são apenas humanos. É que a percepção de um "destino comum", do qual é cada vez mais difícil escapar, não é só de grupos humanos que costumavam viver à distância, mas de humanos e não humanos. Porque o presente é o momento de máxima dificuldade, por parte dos humanos, de excluir, de separar, seus entornos naturais dos espaços nos quais conduzem suas comunicações. É que não há, obrigatoriamente, entornos que sejam simplesmente naturais, intactos de humanidade, inafetados. E a circulação de gases, de vírus e de armas atravessa uma trama geral que parece desde sempre suscetível de colapso: fragilidade global que é um elemento central em nossas percepções, e que constitui um desafio cotidiano para essas populações deslocadas e em diversas intempéries que constituem o espetáculo comum de quem quer que se dê ao trabalho de prestar atenção às informações mais ou menos anárquicas que constituem seu entorno de imagens, palavras e sons.

Os limites entre humanos e não humanos, por outro lado, tornam-se mais vagos no tipo de entornos inteligentes nos quais se conduzem partes importantes de nossa vida: em entornos crescentemente povoados pelos que a socióloga

Karin Knorr Cetina chama de "objetos epistêmicos". Knorr Cetina propõe o termo em uma série de ensaios recentes, que têm o explícito propósito de pôr em discussão um dos diagnósticos mais influentes da situação dos indivíduos em universos contemporâneos: aquele que caracteriza a época pela generalização, o aprofundamento, a extensão decisiva do tipo de processos de deslocamentos ou *disembedding* que teriam caracterizado a dinâmica de socialização e individualização da modernidade em seu conjunto. O diagnóstico, em sua forma original, era proposto, faz já algum tempo, por Anthony Giddens, que em sua *Modernity and Self-identity* postulava três características do moderno. Moderno é um universo onde se verifica, em primeiro lugar, uma "separação do tempo e do espaço" que dissolve "a situacionalidade do lugar"[14] mediante a qual, em situações pré-modernas, se organizava o sistema das durações e das distâncias, que se ordenavam agora em um tempo "vazio" e um espaço coordenado. Em segundo lugar, a dinâmica da modernidade foi marcada por uma permanente incitação ao "deslocamento das instituições sociais", ao "'levantamento' das relações sociais e sua rearticulação através de intervalos indefinidos de espaço-tempo",[15] graças, em particular, à operação de dispositivos simbólicos e sistemas de especialistas cada vez mais estendidos e poderosos. Por isso, a modernidade teria se caracterizado pela promoção de uma disposição reflexiva no que se refere às evidências recebidas; reflexividade essa destinada a "erodir a certeza do conhecimento": toda posição estabelecida deve ser considerada *a priori* suscetível de revisão. Daí

---

14. GIDDENS, Anthony, op. cit., p. 16.
15. Ibid., p. 18.

uma relação com a contingência: que a modernidade possa se caracterizar por uma crescente "individualização" no nível das formas de subjetividade, junto a uma crescente instabilidade, revisabilidade e, em última instância, ambiguidade das formas de socialização.

Não é necessário seguir em detalhes a análise de Giddens: entretanto, é interessante para nós que se vincule a modernidade a uma modificação das formas de colocação, na medida em que sempre, no caso da arte, se trata de colocar e deslocar, de colocar de uma determinada maneira ou de outra um determinado discurso, uma cadeia de imagens ou um sistema de sons. Mas aqui nos interessa outra coisa. Knorr Cetina concorda com os contornos gerais desse diagnóstico, mas propõe que haja um reverso dessa "experiência contemporânea de individualização", e que as análises que explicam a dinâmica própria da modernidade colocando no centro os fenômenos de "*disembedding* do eu moderno" incorrem na parcialidade de se concentrar exclusivamente nas relações humanas, e ignoram até que ponto esse processo "foi acompanhado pela expansão de entornos centrados em objetos que situam e estabilizam os indivíduos, que definem tanto suas identidades como as comunidades e famílias costumavam fazê-lo, e que promovam formas de sociabilidade humana estudadas pelos cientistas sociais".[16] Porque o presente não só é uma época em que os processos de individualização característicos do moderno se aprofundam decisivamente, mas é também uma época em que "os seres humanos

---

16. KNORR CETINA, Karin. "Transitions in knowledge societies". In: BEN-RAFEL, Eliezer; STERNBERG, Itzak (Eds.). *Identity, Culture and Globalization*. Amsterdam: Brill, 2001, p. 620.

competem com os objetos como partes de uma relação e entornos de situação".[17] Entretanto, este presente é o momento em que "talvez pela primeira vez na história recente fica pouco claro se, para os indivíduos, outras pessoas são a parte mais fascinante do seu entorno",[18] quando pela primeira vez se verificam formas de relação que "envolvem 'relações de objeto' com coisas não humanas que competem com – e até certo ponto substituem – as relações humanas".[19] (A condição para que isso aconteça é que alguns indivíduos em algumas áreas "se relacionem com [alguns] objetos não somente como "fazedores" de coisas no limite da ação, mas também como seres que experimentam, sentem, refletem e recordam".[20])

---

17. Ibid., p. 620.
18. KNORR CETINA, Karin; BRÜGGER, Urs. "The Market as an Object of Attachment: Exploring Postsocial Relations in Financial Markets". *Canadian Journal of Sociology*, v. 25, n. 2, 2000, p. 141.
19. Ibid., p. 142.
20. Ibid., p. 142. Trata-se de alguns indivíduos em algumas áreas: *traders* em mesas de intercâmbio de divisas (Knorr Cetina escreveu uma magnífica análise sobre os vínculos que se produzem entre humanos e coisas nos mercados de capitais), cientistas em laboratórios (aos quais Knorr Cetina consagrou a maior parte de seus estudos) e também, diria eu, usuários de objetos digitais complexos. A autora chama de "objetos epistêmicos" essas entidades ambíguas que se manifestam em mundos desencantados, mas às quais aqueles humanos que interagem com elas não podem deixar de atribuir – ainda que fugazmente ou de modo incompleto – as capacidades de sensibilidade e reflexividade, de experiência e de memória que são atributos normais dos seres vivos, mas que o moderno havia considerado estranho ao campo dos objetos. Eles são "caracteristicamente abertos, geradores de interrogações e complexos. Trata-se mais de processos e projeções que de coisas definitivas. A observação e investigação os revelam aumentando em vez de reduzindo sua complexidade" (KNORR CETINA, Karin. "Objectual practice". In: SCHATZKI, Theodore R.; KNORR CETINA, Karin; SAVIGNY, Eike Von (Eds.). *The Practice Turn in Contemporary Theory*. Nova York: Routledge, 2001, p. 181). Daí ser preciso caracterizá-los "em termos de uma carência de completude em seu ser, que lhes retira muito da integridade, da solidez e do caráter de coisa que apresentam em nossa concepção cotidiana" (p. 181). Eles resistem de uma maneira singular à disposição que aborda o campo da objetividade, como se estivesse povoado exclusivamente por "caixas fechadas". Os "objetos epistêmicos", na verdade, "parecem ter a capacidade de se desenvolver indefinidamente", e deveriam ser comparados a "caixotes abertos cheios de arquivos que se estendem indefinidamente na escuridão de um armário" (p. 181). Por isso eles "não podem ser nunca completamente alcançados"; porque "nunca são, se assim preferir,

2

Este mundo é, em muitos aspectos, um mundo "re--encantado". Só que "re-encantado" de um modo pós--tradicional. O que não quer dizer que seja um mundo particularmente pacífico: pelo contrário, é um mundo de violência incrementada. E um mundo de tensões novas: porque esses processos se produzem diante do pano de fundo de vastas dinâmicas de "descoletivização", para usar uma expressão de Robert Castel, que designa, desse modo, o processo que acompanha a decomposição das identidades vinculadas à inscrição dos indivíduos nos mundos do trabalho, que resulta do giro pós-fordista do capitalismo que define, talvez como nenhuma outra dimensão, o perfil próprio do presente. Há três décadas começava a se verificar, de maneira mais ou menos secreta, certo processo: uma recomposição das formas de gestão nas empresas, que tinha como objetivo dar resposta à erosão sistemática da taxa de lucro que ocorria – como resultado de uma multiplicidade de fatores que não temos espaço para considerar aqui –, também, no final da década de 1960 e que alguns tentavam reverter através de uma redução da participação do trabalho nas receitas[21] (pela confrontação direta com os sindicatos, pela

---

eles mesmos": porque os caracteriza uma "falta de objetividade e completude em seu ser", que faz com que devam ser concebidos ao mesmo tempo como "instâncias materiais" e como "estruturas de ausências que se desenvolvem" e que "continuamente 'exploram' e 'se transformam' em outra coisa, e se definem tanto pelo que não são (mas no que se terão convertido em algum momento) quanto pelo que são" (p. 182), de maneira que cada uma de suas configurações momentâneas se expõe como se estivesse "em lugar de uma carência mais básica de objeto" (KNORR CETINA, Karin; BRÜGGER, Urs. "The Market as an Object of Attachment: Exploring Postsocial Relations in Financial Markets". *Canadian Journal of Sociology*, v. 25, n. 2, 2000, p. 147).

21. Para uma leitura desse processo, ver, por exemplo, BRENNER, Robert. *The Boom and the Bubble: The US in the World Economy*. (Londres, Nova York: Verso, 2002); ou, em relação a uma perspectiva que leva em conta o processo de modifica-

promoção da subcontratação ou por uma desnacionalização dos mercados de trabalho). Esses processos ocorriam de maneiras mais ou menos abertas ou surdas dependendo dos lugares, mas induziam a um relançamento do capitalismo que tentava o cancelamento das cláusulas não escritas do contrato que havia sido próprio das nações industriais do pós-guerra e daquelas periferias que incorporavam o essencial de seus arranjos institucionais e legais, de suas estratégias organizacionais, de seus programas econômicos.

E isso também é a globalização realmente existente: um processo marcado pela extensão de uma "cosmocracia", como a chama John Keane, que anulava cláusula após cláusula dos contratos que haviam mantido (embora apenas como ideais reguladores) essa ordem dos Estados sociais que podiam ser considerados como a parte final de um vasto arco de desenvolvimento de uma democratização e equalização que teria se iniciado nas turbulências do século XIX (ao mesmo tempo que se produziam, nos mesmos lugares, as figuras das primeiras vanguardas) e constituía o cerne desse "governo por socialização" (Rose) que era o fundo não tematizado daquilo que aconteceria, no século seguinte, na cultura das artes.

É desnecessário lembrar que esse processo havia se iniciado em nome de uma justificação proveniente de algumas regiões acadêmicas que propunham uma série de elementos de doutrina econômica e – propondo-se como "científicas" e professando uma antropologia simplista – defendiam uma leitura extrema de alguns aspectos dos clássicos do liberalismo. Essas posições adquiririam uma influência decisiva quando

---

ção das formas do trabalho, BOLTANSKI, Luc; CHIAPELLO, Eve. *Le Nouvel esprit du capitalisme*. Voltaremos a esse ponto no Capítulo 4.

se convertessem no credo mais ou menos oficial das instituições internacionais de crédito que seriam fundamentais nesse processo de recomposição, ou de governos nacionais que se encontrariam em condições de impor reformas baseadas em seus postulados. O discurso em questão era particularmente eficaz em impor um novo consenso com respeito às partilhas da propriedade individual e do comum, e justificar – em termos de eficiência – os vastos processos de privatização que invocavam um axioma elementar: tudo no mundo pode ser gerido da melhor maneira se, mediante um processo de objetificação, for convertido em suscetível de ser inscrito nas redes legais e institucionais da propriedade privada. Esse ponto é singularmente importante, na medida em que a arte se havia proposto, desde meados do século XIX, como o lugar de certa apresentação do comum, do domínio comum, o que explicava, em parte, sua adesão àqueles movimentos que provocavam uma reflexão sobre o comum sob a figura do nacional ou da "propriedade coletiva".

Disso resultava a desmontagem de uma considerável quantidade das estruturas que haviam assegurado modos de integração (e de exploração) e autonomização (e alienação) que subsistem ainda um pouco em toda parte, mas que se veem excedidos por outras dinâmicas de governo: Deleuze (e depois Negri e Hardt) chamariam de "sociedades de controle" os mundos sociais que emergem na fase final dessa desmontagem; universos "depois das proteções", as chamaria Castel; "sociedades da informação", as chamariam, de maneiras diferentes, Manuel Castells e Scott Lash; "sociedades do conhecimento", as chamaria Nico Stehr etc. Não é possível nos determos aqui em sua descrição. Basta reter um ponto mínimo: que nas últimas décadas houve um desmantelamento mais ou menos exaustivo e rápido das instituições e das formas do senso comum que haviam estruturado os processos de socialização e individualização que se desenvolviam no limite do que Étienne Balibar chama de "Estados nacional-sociais", cujos dispositivos se orientavam para a constituição desse indivíduo autonomizado e integrado ao mesmo tempo pelo mesmo movimento. E autonomizado e integrado em espaços que admitiam (provocavam) uma zona de contato entre empregadores e empregados, governantes e governados, que era altamente conflitivo. Por isso, sua desmontagem seria acompanhada por estratégias de evitamento do conflito que eliminavam uma das fontes centrais de estruturação do moderno e davam lugar a intempéries de tipo particular, como pode comprovar qualquer um que faça a mais breve visita a, digamos, Tijuana ou Ciudad Juárez.[22]

Mas isso implica, ao mesmo tempo, uma perda de inteligibilidade para esses indivíduos que viviam em situações nas quais cada vez mais as trajetórias e estações de suas vidas deviam ser decididas fora das restrições e das diretrizes de tradições determinadas. Como sugere Ulrich Beck, a partir desse momento de inflexão que se produzia na segunda parte do século que acaba de terminar os indivíduos começavam a operar a partir de uma "compulsão para conduzir a própria vida" que, como se desenvolve em sociedades altamente diferenciadas em esferas funcionais que não se co-

---

22. Estratégias de evitamento do conflito: isso é o que Zygmunt Bauman supõe caracterizar o presente. Nisso a modernidade que chama de "líquida" (a das últimas décadas) difere dessa modernidade clássica que havia tentado regular populações e processos sociais mediante burocracias operantes em territórios bem definidos. "A técnica primária do poder é agora a fuga, o deslizamento, o evitamento..." Cf. BAUMAN, Zygmunt. *Liquid Modernity*. Cambridge, UK: Polity Press, 2000.

municam umas com as outras, obriga os indivíduos a mudar constantemente entre lógicas de ação que podem bem ser parcialmente incompatíveis e a se envolver de maneira temporária e parcial em universos funcionais que lhes demandam, no entanto, que se convertam em atores, construtores e administradores de biografias para cuja construção encontram, no mundo em torno deles, elementos padronizados. Porque as ordens que emergem da modernidade madura aprofundam certa tendência secular: aquela que implica pôr em jogo na vida social dispositivos que "compelem as pessoas a auto-organizar e autotematizar suas biografias"[23] e que, portanto, as forçam à hiperatividade. Por isso, "as biografias padrão se tornam biografias eletivas, 'biografias faça-o você mesmo', biografias do risco, biografias quebradas"; por isso, "inclusive por trás de fachadas de segurança e prosperidade, as possibilidades de despenhamento biográfico e colapso estão sempre presentes",[24] dando lugar a uma forma particular do medo.

É claro que essas possibilidades não se distribuem do mesmo modo em toda parte. Não são as mesmas no centro e na periferia. E, no centro ou na periferia, não são as mesmas em todas as camadas sociais. Porque, um pouco em toda parte, ocorrem divisões nas zonas do social e nas zonas do espaço que, como sugere Scott Lash, se diferenciam em uma escala que vai de áreas "vivas", onde a intensidade dos fluxos de produtos e informações, empregos e serviços é alta, até áreas "mortas", onde essa intensidade é baixa; de áreas "domesticadas", quando os processos de identidade nelas

---

23. BECK, Ulrich. *Individualization*, op. cit., p. 166.
24. Ibid., p. 166.

são estáveis, a outras "selvagens", quando são extremamente instáveis, e as posições são reformuladas continuamente e de maneira turbulenta. Como essas propriedades se combinam ou separam, poderão ser identificadas, em todo território, zonas "vivas e domesticadas", aquelas das classes médias pós-industriais, subúrbios dos trabalhadores de serviços ou de indústrias avançadas, onde também se encontram seus espaços de consumo e onde, no entanto, "as identidades são relativamente estáveis";[25] mas também como zonas "vivas e selvagens", povoadas por "intelectuais da cultura vinculados aos novos meios", que habitam em "edifícios abandonados e outros 'espaços encontrados', com frequência também com 'objetos encontrados'", regiões de relativa desformalização que às vezes se articulam com universidades, centros de arte, espaços da música, onde "os fluxos – e em especial as ideias e imagens – são mais fugazes, contingentes e imprevisíveis, a mescla de populações é mais multiétnica e as formações de identidade menos estáveis"; haverá zonas "mortas e domesticadas", povoadas pela antiga classe média ameaçada, em muitos casos tradicionalista, mas também zonas "mortas e selvagens", percorridas por "muitos daqueles que foram precipitados em mobilidades descendentes pelos fluxos, como, por exemplo, esses membros da classe operária industrial da antiga sociedade manufatureira, que estão desempregados ou subempregados ou carecem de abrigo na cultura informacional global", e onde "as identidades são fluidas e desintegradas" e "a desorganização social é a regra".[26]

---

25. LASH, Scott. *Crítica de la información* (trad. Horacio Pons). Buenos Aires: Amorrortu, 2005, p. 63. Trad. ligeiramente modificada.
26. Ibid., p. 64-65.

As quatro zonas são o resultado de uma mesma desorganização, mas é sobretudo nessas zonas "selvagens" que os efeitos mais intensos costumam ocorrer.

Uma série de efeitos, principalmente: o surgimento de invenções de formas de sociabilidade que pareciam improváveis em condições de modernidade – ou que os esquemas de leitura da modernidade não permitiam visibilizar. Trata-se de formas de sociabilidade que se produzem menos em torno dos focos clássicos de identificação – os trabalhadores dessa ou daquela indústria, os partidários desse ou daquele partido – do que em unidades menores, membros de associações menos definidas, mais variáveis. Por isso Lash afirmará também que neste mundo se tornam predominantes "formas de associação não organizacionais, e muitas vezes não institucionais", translocais e dispersas, cambiantes e móveis. Ele as chama de "desorganizações" e diz que elas não são tradicionais, *Gemeinschaften*, nem modernas, *Gesselchaften*. À primeira vista, se assemelham mais às primeiras que às segundas, e nessa medida podemos entendê-las como *nachtraditionalle Vergemeinschaftungen*".[27] Essas desorganizações são pós-tradicionais, mas ao mesmo tempo podem ser descritas como "formas elementares de vida religiosa"; isso seriam, em parte, algumas culturas de jovens e algumas formas de associação criminosa, mas também "as neofamílias da nossa intimidade transformada" ou "as associações laborais flexivelmente reticuladas dos novos setores: biotecnologia, *software*, multimídia".[28]

---

27. Ibid., p. 80.
28. Como definir essas formas de associação? Segundo Lash, "da perspectiva do sistema e da estrutura, as organizações são 'sistemas hierarquizados de re-

Ou agrupamentos que se produzem para o ativismo ou para o protesto – movimentos de trabalhadores desempregados, campanhas para a produção de sistemas de créditos para pobres, campanhas em prol do perdão das dívidas nacionais – no limite mais geral do desenvolvimento de uma sociedade civil global. Ou seja, de um fluido sistema não governamental de instituições que se inscrevem globalmente, que possuem arquiteturas variáveis, cujos membros muitas vezes recusam a profissionalização do militante e do gestor e misturam perspectivas normativas e estratégicas. Inclusive onde se juntam na busca de propósitos locais, essas associações tentam pôr em circulação esses circuitos em redes mais globais: daí uma preocupação particular pelas formas de estabelecer pontes e vínculos. Essa sociedade civil global cobra, aqui e ali, a forma de agregações mais vastas, momentâneas ou não: protestos de Seattle ou de Gênova, marchas contra a guerra no Iraque, que aconteceram no início de 2003, foros sociais mundiais e europeus que, no entanto, se produzem pelo desenvolvimento contínuo de "redes às vezes apertadas, às vezes distendidas, pirâmides e agregados de instituições socioeconômicas e atores que se organizam através das fronteiras, com o propósito deliberado de aproximar as

---

gras normativas'. As desorganizações são talvez menos hierárquicas que horizontais. São antissistêmicas: não só antiestrutura, mas antissistema: estão demasiado expostas à interferência e à invasão do ambiente para serem sistemas; além disso, não estão concentradas em se reproduzir como os sistemas. Estão mais concentradas em produzir. As desorganizações, em definitivo, não estão coordenadas de maneira normativa, mas pelos *valores*, e são talvez mais indóceis que respeitosas das regras. Do ponto de vista da agência, advertimos que as organizações são 'campos de jogo de agentes que interagem, atuam estrategicamente e negociam'. As desorganizações são demasiado temporais para serem apreendidas pelos supostos espaciais da analogia do campo. Estão em geral menos num campo que numa estrada" (Ibid., p. 81-82, trad. ligeiramente modificada).

partes do mundo de novas maneiras",[29] de modo que emerge um conjunto de atividades de diferente dimensão, "um agregado de formas que se intersectam: encontros cara a cara, redes em teia de aranha, organizações piramidais, pontes e cadeias organizacionais, personalidades carismáticas",[30] em que as ações se realizam em múltiplos níveis e as conexões variam.

Mas essa variação não impede que a soma de seus desenvolvimentos tenha certa consistência e que essa sociedade civil global emergente funcione "como uma plataforma de monitoração e sinalização, na qual as questões locais – reproduzindo o 'efeito mariposa' que seria responsável pelas flutuações dos climas – possam assumir importância global e os problemas de nível global (como as armas nucleares, o terrorismo, o meio ambiente) sejam denominados, definidos e problematizados".[31] Espaço intermediário onde, por outro lado, se realiza um esforço de invenção institucional, que se apoia sobre uma espécie de mínimo ético: a convicção da necessidade de pluralizar o poder e problematizar a violência.

Mediante a soma desses desenvolvimentos começa a emergir um universo que se distingue do da modernidade dos últimos séculos, como esta se diferenciava da primeira modernidade europeia. E os artistas sabem disso: sabem, por exemplo, que esse entorno é muito diferente do que encontravam (e com respeito ao qual reagiam) essas vanguardas das quais, por outro lado, herdam princípios, procedimentos e motivos, e em cuja descendência, em muitos sentidos, se

---

29. KEANE, John. *Global Civil Society?*. Nova York: Cambridge University Press, 2003, p. 8.
30. Ibid., p. 60.
31. Ibid., p. 15.

encontram. Os projetos dos quais me ocuparei – e a cultura das artes que sugiro estar começando a se desenvolver – reagem ao mesmo tempo às mudanças que se produzem nos entornos imediatos que são a cena artística ou literária, e também a essas outras mudanças que se produzem ao se decomporem as formas de vida comuns dos Estados nacional-sociais modernos, ao mesmo tempo que se estendem as possibilidades de coordenação entre os indivíduos. Esse movimento duplo incita e possibilita uma extraordinária criatividade no que diz respeito à invenção de maneiras de vida, própria, também, destes anos. Mas isso muda tudo, porque inclusive onde se tenta recobrar alguns elementos das vanguardas, esses elementos se rearticulam em constelações diferentes. Porque onde estas participavam do essencial da grande tarefa crítica da arte moderna, a proposta dos projetos nos quais vou me deter é a de se integrar no vasto experimento de exploração de modos de coexistência que é o presente, e que ocorre em formas que – como sugere Lash – não são características nem das sociedades tradicionais nem das sociedades dessa modernidade que começamos, talvez, a abandonar.

PARQUES, PASSEATAS, FESTIVAIS

1

O projeto pelo qual quero começar foi realizado no extremo oeste da Rússia, em uma cidade chamada Vyborg, que até 1944 era parte da Finlândia. Nos anos 1930, quando Vyborg tinha o nome de Viipuri, Alvar Aalto projetou e construiu uma biblioteca. O lugar desperta interesse: Viipuri/Vyborg está situada na região que costumava se chamar Karelia (de onde se desenvolve o *Kalevala*, a épica nacional finlandesa), mas desde sua anexação à Rússia, depois da expulsão da população finlandesa, transformar-se-ia gradualmente em um duplo fantasma: uma cidade afastada, de fronteira, secundária no esquema soviético e, ao mesmo tempo, uma cidade que, da perspectiva finlandesa, era recordada em fantasias e histórias. A biblioteca permaneceu nessa cidade crepuscular, até ser abandonada. Não foi reaberta até 1961 e havia sofrido danos que pareciam irreparáveis.

Próximo ao final dos anos 1980, um arquiteto de Vyborg, Sergey Kravchenko, começou uma iniciativa destinada a mostrar a importância do edifício e a necessidade de restaurá-lo; em 1992 (em meio a mudanças políticas) associou-se com instituições do governo e fundações finlandesas com o objetivo de iniciar a restauração. A associação que se encarregaria do processo seria denominada Comitê para a Restauração da Biblioteca de Vyborg. O comitê implicava conflitos, porque recursos finlandeses, sob controle finlandês, seriam aplicados à reconstrução de uma biblioteca construída pelo maior arquiteto finlandês, no local da épica nacional, mas conduzida por autoridades russas. Ainda assim, o processo foi iniciado com a reconstrução das janelas da sala, da grande escada e depois dos tetos planos da sala de leitura e empréstimos. Depois viria a restauração do centro nevrálgico do lugar, seu auditório, um vasto espaço com amplas janelas que dão para a Praça Vermelha (a Praça da Fonte Vermelha na época finlandesa), onde no passado havia um mercado ao ar livre e uma fonte, e onde ainda hoje há uma estátua de Lênin. Esse auditório representa de certa forma o centro da história que nos interessa e que tem seu ponto decisivo de inflexão, para nós, quando uma artista norte-americana e finlandesa, Liisa Roberts, resolveu começar um projeto cujo perfil só seria determinado gradualmente. Nos anos precedentes, ela havia realizado uma série de instalações em galerias e museus que sempre tinham em seu centro a distribuição de telas e de espelhos em que se estendiam as imagens de presentes ou passados sempre incertos.

O ponto de partida do projeto era um problema: como o objetivo da abordagem de Alvar Aalto aos problemas da construção era o de fazer um edifício *responsivo* às condições do entorno. O que podia significar reconstruir o edifício pelo estabelecimento de certa fronteira quando esses entornos haviam sido tão modificados no decorrer do conflito (que agora continuava, de certo modo, de outras maneiras)? De que modo o presente de Vyborg se articula com o passado de Viipuri? De que maneira converter o edifício novamente naquele que Aalto projetara, ao mesmo tempo uma estrutura para abrigar usuários e um local digno de ser visto? Como converter essa biblioteca, ainda que apenas por um momento, em um prisma que alojasse e desenvolvesse alguma parte da trama de Vyborg, antes Viipuri; ou em uma lente que captasse pelo menos certa região de certo estado dos saberes, dos desejos e das fantasias na cidade, particularmente em relação aos níveis e às camadas de passado que alcançavam as superfícies do presente? Mas como fazer isso? Não estava claro para ninguém – para começar, não estava claro para Roberts. De maneira que ela propôs uma ação cujo objetivo preciso era no início pouco claro: organizar uma oficina de escrita que funcionaria no auditório da biblioteca. Essa oficina se proporia a criar coletivamente o roteiro de um filme que teria como objeto Vyborg e que seria projetado nesse mesmo lugar, uma vez concluída a restauração. A oficina de escrita incorporaria adolescentes e seria conduzida por Roberts, uma psicóloga russa chamada Olga Maslova e um tradutor lituano chamado Edgaras Platelis (além de colaboradores mais ocasionais: arquitetos e escritores, gente de cinema e do jornalismo). Cerca de setenta estudantes das escolas se apresentaram no primeiro dia; alguns meses depois havia se formado, com idas e vindas, um grupo de doze, e mais tarde seis adolescentes que participariam de reuniões semanais, das quais Roberts, agora vivendo em Vyborg, faria parte. O grupo se juntaria para a lenta construção de um plano de Vyborg que implicasse ao mesmo tempo descrições do seu presente e fantasias das suas possibilidades, da forma como essas adolescentes conseguissem recolhê-las, revelá-las e produzi-las em relação a mecanismos que eram propostos nas oficinas.

Realizar o roteiro de um filme: esse era o objetivo. Por isso, além das oficinas de escrita, as adolescentes improvisariam algumas cenas nas ruas, que seriam minuciosamente registradas. Mas não só por isso: é que desde o começo a oficina trabalhou em associação com um programa para adolescentes do canal de televisão local, onde eram passadas informações do desenvolvimento da história sobre Vyborg que era construída na oficina de escrita. Quando esse programa foi cancelado, os fragmentos continuaram se realizando e sendo mostrados na própria Vyborg e também em São Petersburgo. Esses fragmentos informavam sobre o progresso das oficinas, que começariam a se conceber como uma entidade pública, de modo que o que acontecia neles acontecia, de algum modo, em plena luz. (A jornalista que trabalhava nesses fragmentos – Elena Berezovskaya – era a editora de um programa para crianças que as oficinas criariam em 2001, e realizaria um documentário sobre o projeto que seria incorporado a um seminário do Comitê de Restauração.)

Outro material das oficinas assumiria uma forma pública: alguns pôsteres feitos com colagens de imagens de arquivo criadas e recolhidas para o projeto começariam a ser distribuídos na cidade, quase anonimamente, ou em cidades circundantes, onde todo aquele que os encontrasse poderia levá-los. E logo a oficina iniciaria uma colaboração com Aleksandr Mihailovich Shver. Shver havia estado a cargo de uma restauração que havia sido realizada entre 1957 e 1961, no período soviético. A ele se deve que, durante esse período, o edifício não se transformasse em um modelo de arquitetura socialista. A ele se devem, por exemplo, os planos que então haviam sido formulados com a finalidade de converter o auditório onde ocorria grande parte das reuniões (e onde a oficina planejava projetar o filme que então realizava) em uma sala de cinema, com o fechamento das janelas e a invalidação do teto raso ondulante que, como para outros de seus edifícios, Aalto havia projetado para a biblioteca de Viipuri. Com ele a oficina promoveria a formação de um projeto de investigação e colaboração destinado, entre outras coisas, a recolher e apresentar informações que só se encontravam dispersas em sua memória; com ele, a arquiteta Kirsti Reskalenko (que, como outros arquitetos finlandeses, havia sido convidada pelo projeto para responder por seu desenvolvimento) realizou uma série de entrevistas e uma visita do Comitê Finlandês de Restauração, onde ele recordaria a condição do edifício em 1957. (O diálogo entre Shver e o comitê seria publicado, com fotografias de 1961, em um livro chamado *Sem título: experiência do lugar*.) Nesse ponto, quando o desenvolvimento da oficina se realizava em simbiose com o desenvolvimento de atos de arquitetura, quando influía na maneira como a restauração ocorreria, se tornaria evidente que a série de dimensões que o compunham se desenvolvia de maneiras essencialmente imprevisíveis.

Naquela ocasião, alguns mais se incorporariam – Alexander Burov, por exemplo, que havia nascido em Vyborg e que era usualmente o diretor de fotografia de Aleksander Sokurov; e Tellervo Kalleinen, estudante de arte e *performer* finlandês que trabalharia com o grupo na preparação de uma segunda oficina, agora de improvisação. Porque, no decorrer da elaboração de imagens de Vyborg, nas produções da oficina, nos textos que se acumulavam, nas conversas das adolescentes, haviam começado a emergir alguns personagens: uma arquiteta, uma adolescente perdida, uma adivinha... Esses personagens apareciam como intérpretes de Viipuri/Vyborg: através da imaginação de suas trajetórias as adolescentes da oficina imaginavam outros mapas (certo uso da ficção como procedimento de descobrimento será constante nos projetos deste livro). "Dessa maneira – comentava então Roberts – a imaginação, a ficção e o jogo de papéis criariam o marco para uma série de ações e interações potenciais que necessariamente requeriam uma 'fuga' do contexto da biblioteca, dos textos escritos e da enquadrada imagem da cidade."[1] Que fuga? O grupo, em certo momento, resolveria que o formato do filme era insuficiente para a exposição dos materiais que haviam sido elaborados na oficina, e que em vez disso proporiam uma excursão. Sua justificativa era a seguinte:

> Um de nossos principais ganhos é o de termos sido capazes de ver a cidade com novos olhos. A cidade mostrou ter muitas facetas, muitas encruzilhadas e passagens, literal e figurativamente falando. Quanto mais trabalhamos, mais maneiras nós encontramos de perceber a cidade. E isso acontece mais ainda quando compartilhamos nossas percepções com outros. Gostaríamos

---

[1]. Aqui, como na passagem que se segue, cito documentos de trabalho do projeto, cuja comunicação agradeço a Liisa Roberts.

> que os outros também tentassem ver a cidade de novo. Decidimos que criar uma excursão na cidade é a melhor maneira de incorporar isso. Em nossa excursão será possível perceber o mundo como tato, odor, som, visão, gosto. Além disso, incorporamos os personagens da nossa história colaborativa de Vyborg: a menina perdida, o arquiteto, o homem do saco amarelo, a adivinha. Eles servem para criar vínculos entre os locais. Além disso, criam vínculos entre eles. VÍNCULOS: essa é uma parte muito importante da nossa excursão. Tudo isso é que possibilita ver a própria cidade de outro modo.

Essa relação entre a capacidade de experimentar certa coisa e a capacidade de colocá-la em comum (para um grupo, acrescentaria, de outros, que são fatalmente esses ou aqueles, precisos e determinados) é uma figura que veremos retornar repetidas vezes nesses projetos, associada a essa outra figura do vínculo, da prática artística como prática de produção de vínculos que depende de certo uso da ficção, que funciona como marco dentro do qual pode emergir uma realidade que ela incorpora e que a excede.

A excursão foi realizada em junho de 2003. Dela participaram as adolescentes da oficina (que, para a preparação, haviam colaborado com um jovem diretor de teatro da Estônia) e um grupo heterogêneo de convidados, que podia ser visto quase como o modelo ou o protótipo de uma comunidade de Viipuri/Vyborg ampliada. As dezenas de convidados que participariam dos três dias em que seria oferecida essa excursão incluíam algumas pessoas do meio cultural de São Petersburgo ou de Helsinki, mas também historiadores russos e finlandeses, membros da Associação Kareliana na Finlândia (alguns deles adolescentes na ocasião da evacuação de 1944), a Associação de Vyborg, habitantes de Vyborg no presente – além, é claro, dos participantes da oficina.

E o que acontecia na excursão? Os convidados se reuniam na estação de trens da cidade. Ali os recebia uma das adolescentes, vestida com um traje vagamente finlandês dos anos 1960, que Johanna Vainio, estilista finlandesa, havia confeccionado (como o restante daqueles que seriam usados na excursão) com roupas e acessórios dos mercados de pulgas de Helsinki, a partir do trabalho com as adolescentes. Ela os conduzia para uma sala da estação; iniciava a leitura de uma série de relatos. Havia sido dado a cada visitante uma câmera fotográfica, e alguns deles a utilizavam. A adolescente lhes sugere que toquem no piso ou nas paredes, ao mesmo tempo que fala da história desse edifício e da sua trajetória ao longo das épocas. Em certo momento, sugere-lhes que desçam uma escada até o piso inferior da estação. Outra das adolescentes lhes dá pratos de salada. A recepcionista lhes fala dessa salada, e do modo como essa salada se assemelha à própria estação... Depois de alguns minutos, diz aos visitantes que podem sair da estação porque um ônibus que está na rua os levará até a biblioteca.

Entraram no ônibus, que atravessa Vyborg. De repente ele para. Na rua há outra adolescente. Está vestida de um modo peculiar. Carrega uma mala. Ela também entra no ônibus e esvazia seu conteúdo no piso; há mil coisas ali, algumas discerníveis e outras não. Há um rádio, que é ligado. Fala. Fala de Vyborg. Fala da biblioteca. Mas fala de algum modo para si, até que parece notar a presença da vintena de pessoas que estão no ônibus e lhes diz que gostaria de levá-los até sua casa, para visitar sua casa. O ônibus volta a andar. Passam algumas quadras. Para em frente de uma casa sem qualquer denominação especial. A garota desce do ônibus carregando sua mala, se aproxima da porta e procura algo em seus bolsos. Não encontra a chave. Fala para si. Não a encontra. Volta-se para seus convidados e lhes diz que talvez dando a volta na casa encontrem uma maneira de entrar. Do outro lado há um jardinzinho. No jardim há pássaros. Aproxima-se deles, começa a alimentá-los e a cantar, e à medida que canta conta uma história sobre pássaros, como se houvesse esquecido a casa. Mas não. Lembra-se dela e diz aos visitantes que talvez alguns sons, que provêm do seu interior, como de coisas que estivessem acontecendo ali, objetos que se deslocam ou pessoas que se movem, bem poderiam ajudá-los. Enquanto escutam, tira umas fotos deles. Antes que possam identificar inteiramente os sons, essa adolescente lhes diz que podem voltar ao ônibus. Há uma hesitação, mas alguns iniciam o retorno, enquanto ela fica no jardim, alimentando os pássaros.

Pouco depois, os visitantes terão chegado à Praça Vermelha, onde há uma estátua de Lênin, diante da qual está a biblioteca. Aqui a adolescente da estação os encontra de novo e lhes propõe que, durante alguns minutos, andem em torno da praça antes de entrarem na biblioteca. Os visitantes fazem isso. Nós os perdemos de vista. Há uma pausa na progressão. Quando voltam a se reunir, a adolescente os conduz até a sala de empréstimos, onde há uma enorme pilha de livros (são livros soviéticos, que a biblioteca acaba de desprezar) sobre a qual há uma pilha de jornais que alguns começam a folhear para ver se encontram algo que lhes interesse. Pede-se a quem quiser que proponha uma descrição, uma história: é o momento de uma conversa semiformalizada, que se prolonga até a chegada do diretor da biblioteca, a quem a adolescente apresenta o grupo, e que o conduzirá em uma visita ao lugar, que terminará no auditório, onde se encontra uma terceira adolescente personificando um jovem arquiteto e lendo um texto sobre a época em que Vyborg era de água, feita de água. O sentido do texto começa a se esclarecer próximo ao final, quando foram dados alguns copos de água aos visitantes, que deverão observar que se vinculam com a narração que escutam, e que se trata de Vyborg feita de água, da mesma água que bebemos, pela qual então incorporamos Vyborg, a menos que Vyborg nos incorpore. No espaço há pilhas e pilhas de cópias dos textos da oficina de escrita, de modo que esse local é um arquivo temporário, cujo conteúdo poderão levar para fora da biblioteca, atravessando de novo a Praça Vermelha, em cujo extremo a primeira adolescente, outra vez, espera. Indica, diante da praça, o espaço onde havia uma catedral que seria destruída. É possível ver o que havia em alguns postais que os visitantes recebem, e eles são informados de que próximo dali há um posto dos correios onde podem enviá-los para quem quiserem. Muitos o fazem. O grupo se dispersa novamente. Agora compram selos e comentam uma coisa e outra, enquanto a adolescente espera. Ela levará o grupo a outro jardim próximo, ao qual chegarão depois de intermináveis voltas por Vyborg, e onde encontrarão uma quarta adolescente. Esta tem algo de *hippie*. Diz coisas que não se entendem. Até que formula uma proposição inteligível: propõe aos visitantes que procurem pelo jardim coisas que lhes pertencem. Eles o fazem. Há, semiocultas, fotografias. Fotografias deles. As fotografias que a adolescente havia tirado. Levam-nas até a leitora da sorte (porque descobriram que é disso que se trata) que, para sua surpresa, tem coisas para dizer-lhes, e certo saber sobre suas vidas, de modo que a situação se tinge de vaga irrealidade. Quando a sessão de adivinhação termina, tira um mapa e o entrega a um dos visitantes. O mapa indica o próximo destino. Entram no ônibus, que percorre erraticamente a cidade até que chega a um edifício circular.

No edifício circular há corredores que seguem em torno de muros com janelas. É preciso chegar até o segundo andar para ver dali uma quinta adolescente que faz sinais e os conduz, através dos corredores circulares, onde há espaços abertos e fechados. No final de um dos corredores há uma mesa com pratos e pedaços de queijo. A adolescente faz sinais aos convidados para que peguem esses pratos, desçam e voltem a sair do edifício. Quando o fazem, oferece-lhes pão e fala do costume russo de acompanhar o pão com queijo, e inicia, ao mesmo tempo, uma vaga comparação entre os orifícios do edifício e os do queijo, e sugere-lhes que estão incorporando o edifício. Antes que se precise o significado da comparação, terão sido convidados novamente para entrar no ônibus, que agora os deixa em um local afastado da cidade, onde uma sexta adolescente os recebe. Ela fala de mil coisas e, enquanto fala, seu discurso dispara em mil direções. Fala em russo, mas junto a ela o poeta Aleksey Parshikov improvisa outras versões. Os convidados seguem esse duo, que se detém quando de uma casa ostensivamente abandonada se escuta uma música de rock.

Todos entram, mais ou menos precipitadamente. No interior da casa há uma banda de rock muito barulhenta. Por toda parte há lençóis pendurados. São dados aos convidados alguns aerossóis de pintura. As paredes estão cobertas de grafites. Incitados pela música, muitos deles começam a escrever. Não há mais indicações. A música soa. Alguns saem, outros permanecem. A excursão começa a debandar.

Depois disso, o grupo de Roberts e as meninas se dispersam momentaneamente. Só momentaneamente: o projeto ainda não terminou. No presente, continua de dois modos principais: um deles, o filme, que se apresenta ao mesmo tempo como uma ficção sobre Vyborg e o registro da formação dessa ecologia cultural, desse organismo mutante e duradouro. É difícil também narrar o filme, que estreou há pouco tempo em um auditório projetado por Aalto em Nova York. Esse filme mostra lentas imagens de Vyborg e as articula a textos lidos pelas adolescentes, em que se tenta expor fantasias enigmáticas durante quase uma hora e meia de imagens cristalinas.

O filme foi terminado pouco depois de ser realizada uma instalação no Museu de Arte Contemporânea de Helsinki, concebida por Juha Lankinen, que havia participado da excursão e talvez seja a principal historiadora de Vyborg. Essa instalação – seu título era *Vyborg Secrets – What's the Time in Vyborg?* – propunha a reunião de uma diversidade de objetos domésticos e fotografias artesanais, móveis, documentos, para compor um espaço de várias dimensões no qual estavam distribuídas pegadas, chaves, informações semienterradas. Quando entravam, os visitantes encontravam um enorme espelho, um relógio e uma prateleira de sapatos semelhante à que pode ser encontrada na biblioteca de Aalto, sobre a qual havia uma série de pantufas que podiam usar no lugar se dessem em troca algum objeto que pudesse ser agregado à instalação. Em um lado se via um mapa de Vyborg de 1939 (e, no mapa, um panfleto com indicações) sobre uma escrivaninha em cujas gavetas havia colagens fotográficas dos subúrbios soviéticos de Vyborg. Sob a escrivaninha outro espelho refletia fotos da casa abandonada de um industrial finlandês dos anos 1930. No centro da sala, um armário soviético dividia o espaço e alojava uma pequena exibição de breves peças de artistas de Vyborg. Sobre ele havia xícaras que podiam ser levadas a uma mesa de cozinha que estava a poucos metros, sobre a qual havia um livro sobre renovação de casas e implementos para o chá. No fundo de cada xícara havia instruções para percorrer o livro de uma maneira particular: ali se encontravam frases sublinhadas que podiam ser lidas como adivinhações ou horóscopos. Do teto raso pendia uma construção feita de tampas de esgoto. Em uma parede, um vídeo mostrava uma imagem de crianças brincando, filmado das janelas do auditório. Em um canto, havia uma pilha de livros. Em outro, um sofá finlandês em frente a uma televisão na qual podiam ser vistos os programas que as adolescentes haviam criado. Um terceiro espelho refletia incessantemente a constelação de objetos, sinais, filmagens, imagens. No chão havia brinquedos dispersos.

Essa instalação é a última parada, embora temporária, do processo que se iniciava onde Liisa Roberts detectava um elemento de certa situação em estado de desvinculação e propunha uma iniciativa para reintegrá-lo. Compreendia que a mobilização de forças que isso demandava excedia as possibilidades de qualquer indivíduo, de modo que implicava a formação de uma coletividade mais ou menos vasta que fosse capaz de desenvolver ações por um tempo bastante prolongado. Uma coletividade interessada em algo mais que a realização do projeto. Interessada, por exemplo, na reconstrução da biblioteca. Na realização de modificações reais em determinados entornos: na desmontagem, por exemplo, de um cenário construído em um auditório. Uma coletividade que depois se poderá dizer que se encontrava em estado latente na situação em que aparece, mas que só chega a existir em virtude da contingência de um projeto. E cujos membros desenvolvem ações, às vezes em paralelo, cuja soma os excede. Assim, o problema que o coletivo agora formado deverá resolver é como se articula uma demanda de participação com a produção de *novidade*. De novidade radical, inclusive: de uma ação que se encontre em ruptura com aquilo que uma análise de seus dados permitia antecipar. Como se provoca uma emergência? E como se faz isso de tal maneira que o seu percurso possa ser registrado? Porque essa é, em parte, a questão. Como se provoca um desprendimento que possa ao mesmo tempo se associar à integração de uma parte da realidade ao seu tecido regular, mesmo quando este se encontre modificado pela presença nele de certa redistribuição das populações e a formação de outras alianças?

2

O segundo projeto – a segunda "república elementar", teria talvez dito Hannah Arendt – teve lugar em um bairro de

Hamburgo. Nesse bairro, em certa rua, havia um determinado número de casas ocupadas. A prefeitura da cidade decidiu, em 1987, demolir algumas delas, que alojavam centenas de pessoas. Para quê? Para disponibilizar terrenos para conceder a construtoras privadas. O modelo é familiar e havia sido executado de mil modos em mil cidades: nenhuma expressão é mais característica de certo senso comum do urbanismo na época de consenso neoliberal. Só que nesse caso um grupo de ocupantes iniciaria um longo e complexo protesto, no qual não preciso (não é possível) me deter aqui, mas que acabaria sendo bem-sucedido e reverteria os planos da prefeitura da cidade, de modo que o grupo de casas de Hafenstrasse, que era o núcleo do conflito, se transformasse em uma cooperativa administrada pelos antigos ocupantes. No processo, além disso, constituía-se uma rede de vizinhos que se juntaria a outros projetos, uma vez terminado esse processo particular.

O bairro onde isso acontecia se chama St. Pauli; pobre e densamente habitado, está repleto de cabarés e casas de prostituição, e os espaços públicos e as vistas para o cais – junto aos quais o bairro se encontra – são escassos. E o seriam mais ainda sem a intervenção que aqui nos interessa. Em 1993, a administração da cidade resolveria iniciar construções no único ponto em que o bairro se abria para a baía. A construção deslocaria alguns edifícios; um deles era um tal de *Pudel Club*, que era a sede de um denso cenário local de bandas de rock frequentado pelos artistas que haviam se instalado ali. E esse protesto ativaria novamente a comunidade formada nos protestos de Hafenstrasse, que agora se rearticularia em uma aliança de vizinhos e moradores, da igreja e do centro da comunidade, dos músicos do *Pudel Club* e da diretora da escola, de uma série diversa de indivíduos que proporia como o centro da sua reclamação a construção de um parque público.

Entre os artistas que se mudavam na época para St. Pauli estavam Christoph Schaefer e Cathy Skene. Eles faziam parte de um cenário artístico no qual se vinha debatendo desde a década de 1980 a questão da arte nos espaços públicos, o que muitas vezes assumia a forma de projetos de parques: Dan Graham (com quem Schaefer havia estudado), Thomas Schütte, Gordon Matta-Clark etc. É claro que nesses casos a questão dos parques raramente se articulava de maneira direta com a ação política, e isso era particularmente importante para Schaefer e Skene, que se incorporariam em 1995 ao protesto e proporiam a realização de uma série de ações vinculadas por um nome: *Park Fiction* (que era o nome de uma *rave* que se realizava no início da década em Hamburgo). Que ações? Uma delas era o que chamariam de "produção coletiva de desejos". Mas os desejos podem ser produzidos? Um desejo não é aquilo que existe independentemente de toda produção? A ideia tornou-se familiar para alguns por Deleuze e Guattari. Mas inclusive em Deleuze e Guattari há uma propensão para pensar esse processo não como algo que acontece no encontro entre pessoas, mas o que acontece entre uma singularidade desterritorializada e um arredor desformalizado. E a produção coletiva de desejos começaria aqui a ocorrer de maneira simples, tentativa: mediante uma série de eventos e encontros informais onde se tentaria construir e responder a questionários. Questionários que muitas vezes assumiam a forma dos questionários característicos das escolas primárias e incluíam o tipo de perguntas que podiam ser formuladas para auditórios infantis, em programas como Vila Sésamo. É que ali era – na opinião de Schaefer – onde havia sido gerado o tipo de desejos infantis que não é improvável que se encontrasse na base das energias desenvolvidas mais tarde em, por exemplo, *Park Fiction*.

Mas não se trataria apenas de gerar algumas condições para uma produção colaborativa de desejos, mas de vinculá--los à possibilidade de sua realização. Daí a organização de um processo de planejamento coletivo, que constituiria o centro do projeto. Porque, na ocasião, teria sido tomada a decisão de propor à prefeitura da cidade não só a construção de um parque, mas a realização de um projeto realmente existente, que seria executado pela coletividade de St. Pauli. Por uma coletividade que rapidamente se comprometeria com uma série de eventos que chamariam de *infoentretenimento* (*infotainment*). O primeiro deles, que seria realizado em 1995 sob o nome de "*Park Fiction* 3 ½, parques e políticas", incluiria: uma série de conversas sobre a história dos parques a cargo de Schaefer, Skene e os moradores Thomas Ortmann e Sabine Stövesand; uma apresentação de diapositivos sobre parques e de informações sobre parques alternativos; uma série de imagens e discussões sobre a moda, a natureza, o desenho.

E quando se realizasse "*Park Fiction* 4 – um dia os desejos sairão de casa e ocuparão a rua", pouco depois, além das conferências e dos discursos, haveria uma exposição: todas as lojas em torno do lugar onde o parque deveria existir, mas também várias casas de particulares, exibiriam trabalhos de moradores e de artistas. Uma peça nessa exposição era particularmente central. Um grupo de crianças, depois de uma breve oficina, havia construído o modelo de um parque que incluiria uma casa onde aquelas crianças que, por qualquer motivo, não podiam permanecer com suas famílias, poderiam morar. O modelo seria exposto na vitrina de uma loja, cercado de imagens enviadas por Dan Graham, Claudia Pegel, Andreas Siekmann... e apareceria no folheto que o grupo desenvolveria, em que também apareceria a imagem de um enorme símbolo de construção que Schaefer e Hans Christian Dany haviam projetado. Esse folheto funcionaria como uma primeira articulação entre o projeto e o mundo da burocracia com o qual teria que contar. E com o qual se confrontaria no evento principal de *"Park Fiction* 4". Que evento? Em um dia quente de abril, em um espaço onde havia sido montado um bar com a forma de um jardim inglês, a comunidade que havia sido constituída em torno do projeto receberia o encarregado do desenvolvimento urbano da cidade. A situação teria algo de teatro: alguns participantes resolveram se apresentar em papéis (a moradora do vestido florido, o militante obstinado, o artista conceitual, o músico de rock). A situação havia sido precedida por um percurso das mostras. Na situação se confrontariam as generalidades de uma burocracia distraída e a repentina precisão de uma comunidade planejadora.

E continuaria essa confrontação entre a comunidade de projeto de St. Pauli e o representante de uma burocracia que – inclusive prescindindo de suas intenções – concebia espontaneamente sua tarefa de resolver problemas locais mediante soluções padronizadas e elaboradas por especialistas.

Porque Schaefer e Skenes foram contatados pouco antes pelo programa de arte pública de Hamburgo, sem ter conhecimento do *Park Fiction*. Os artistas propuseram esse projeto. A comissão de arte concordou em financiá-lo; o encarregado do desenvolvimento bloqueou o financiamento. A situação havia chegado a um ponto de *impasse*, quando ocorreu outro incidente.

A cidade resolveria fechar um hospital na região. Quando o fizesse, o prédio seria imediatamente ocupado. O bairro se agitaria; a disputa se tornaria pública; a cidade concordaria em negociar. Entre as mil coisas negociadas, resultaria encontrar-se *Park Fiction*, de maneira que, após uma série de encontros entre as partes, seria concedido um orçamento, o que permitiria ao grupo desenvolver outras partes do plano. Em primeiro lugar, a instalação, no local destinado ao parque, de um contêiner que serviria como centro de desenho aberto e onde se encontraria uma série de objetos que adaptariam a retórica dos jogos, um telefone com o qual podiam estabelecer comunicações, um "arquivo de desejos", uma série de mapas e panoramas, uma série de materiais de moldagem. Esse contêiner serviria como o germe de produção simultânea de um duplo processo: a construção dos modelos do parque e a reunião e expansão das partes da comunidade.

Ali se exteriorizaria também em uma série de exposições. A exposição ambulante que seria possível graças à realização de um filme, por parte de Margit Czenky; a exposição, em Viena, de uma seleção de materiais e uma coordenação de Schaefer; a exposição coletiva de materiais em Berlim; a exposição geral do projeto na *Documenta* 11, em 2002, em Kassel, onde seria desenvolvido um conceito de exibição que depois voltaria a ser empregado, em torno de uma série de mesas cujo desenho (que seria completado pelo arquiteto Günter Greis) evocaria, em prateado e vermelho, a utopia das vanguardas soviéticas do início do século que terminava, ou o dos laboratórios de idiomas que haviam sido um dos locais prometidos, na Alemanha, na educação nesse momento dos Estados nacionais que agora parecia retroceder.

Enquanto isso, o projeto e a posterior construção do parque avançariam, até que no verão de 2003 estivessem terminados. Isso pode ser visto no local do grupo, de maneira que não é necessário que se diga nada aqui.[2] Mas é necessário lembrar que, para sua inauguração, foi realizada a exposição mais ambiciosa, que não seria somente a exposição dos materiais produzidos pela comunidade, mas da própria comunidade (e em certo modo de Hamburgo em sua totalidade). O evento tinha o nome de *Encontros improváveis no espaço urbano* e consistiria não somente na apresentação de *Park Fiction*, mas na apresentação, para *Park Fiction*, dos projetos de outros grupos, alemães e não alemães: Ala Plástica, da Argentina; Sarai, da Índia; Expertbase, de Amsterdam; Berlim, Munique e Hamburgo... Esse seria uma espécie de congresso, mas o congresso seria inseparável de outras coisas: das excursões que os jovens de St. Pauli organizariam para os visitantes: excursões pela cidade, pelas exposições, pelo parque... Porque tentavam apresentar "a comunidade como anfitriã, que ofereceu tantos pontos de conexão quanto foi possível entre os visitantes e a situação local, textos e comidas, conversas e performances, excursões e exibições".[3] Uma

---
2. Cf. <www.parkfiction.de>.
3. Christoph SCHAEFER, comunicação pessoal.

parte do evento era a recepção na exibição e na zona do parque. Um grupo de dança era fundamental e servia como vinculador de uma série de espaços. Outras apresentações exporiam projetos análogos. Mas também se tentaria estender essa aliança através da cidade. Até o HafenCity InfoCenter, por exemplo, que talvez fosse o desenvolvimento urbano mais divulgado de Hamburgo nos anos em que acontecia o desenvolvimento de *Park Fiction*, e que seria o lugar onde a momentânea comunidade de hóspedes e convidados se instalaria, para a festa e a discussão, a performance e manifestação que constituiria esse evento, que se dispersaria de mil maneiras, em mil atos, sob a forma de visitas pessoais, de comunicações eletrônicas, de trajetórias e de viagens.

Mil atos que conservarão a referência a essa plataforma que era seu ponto de partida: uma comunidade que mobilizava (como a comunidade de Vyborg) suas imagens em função de uma prática de resistência e de modificação de um estado de coisas em um espaço público: as imagens através das quais se articulava a "produção coletiva de desejos", os modelos de casas nas vitrinas de St. Pauli, o cartaz que anunciava a construção antes que ela começasse, o contêiner no parque, as mesas na *Documenta*, as palmeiras que serão o símbolo do parque terminado. Imagens que marcam itinerários, que são atrações nesses itinerários que vinculam espaços e estão destinados a pôr em contato grupos e indivíduos.

Imagens, de certa forma, como as que foram mobilizadas em torno do terceiro dos projetos nos quais quero me deter. Esse projeto foi iniciado por um grupo de pessoas reunidas por Roberto Jacoby, que, desde a década de 1960, foi um dos artistas argentinos mais complexos e difíceis de situar:

porque sua trajetória passaria pela intervenção em locais onde se unia a produção de arte com a construção de *cenas*. Essa trajetória se iniciava no local, primeiro, do Instituto Di Tella, que era o principal laboratório de práticas de vanguarda na Buenos Aires de quatro décadas atrás. Na época, Jacoby propunha "uma arte dos meios de comunicação" que se materializava em intervenções diversas nas ruas, banheiros públicos, galerias ou telefones, e que começava a ser magnetizada por uma pergunta em particular: como se tornam visíveis processos complexos? Essa pergunta orientava certo trabalho de 1973, quando Jacoby desenhava uma série de mapas e de narrativas destinados a dar expressão visual às dinâmicas do Cordobazo – uma revolta popular de 1969 – e havia estado também, sem dúvida, no fundo de sua participação, em 1968, no projeto *Tucumán arde*.[4] Mas, como aconteceria com muitos outros membros da cena da vanguarda argentina, a partir do início da década de 1970 Jacoby se retirava do espaço das artes. Dez anos mais tarde, no momento do final da última ditadura militar, se convertia em um dos letristas da Virus, uma das principais bandas da Argentina do retorno da democracia, em coreógrafo de alguns de seus espetáculos e organizador de certo ciclo de festas que concebia como "repúblicas elementares" temporárias. Alguns anos mais tarde, em uma conversa com Rosario Bléfari, Jacoby falou de sua paixão dessa época (paixão que persistiria) pelo que chama de "redes multimídia", e comentou:

---

4. Uma descrição breve desse projeto o trairia, de maneira que remeto aos textos de GIUNTA, Andrea. *Vanguardia, internacionalismo y política: arte argentino en los años 60* (Buenos Aires: Paidós, 2001), e de LONGONI, Ana e MESTMAN, Mariano. *Del Di Tella a "Tucumán Arde"* (Buenos Aires: El cielo por asalto, 2000).

> Eu tenho uma frase que uso para o projeto de redes multimídia: um atalho para o presente. O sentido é o seguinte: o presente está aqui, o que passa é que está disperso, como se estivesse fragmentado. O presente que é: estão passando um filme ótimo no Hoyts, em outro lugar está tal grupo de gente, em outro lado estão lendo umas poesias. Bem, está tudo aí, contudo está cada um em um lugar diferente e por aí você foi a algum, ou não foi a nenhum dos três, e então é como se esse presente não tivesse terminado de se realizar. A conexão entre todas essas coisas seria o que criaria o momento. Essa é um pouco a minha obsessão, que o presente não fosse individual, mas que houvesse uma ideia de cultura em gestação, uma emergência de algo.[5]

E o presente se tece não somente de ações, mas de exibições. Um interesse persistente nos trabalhos e execuções de Jacoby é o interesse por aquelas coletividades que se formam a partir de uma multiplicidade de atos de exposição realizados por uma dispersão de indivíduos. Por isso seu interesse constante pela moda. Porque, como Charles Taylor enfatizava pouco tempo atrás, entre as formas e mecanismos, os imaginários e as práticas de associação que se desenvolvem na modernidade, o espaço da moda é particularmente central. E qual é a forma desse espaço? "No espaço da moda compartilhamos uma linguagem de sinais e significados que muda constantemente, mas que em todo momento é o fundo necessário para dotar de sentido nossas ações."[6] Dos mil

---

5. JACOBY, Roberto. *Textos diversos*. Manuscrito inédito.
6. TAYLOR, Charles. *Modern social imaginaries*. Durham, NC: Duke University Press, 2004, p. 94.

atos de exibição que constituem a trama desse espaço surge uma estrutura que "não é a da ação comum, mas a de uma exibição mútua. Quando atuamos nos importa o fato de que outras pessoas sejam testemunhas do que estamos fazendo, e portanto contribuam para definir o significado da nossa ação".[7] No espaço móvel da moda, "cada indivíduo ou grupo pequeno atua de forma autônoma, mas é consciente de que sua exibição diz algo aos demais, suscitará uma resposta neles, contribuirá para criar um humor ou um tom coletivo que influenciará as ações de todos", de maneira que nele se articula a convivência de "um sem-fim de mônadas urbanas que se movem na fronteira entre o solipsismo e a comunicação".[8]

E uma convivência desse tipo se desenvolve ao longo do tecido de *webpages* pessoais, de *talk shows* e *reality shows*, que compõem o que John Thompson chama de *society of self-disclosure*, "sociedade da revelação de si", que seria, em sua opinião, o que se gesta no presente, no tecido que se forma entre os espaços materiais e o que Paul Virilio chama de "o novo contínuo audiovisual" que "já não é tanto o dos canais de notícias durante as 24 horas, que se converteram em padrão, como a multiplicação de câmeras *on-line* instaladas em cada vez mais regiões do mundo e disponíveis para a consulta e a observação nos computadores pessoais",[9] em que tudo se visualiza, se captura, se transmite instantaneamente, para a maior proximidade do acontecimento. Essa seria a época em que todo presente se expõe como transmi-

---

7. Ibid., p. 95.
8. Ibid., p. 95.
9. VIRILIO, Paul. In: LEVIN, Thomas; FROHNE, Ursula; WEIBEl, Peter. *Ctrl [space]: rhetorics of surveillance from Bentham to Big Brother*. Karlsruhe, Alemanha: ZKM Center for Art and Media; Cambridge, Mass.: MIT Press, 2002.

tido ou transportado, e adquire, por isso, algo de projétil: presente torrencial, que circula por inumeráveis canais, e se dirige, cada vez, a cada um dos sujeitos que orbitam em torno dele. É essa sociedade que constitui o entorno em que Jacoby sabe que opera. E sua convicção básica é que é possível intervir, a partir dos territórios da arte, na configuração desses espaços.

É sem dúvida a partir dessa convicção que, em meados da década de 1990, Jacoby, junto com Gustavo Bruzzone, conceberia o esboço de um projeto que seria posto em prática muito rapidamente e com consequências imprevistas. Tratava-se de uma revista que teria o nome de *ramona*. A peculiaridade da revista, no começo, era sua massividade: tudo o que acontecesse no universo da arte argentina seria registrado e comentado nela. Tudo o que fosse proposto – exceto os ataques pessoais – seria publicado. Não teria imagens. Seu formato seria o mais simples: páginas de escrito encadernadas entre capas brancas. A revista estaria nas galerias de arte e seria gratuita.

O pano de fundo desses processos era a época em que começava a se desencadear a "crise terminal" da última fase da "longa agonia da Argentina peronista", como a chamou o historiador Tulio Halperín Donghi. Ou seja, a fase de decomposição final do que Beatriz Sarlo chamava de "estado social *a la criolla*", que resultaria em um colapso contemporâneo para o desenvolvimento de uma extraordinária criatividade no nível da invenção das formas de associação: nas formas da prática política (assembleias, associações de desempregados...) ou econômica (coletores de papel, clubes de troca...). Era sobre esse pano de fundo que, em 2001, um grupo de pessoas reunidas em torno de Jacoby, que havia estabelecido uma fundação chamada Start – que dava um caráter institucional e técnico à série de atividades associadas à *ramona* – iniciava um projeto diferente: o da constituição de um meio de intercâmbio que permitisse articular uma comunidade que existia – essa era a suposição – no meio da arte, da literatura, da música, embora em estado disperso. Um meio de articulação e ao mesmo tempo de visibilidade. O esclarecimento da questão aconteceria, durante alguns meses, em uma série de conferências e debates no final dos quais se teria iniciado um projeto que se chamaria *Venus*. O *Proyecto Venus* é uma espécie de mercado entreaberto, cujo mecanismo é simples. Uma série de pessoas pertence ao sistema: algumas dezenas no começo, algumas centenas hoje. Cada uma delas recebe certa dotação de moedas. Essa moeda, cujo nome é Venus, serve para realizar intercâmbios na comunidade a qual define.

O sistema funciona em torno de uma série grande, embora limitada, de indivíduos. "Não se aspira, em princípio, a uma expansão indefinida ou maciça de seus membros – lê-se na declaração de princípios –, mas se tenta experimentar dimensões ótimas desse tipo de redes." De redes em que se tenta produzir conexões pessoais, mediante a oferta e o intercâmbio. E de fazê-lo de uma maneira relativamente formalizada. Porque o princípio do sistema é o de certa tomada de distância: "Embora pudessem ter enfatizado as formas não mercantis como as da religião, dos partidos revolucionários, das organizações solidárias, da família, da amizade desinteressada etc., sabe-se que essas formas muitas vezes se tornam injustas, desiguais: pensou-se que era melhor tentar criar um mercado próprio, de pertença voluntária, que coexistisse com o mercado consensual ou universal".[10]

O sistema coexiste com o outro mercado: por isso não está inteiramente isolado do espaço em que se encontra. Está, por assim dizer, *entreisolado*. Entreisolamento no qual se tentará fazer emergir algumas potencialidades. "O *Proyecto Venus* é desutópico, no sentido de fazer existir um lugar não 'fora' da 'sociedade', mas com os elementos que essa mesma sociedade promove em abundância."[11] Por isso se tenta facilitar, em uma condição ameaçada pela dispersão, não tanto "a trilhada 'criação coletiva', mas de todos os cruzamentos possíveis, da chamada 'fertilização cruzada', das 'transferências estruturais' de um campo a outro, das conversas, das colaborações, dos empréstimos, das amizades, do entrelaçamento de desejos e competências, da bricolagem de ideias e produções" que, em sua agregação, deveria apontar para a criação de uma forma particular de desenvolvimento subsistente. Porque "a experiência dos anos 1960 sugere que quando existem essas conexões se produz o chamado 'caldo de cultivo', que naquela década se cozinhava em panelas como bares, livrarias, casas coletivas".[12]

Um "caldo de cultivo", uma "ecologia cultural", que deveria emergir da multiplicidade dos intercâmbios e dos microeventos que o sistema possibilita. Que possibilita – insisto – ao mesmo tempo que os torna visíveis. Visíveis no interior da comunidade, mas visíveis também para qualquer um. Porque o site em que as ofertas se produzem, em que os

---

10. Cf. <http://proyectovenus.org/queesvenus.html>.
11. Ibid.
12. Ibid.

serviços se apresentam, em que as práticas associadas se constituem e são divulgadas está aberto ao acaso de qualquer um. Quem é esse observador? É difícil dizer. Mas é numeroso: umas trezentas pessoas visitam o site em um dia qualquer, um halo de observadores externos que gravitará crescentemente nas apresentações que acontecem. Apresentações breves, que são formuladas em certa linguagem: a da oferta e da demanda de bens ou serviços. Mas, como toda linguagem, essa não se limita a reproduzir uma realidade pré-existente, mas autoriza a produção de realidades: enunciados que de outra maneira seriam impossíveis, e que desencadeiam ações que de outro modo não seriam imagináveis. Porque as ofertas e as demandas tendiam a se tornar, muitas vezes, inventivas, e a articular desejos enigmáticos.

No momento em que escrevo estas linhas o equilíbrio do sistema é frágil, e é difícil prever sua evolução. Porque um dos problemas de Venus é o tamanho crítico: em que ponto a extensão do sistema o destrói? E por quê? Essas perguntas não são simplesmente externas: o projeto em conjunto é um dispositivo de interrogação. Conexão, visibilização das conexões, interrogação sobre aquilo que se torna visível: o *Proyecto Venus* é um ensaio de produção de sociabilidades em um meio tal que as exponha à visibilidade de qualquer um, de modo que possa se conduzir a partir delas uma interrogação. (Interrogação que, por outro lado, se conduz também no curso das ocupações mais ou menos momentâneas ou permanentes de tal ou qual espaço, que são uma parte importante da vida do sistema. A mais duradoura delas aconteceu em 2002, em um espaço em Buenos Aires a que se deu o nome de Tatlin, e que vinha a funcionar ao mesmo tempo como alojamento, lugar de produção, espaço de reuniões e mercado: ensaio de aproximação máxima entre a residência, a exposição e a colocação em discussão das exposições.)

De modo que o *Proyecto Venus* permite a comunicação em um grupo de indivíduos que se estrutura a partir de uma monetarização paradoxal na própria medida que põe as transações em público. Não todas elas: a parte luminosa do sistema, a parte acessível a qualquer um, se estende para uma parte escura à qual não temos acesso. Mas é ao mesmo tempo sua condição: as transações privadas são realizadas na própria medida em que podem ser sempre tornadas públicas. Na verdade, uma observação completa do que acontece ali é difícil de realizar sem ingressar no sistema de alguma maneira e, portanto, sem modificar e incrementar aquilo que se está observando. A decifração (necessariamente inacabada) desse objeto é inseparável de uma intervenção cada vez singular, que toma cada momento do desenvolvimento como um corte instantâneo em uma transformação que é um conjunto de mutações instantâneas e que não necessariamente possui estabilidade, constância ou final natural. O *Proyecto Venus* circula entre seus participantes de certa forma como circulam os detectores de experimentos de física de alta energia, em uma descrição proposta por Karin Knorr Cetina: "'Isso' [o detector] circula continuamente através de uma comunidade de físicos que colaboram, na forma de simulações e cálculos parciais, desenhos técnicos de projeto, apresentações artísticas, fotografias, materiais de prova, protótipos, transparências, relatórios escritos e verbais... Essas instâncias são sempre parciais no sentido de que não compreendem inteiramente o 'detector'. Os 'objetos parciais' se encontram em uma relação interna com o todo. As instâncias que enumerei não deveriam ser consideradas como um halo de apresentações e materiais preparatórios que anteciparam e representaram outro objeto, 'a coisa real'. É a própria 'coisa real' que tem a ontologia cambiante que o objeto parcial desenvolve."[13]

---

13. KNORR CETINA, Karin. "Objectual practice", op. cit., p. 182.

MOVIMENTO E QUIETUDE DAS IMAGENS

1

Uma artista americana e finlandesa planeja um programa que permita vincular a reconstrução da biblioteca de Vyborg ao desenvolvimento da vida no espaço social e físico complexo que é a cidade, de tal maneira que o processo de reconstrução fique arraigado, por meio de uma multiplicidade de pseudópodes, raízes ou tentáculos, no lugar em que se encontra; um grupo de artistas alemães é parte de um programa de atividades que associa o projeto de um parque com a investigação de tudo aquilo que insira a existência de um bairro na sociedade; um artista argentino realiza o projeto de um sistema que facilite os intercâmbios para um grupo numeroso de indivíduos, ao mesmo tempo que permite observar como cada um desses intercâmbios se insere em uma rede, cujo perfil e cuja forma aspira a tornar visível... Suponho que se veja a analogia entre todos esses projetos. E mais ainda se deveria ver se os considera como reações contra uma "lógica cultural" que era hegemônica no momento em que se produziam.

Recordemos que um termo tendia a circular na época, em toda parte, nas instituições acadêmicas, no espaço das artes e dos livros, usado de uma infinidade de maneiras. O termo é "pós-modernismo" e tinha várias acepções na ocasião, mas duas delas eram dominantes. Uma – associada a Jean François Lyotard – identificava um momento pós-moderno das artes, ali onde estas se consagravam à apresentação de um inapresentável (que, no entanto, seria a condição de todas as apresentações). A outra, que nos interessa mais imediatamente, é a que elaborava Fredric Jameson a partir de um famoso artigo de 1983 que tinha o título que mais tarde receberia o livro no qual suas posições se encontravam integralmente expostas (*Pós-modernismo: a lógica cultural do capitalismo tardio*).

Vale a pena lembrar que no artigo de 1893 Fredric Jameson começava apresentando um exemplo: o Hotel Buenaventura, em Los Angeles. O que Jameson observava nesse edifício? Em primeiro lugar, certo modo de se inserir na trama da cidade; ou, melhor, certo modo de resistir a fazê-lo. O edifício carece de portas; o umbral que o vincula à cidade foi reduzido até a inexistência: as entradas "parecem laterais e concebidas como entradas de serviço", o que implica "uma nova categoria de clausura que domina o espaço interior de todo o hotel".[1] Porque "o Buenaventura encerra a aspiração de ser um espaço total, um mundo inteiro, uma espécie de cidade em miniatura"; "Nesse aspecto, a minicidade ideal

---

1. JAMESON, Fredric. *El posmodernismo o la lógica cultural del capitalismo avanzado* (Trad. Pardo Torio). Buenos Aires: Paidós, 2005, p. 90.

do Buenaventura de Portman não deveria ter nenhuma entrada, pois a entrada é sempre uma abertura que liga o edifício com a cidade que o rodeia: o edifício não quer ser parte da cidade, e sim seu equivalente ou substituto".[2] Por isso, a relação entre o edifício e a cidade é disjuntiva; mas não violentamente disjuntiva, ou seja, não disjuntiva como é a relação que alguns monumentos modernos (uma elipse de Richard Serra, uma catedral de Oscar Niemeyer) podem ter estabelecido com seus entornos. Aqui se trata de repelir a cidade em que o edifício se instala: daí os muros de cristal que o envolvem, e que exibem as imagens, agora distorcidas, do seu entorno. Daí os muros refletores serem de certa forma o símbolo da arquitetura pós-moderna.

Mas a oposição, formulada desse modo, é demasiado simples. Para aprofundá-la, pode ser útil avançar um pouco no texto de Jameson. Imediatamente depois de descrever e analisar o Hotel Buenaventura, Jameson se concentra em uma imagem: *Diamond Dust Shoes*, de Andy Warhol, onde alguns sapatos flutuam em um espaço neutro, feito de pó brilhante. Jameson comenta essa imagem contrastando-a com outra: a dos sapatos camponeses pintados por Van Gogh, que na época haviam também comentado Meyer Schapiro, Martin Heidegger (em "A origem da obra de arte") e Jacques Derrida (em *A verdade na pintura*). E afirma que se quisermos abordar esta última pintura de tal maneira que apareça, para nós, como algo mais do que uma composição decorativa, deveremos começar reconstruindo "uma situação inicial da qual emerge a obra terminada. Se não houvesse nenhuma

---

2. Ibid., p. 98. Trad. ligeiramente modificada.

forma de recriar mentalmente essa situação – já desvanecida no passado –, o quadro não seria mais que um objeto inerte, um produto final reificado que não poderia ser considerado como um ato simbólico de pleno direito, ou seja, como práxis e como produção".[3] Mas qual é essa situação inicial? Qual é o "material bruto" que essa pintura confronta e reelabora? "O mundo instrumental da miséria agrícola, da implacável pobreza rural, e por todo o entorno humano rudimentar das fatigantes tarefas camponesas, um mundo reduzido ao seu estado mais frágil, primitivo e marginal."[4]

A menos que possamos observar o quadro ao mesmo tempo que reconstruímos essa rede de referências, veremos uma mera agregação de linhas e cores: "mera decoração" mais que "ato simbólico". Mas se observarmos a pintura tendo em mente o mundo de miséria camponesa ao qual de alguma maneira se refere, veremos que esse mundo não é meramente reproduzido: esse mundo exausto, de extrema miséria, é exposto em cores curiosamente alucinatórias. Por quê?

> Sugerirei brevemente, e me atendo sempre a esta primeira opção interpretativa, que a transformação violenta de um crasso mundo de objetos camponês na mais gloriosa materialização da cor pura no óleo há de ser entendida como um gesto utópico: um ato compensatório que termina produzindo todo um novo reino utópico dos sentidos, ou pelo menos desse supremo sentido – a vista, o visual, o olho – que reconstrói para nós uma espécie de espaço quase autônomo e autossufi-

---

3. Ibid., p. 24.
4. Ibid., p. 25. Trad. ligeiramente modificada.

ciente: parte-se de uma nova divisão do trabalho no seio do capital, uma nova fragmentação do sensório emergente que responde às especializações e divisões da vida capitalista, e ao mesmo tempo se busca, precisamente nessa fragmentação, uma desesperada compensação utópica de tudo isso.[5]

Essa operação replica as "especializações e fragmentações" da "vida capitalista", mas reverte sua orientação e as converte – para aquele, em todo caso, que interpreta "a obra em sua forma objetal ou inerte" "como guia ou sintoma de uma realidade mais vasta que se revela como sua verdade última"[6] – em instrumentos para a realização de uma "compensação utópica".

Obviamente o quadro não obriga essa abordagem, mas a permite. E uma abordagem desse tipo é o que Warhol – que no artigo de Jameson exemplifica a maneira pós-moderna na pintura – queria impedir. Porque "nada nesse quadro [no quadro em que alguns anônimos sapatos flutuam em uma superfície de pó de diamante] supõe o mais ínfimo lugar para o espectador, a quem confronta no ângulo de um corredor de museu ou de uma galeria com toda a contingência de um objeto natural inexplicável [...] [Aqui] encontramos uma coleção aleatória de objetos sem vida reunidos na tela como um feixe de hortaliças, tão separados de seu mundo vital originário como aquele monte de sapatos abandonados de Auschwitz ou como os restos e desperdícios resgatados de um trágico e incompreensível incêndio

---
5. Ibid., p. 24.
6. Ibid., p. 27.

em uma discoteca abarrotada".[7] Por isso o impulso hermenêutico se encontra aqui bloqueado: não há mundo que eu possa reconstruir quando me situo diante dele. Por isso sua "qualidade mortuária". Porque, assim como o mundo camponês era exposto na pintura de Van Gogh – criticamente – como o local de uma sensorialidade esplêndida, a técnica de Warhol nos mostra as coisas como se houvessem sido aniquiladas e agora expusessem "o letal substrato em branco e preto do negativo fotográfico que nelas subjaz".[8] Daí a tonalidade particular dessa imagem, o "desvanecimento do afeto" que aspira provocar, desvanecimento que não deveria, no entanto, impedir (que deveria, inclusive, suscitar) "uma estranha euforia, compensatória, decorativa, explicitamente designada no próprio título da obra, embora talvez mais difícil de observar na reprodução. O reluzir do pó dourado, o brilho das partículas resplandecentes que selam a superfície do quadro e, no entanto, nos deslumbram".[9]

Assim, o emblema do pós-modernismo, segundo Jameson, é uma imagem perfeitamente separada, estritamente hermética, que bloqueia a projeção imaginária e deixa patente a aniquilação de um olhar. O historiador Benjamin H. D. Buchloh, que nesses mesmos anos escrevia uma das interpretações mais intensas e esclarecedoras de Warhol, propunha uma leitura próxima e de certo modo complementar. Segundo Buchloh, o objetivo (um pouco como se fala de objetivo bélico) da obra de Warhol é "a destruição dos últimos vestígios do ritual na experiência estética".[10] Que esse é o caso

---

7. Ibid., p. 28. Trad. ligeiramente modificada.
8. Ibid., p. 30. Trad. ligeiramente modificada.
9. Ibid., p. 30-31. Trad. ligeiramente modificada.
10. BUCHLOH, Benjamin H. D. *Neo-Avantgarde and Culture Industry*. Cambridge, MA: MIT Press, 2000, p. 482.

se percebe com a maior clareza na intervenção que Warhol realizava com relação a um grupo determinado de artistas que haviam tentado, a partir da quinta década do século, realizar uma arte da participação. Próximo a 1958, Allan Kaprow publicava um ensaio sobre Jackson Pollock onde afirmava que sua obra, ao repudiar e inclusive destruir a tradição da pintura de cavalete, "pode ser um retorno ao ponto em que a arte estava mais ativamente envolvida com o ritual, a magia e a vida do que o que conhecemos em nosso passado recente".[11] Mas, ao fazê-lo – comenta Buchloh – "Kaprow concebe a dimensão ritualista da experiência estética (que Walter Benjamin chamou de 'a dependência parasítica da arte da magia e do ritual') como uma condição estável, trans-histórica, universalmente acessível, e que pode ser reconstituída a qualquer momento simplesmente alterando meios estilísticos esgotados e procedimentos artísticos obsoletos".[12] Por isso a sua posição, mesmo quando se queira progressista, é uma secreta regressão. E isso é o que Warhol compreende; o resultado dessa compreensão é uma série de pinturas que reproduzem esses diagramas com os quais se aprende passos de dança ou figuras para colorir, e que se opõem "às aspirações a uma nova estética da participação (como havia sido predicada e praticada por Cage, Rauschenberg e Kaprow) degradando essas noções ao nível da pura farsa".[13]

Essa crítica prática das intenções de recuperação do ritual que havia sido próprio da arte participativa de meados do século passado é acompanhada por um repúdio da narra-

---

11. Allan Kaprow, cit. em BUCHLOH, op. cit., p. 480.
12. Ibid., p. 481.
13. Ibid., p. 482.

ção em pintura. Esse antagonismo se lê na variação que realiza sobre o legado de Robert Rauschenberg:

> A adaptação que Warhol realiza dos métodos de transferência mecânica da imagem que Rauschenberg empregava (estêncil ou *silkscreen*) submetia essas técnicas a numerosas transformações críticas. Em primeiro lugar, Warhol privava suas pinturas do infinito tesouro de jogos associativos e as referências múltiplas simultâneas próprias da estética tradicional da colagem que Rauschenberg oferecia ao observador. Ao contrário, o desenho de imagem de Warhol (seja por sua emblemática estrutura de unidades simples, seja por suas repetições) extingue todos os recursos poéticos e bloqueia a associação livre dos elementos pictóricos que o observador poderia realizar, impondo em seu lugar uma restrição agressiva. De maneira literal, as imagens singularizadas de Warhol se tornam herméticas: isoladas de todas as outras imagens ou anuladas por sua própria repetição, já não podem gerar "significado" e "narração" à maneira dos mais vastos acoplamentos sintáticos de Rauschenberg.[14]

Nada aqui vincula uma imagem com as outras. Entre umas e outras imagens se abrem distâncias irrecuperáveis. Nada corre entre as imagens: a crítica do ritual se articula com "o repúdio das demandas convencionais dirigidas ao objeto artístico de que provê a plenitude da representação icônica".[15]

Mas esse repúdio não implica o regresso às formas do modernismo clássico. Quais eram essas formas? Uma leitu-

---
14. Ibid., p. 497.
15. Ibid., p. 497.

ra recente, que propõe o historiador T. J. Clark em seu *A Farewell to an Idea* [Um adeus à ideia] e em uma série de ensaios que são como seus satélites (leitura em que, incidentalmente, a questão do ritual, da ausência do ritual, é particularmente central) pode nos ajudar a determinar a relação entre o tipo de operações realizadas por Jacoby, Roberts, Schaefer e seus associados. O presente em que esses textos são escritos (o presente dos últimos anos 1990) constitui, para Clark, o ponto de extenuação de uma série de tensões que se iniciavam dois séculos antes – por exemplo – no trabalho de um Jacques-Louis David. No início do modernismo, digamos, que elaborava, reconhecia e processava na pintura o que era próprio de uma situação mais geral, uma situação social onde os indivíduos se viam crescentemente confrontados com duas certezas: a certeza de que o mundo social é uma soma de privacidades e a certeza de que um maquinário impessoal, sem propósito próprio, governa a vida nesse mundo. Duas certezas, ou melhor, dois sonhos, duas imagens feitas de fragmentos de percepções sintetizadas de uma maneira particular. Quando se voltassem para o mundo, os modernos veriam duas coisas: que "o mundo se tornava moderno porque estava se transformando em um espaço habitado por sujeitos individuais livres, cada um deles habitando em um imediatismo sensual", "uma concepção de privacidades – de apetites, possessões, acumulações"; e que o mundo era "cada vez mais o reino da racionalidade tecnológica, tornado disponível e compreensível para os sujeitos individuais graças à sua mecanização e padronização."[16]

---

16. CLARK, T. J. *Farewell to an Idea. Episodes from a History of Modernism*. New Haven e Londres: Yale University Press, 1999, p. 164-165.

A pintura moderna, na leitura que propõe Clark, era uma resposta a essa condição histórica que dava lugar a estas duas visões: a formação de "uma ordem social que se afastou do culto dos antepassados e das autoridades passadas em busca de um futuro projetado – de bens, prazeres, liberdades, formas de controle sobre a natureza, infinidade de informação", afastamento que "leva consigo um grande esvaziamento e saneamento da imaginação. Sem culto aos antepassados, o sentido se torna escasso – 'sentido' enquanto formas de valorização e entendimento acordadas e instituídas, ordens implícitas, histórias e imagens nas quais uma cultura cristaliza sua vivência da luta com o reino da necessidade e da realidade da dor e da morte."[17] O modernismo na pintura era, então, uma reação àquilo que, na modernidade, diz respeito ao destino do sentido como sentido compartilhado e à imaginação como faculdade que se apoia nessa comunalidade. A modernidade teria sido a época da grande destradicionalização: a época em que as reservas de sentido compartilhado se esgotam (e desse modo extenuam algumas potências da imagem). Nesse universo onde se pressupõe que as coletividades humanas se compõem de "indivíduos que se juntam para formar uma entidade política a partir de certo pano de fundo moral pré-existente e com algumas finalidades em vista", que se encontram em ruptura com "imaginários sociais pré-modernos", estruturados de várias maneiras por uma pressuposição de complementaridade hierárquica e segundo a qual uma sociedade era feita de diferentes ordens que eram necessárias e se complementavam",[18]

---

17. Ibid., p. 165.
18. TAYLOR, Charles, op. cit., p. 93 e 95.

mas que também se ordenavam em hierarquias, emergia ao mesmo tempo que se constituíam formas específicas de domínio técnico.

A euforia de constatar a dissolução dessas hierarquias em um universo de privacidades dispersadas era mitigada por uma imagem depressiva: a de um universo dominado por processos de "especialização e abstração", onde a vida social é dominada por um cálculo estatístico, realizado em condições de aceitação de altos níveis de risco, cálculo que supõe que o tempo e o espaço sejam "convertidos em variáveis do mesmo cálculo, ambos saturados por 'informação' e postos em jogo interminável, monotonamente, em redes e telas".[19] No plano da vida cotidiana, isso induz o aumento da autoridade que se concede aos especialistas e técnicos que, a partir de um saber obtido no confinamento de laboratórios e estúdios, adquirem uma capacidade crescente de intrusão na "microestrutura do eu". "Especialização e abstração", expansão das culturas de especialistas (e sobretudo de sua capacidade de intervir nos processos de subjetivação), recomposição dos espaços e dos tempos a partir dos fluxos de informação: esses seriam – na opinião de Clark – os traços que definem o moderno. E qual seria o propulsor desses processos? "A acumulação de capital e a extensão dos mercados capitalistas em cada vez mais partes do mundo e na textura dos intercâmbios humanos",[20] em um processo cego, que nenhuma finalidade substancial orienta nem nenhum sujeito conduz.

Saber isso, saber – confusa ou claramente – que assim é o mundo, dá sua tonalidade particular ao moderno: "Sa-

---
19. CLARK, op. cit., p. 7.
20. Ibid., p. 7.

bemos que estamos vivendo uma nova forma de vida, em que todas as noções prévias de crença e sociabilidade foram perturbadas. E o verdadeiro terror dessa nova ordem tem a ver com seu ser governado – e o nosso obscuro sentir que é governado – pela mera concatenação de lucros e perdas, ofertas e regateios: ou seja, por um sistema sem propósito, ou sem nenhuma imagem ou ritualização convincente desse propósito".[21] Essa situação seria a que a arte moderna confronta na imagem. De que maneira? Afirmando-a ou negando-a? Depressiva ou euforicamente? Mediante o elogio ou a crítica? De todas essas maneiras, de forma alternada ou ao mesmo tempo. Por um lado, construindo imagens que são estritas acumulações de marcas, dispersões de toques de cor, áreas de pura sensação; mas também, por outro, edificando composições que sugerem uma intensidade nua, a vida em uma dimensão desprendida das restrições da socialidade regulada. Porque o modernismo queria duas coisas: "Queria que sua audiência fosse levada a reconhecer a realidade social do símbolo (e distanciada das comodidades da narrativa e do ilusionismo, como se afirmava); mas também sonhava em devolver o símbolo a um fundamento de Mundo/Natureza/Sensação/Subjetividade que as idas e vindas do capitalismo haviam possivelmente destruído".[22] Por isso, não deixava de se mover entre "uma fantasia de frio artifício e outra de imediatismo e 'ser no mundo'",[23] em uma oscilação que não poderia se resolver. Porque "a contingência era um destino que devia ser sofrido, e em parte

---

21. Ibid., p. 8.
22. Ibid., p. 8-9.
23. Ibid., p. 9.

aproveitado, mas só para conjurar a partir dela – a partir das falsas irregularidades e do fluxo livre indiscriminado – uma nova unidade pictórica".[24]

Nos casos extremos, em que se verifica de um modo mais violento a oscilação entre a exposição da dispersão estrita e a da possibilidade de sua excedência na direção de uma "nova unidade", é o lugar onde se jogam e esclarecem as tensões próprias do modernismo, o que lhe teria dado sua intensidade peculiar. Moderna seria certa maneira de permanecer na ambivalência: de oscilar, de percorrer sem se deter um arco de possibilidades que vão desde o reconhecimento de uma indiferença que não pode se sustentar ao conjurar uma unidade que não se pode acabar de apresentar. E certa maneira de levar as coisas ao extremo: porque o extremismo é básico na modernidade. Porque a posta à prova na pintura dos sonhos da modernidade se realiza sob a forma de um *forçamento* no qual se colocam em jogo "positivo e negativo, plenitude e vazio, totalização e fragmentação, sofisticação e infantilismo, euforia e desespero, uma afirmação de infinito poder e possibilidade junto a uma mímica de profunda desorientação e perda dos reparos".[25] Por isso "o modernismo, na prática, era com a maior frequência uma forma de agonia ou anomia" – mas, por outro lado, "a agonia, na modernidade, não pode ser separada do deleite".[26] Ou das aventuras da forma. Porque "pôr à prova" significa fazê-lo no plano da forma: "o modernismo era algo posto à

---
24. Ibid., p. 11.
25. CLARK, T. J. "Modernism, Postmodernism, and Steam". *October*, v. 100, 2002, p. 166.
26. Ibid., p. 169-170.

prova [...]. Era uma espécie de exílio interno, uma retração no território da forma; mas a forma era em última instância um ato de agressão, um abismo no qual todos os 'dados' confortáveis da cultura eram chupados e depois cuspidos".[27] Um ato de agressão, um abismo: um "forçamento".

Esse universo encontrava seu espaço institucional próprio no momento em que se dissolvia o universo de complementaridade hierárquica das sociedades tradicionais, onde não só se desenvolvia (como sugere Clark) um sentido compartilhado, mas se separavam os espaços de produção e recepção da arte de maneiras específicas. O modernismo que confronta certo estado do social retraindo-se sobre a forma tomava seu impulso no local que encarnava, na dimensão institucional, uma recomposição dos lugares de visão: a que tinha lugar nos salões – especialmente nos salões parisienses – a partir do século XIX, esses locais particulares, diferentes ao mesmo tempo de galerias, escritórios ou museus, onde se expunha a produção de artistas vivos ao julgamento do indivíduo comum, "espaço público para o julgamento privado", como disse Thierry De Duve,[28] diferente daqueles outros espaços da aristocracia onde as disposições acadêmicas propu-

---

27. Ibid., p. 172. Clark acrescenta: "O modernismo era uma espécie de formalismo. Os modernistas colocavam uma ênfase particular nos feitos físicos e técnicos do meio em que trabalhavam" (p. 162). Mas a "ênfase" deve ser aqui ressaltada. Porque "o modernismo é a forma que o formalismo assumiu em condições de modernidade, a forma que assumiu ao tentar esboçar uma reação à modernidade. E essa forma era acentuada e aberrante. Às vezes a ordem formal era colocada em primeiro plano – dir-se-ia que fetichizado – a ponto de aparecer positivamente como uma imposição, uma pré-fabricação, uma série de moldes feitos à máquina. Ou a forma era dispersada – empurrada até o ponto do esvaziamento ou da mera justaposição arriscada –, descoberta sempre à beira da incompetência ou da arbitrariedade" (p. 163-164). O modernismo é aquilo que opera realizando uma retração, uma concentração na forma do meio, mas que coloca esse meio em uma tensão singular.

28. DE DUVE, Thierry. *Clement Greenberg entre les lignes*. Paris: Dis Voit, 1996, p. 63.

nham mapas compartilhados e articulavam critérios técnicos e estéticos com uma visão hierárquica do plano social, e onde os artistas podiam saber os termos em que os pactos de pintura que os observadores lhes propunham se fechavam.

O pintor moderno se encontra com um problema específico: o fato de se dirigir a uma burguesia que é uma multiplicidade fluida; e "se as partes do pacto são fluidas – como escreve Thierry De Duve –, o pacto é incerto".[29] Não é possível dirigir uma pintura simplesmente à "burguesia", porque a noção é demasiado geral, e porque não se pode supor que a "burguesia" tenha alguma unidade na hora de prestar ou não seu assentimento. É inclusive em torno da apreciação dessa arte que se propõe como um *exame* que se produzirá certa divisão: mais de uma burguesia. Porque a modernidade nas artes é o momento em que o artista ambicioso trata de se confrontar com uma situação completa.

> Eles [os artistas modernos] vivem esteticamente, com sua sensibilidade, e pela mediação das restrições técnicas do seu ofício, a necessidade de concluir um pacto com um destinatário indeterminado e dividido pelos conflitos sociais. É sob a pressão estética dessas restrições técnicas que um artista digno desse nome cria, aceita ou rompe uma convenção, ou seja, o pacto. Reciprocamente, é sob a pressão contraditória da autoridade do pacto em vigor nesse ou naquele segmento social e do desejo eventual de outro pacto com outra fração social que cria, aceita ou transgride esteticamente uma restrição técnica. Rompendo a convenção (a regra), os artistas de vanguarda

---

29. Ibid., p. 63.

provocam o público a se dar conta do fato de que a convenção (o pacto), sendo incerta, está na prática já quebrada e deve ser renegociada, caso a caso. Reciprocamente, rompendo a convenção (o pacto), os artistas de vanguarda fazem das convenções (as regras) do seu ofício o lugar da negociação.[30]

Mas essa negociação é incerta, e não se sabe nunca inteiramente com quem se conduz. Enquanto a execução da pintura acontecia em condições de consenso sobre as regras da prática (em regime poético, diria Rancière), a obra (o quadro, o afresco) se dirigia a certa categoria de indivíduos. Quando essa execução acontece em condições em que a pintura deve se dirigir a qualquer um, orientar-se para aqueles que lhe são estranhos, o artista terá que tratar as convenções do meio como o local da conclusão de um novo pacto, que deverá, fatalmente, se concentrar naquilo que, do objeto em torno do qual se tece, corresponde à dimensão das convenções e das regras. E sobre convenções e regras que começam a se distanciar ou se dividir de si mesmas no próprio momento em que se instalam, que se propõem desde o início como problemáticas.

Assim, uma forma de afetividade que é fundamental na cultura moderna das artes plásticas é o que De Duve chama de "sentimento da discordância", que implica uma concentração particular (uma retração, digamos) no meio: "O pintor de vanguarda, mais sensível à fragilidade dos pactos estéticos, mas infinitamente mais ambicioso quanto à sua extensão, mais alerta, mais alarmado, mais perturbado talvez pela

---
30. Ibid., p. 64.

indeterminação de seu destinatário, se dirige ao seu meio como se encarnasse esse destinatário". O meio "encarna e materializa a alteridade do destinatário".[31] E isso acontece ali onde aparece como o local de transmissão de certa agência. É que o universo da arte é um universo de formas de induzir o assentimento do passante, de atraí-lo para aquilo que se expõe, de mantê-lo na rede de atrações em que consiste. Mas esse assentimento equivale, em condições da arte de vanguarda, a tecer pactos em torno de outros pactos desfeitos. E esse jogo de pactos que se rompem e se estabelecem seria o jogo principal que artistas e destinatários jogariam nesse domínio da arte moderna que se abria onde, na incerteza dos atores em uma cena de envio e recepção, o meio (a forma) cobrava uma espessura que permitia aos pintores submetê-lo à prova da aberração, e que começava a se fechar quando, a partir dos anos 1950 (e especialmente nos Estados Unidos), essa arte restabelecera relações estáveis com seu público, no MoMA e na *Vogue*, nas fotografias de Jacson Pollock na *Life* e na *Interview*. "Nesse momento, as convenções deixam de ser pactos incertos que se trataria de pôr à prova sem descanso, esteticamente, e se tornam simples convenções sociais, *hábitos* – diria Bourdieu – próprios para demarcar da grande massa aqueles que, sinceramente ou por afetação, professam sua pertença ao meio"; então, ocorre "uma convencionalização do conjunto do meio em torno dos comportamentos e das atitudes que denotam um saber quase profissional das regras do jogo, mais que um domínio técnico das regras estéticas do ofício".[32]

---
31. Ibid., p. 66.
32. Ibid., p. 88.

Então se torna cada vez mais difícil até mesmo realizar essas execuções que na modernidade apontavam para a produção de uma *crise espacial* na experiência do observador: a execução, por exemplo, dirigida a hipersingularizar o observador e afastá-lo do espaço em que se encontra, que o próprio De Duve descreveu em relação a uma peça de Duchamp. A peça é *Para ser olhado (do outro lado do vidro) com um olho, perto, por quase uma hora.* Trata-se de uma lente de aumento, através da qual nos é pedido que observemos durante uma hora. Se o fazemos, veremos a sala onde nos encontramos invertida e reduzida. Pode acontecer de não vermos nada além disso. Mas pode ser que passe algum outro espectador por esse lugar e pare na frente da lente, onde eu, observador, havia estado parado: o que verei é um homúnculo pequeno e invertido no lugar onde há pouco eu me encontrava. Quando isso acontecer – comenta De Duve –, compreenderei que "um desencontro acaba de acontecer – com o vidro servindo de obstáculo – entre dois espectadores, ele e eu, dois membros do público. Entre nós dois a obra não foi nada mais que o instrumento desse encontro. Mas como ele ocupa o lugar onde estava, é também comigo mesmo que perdi esse encontro ao qual cheguei tarde, e é com ele mesmo que ele terá ou teve um encontro, com *todo tipo de atrasos*".[33] Por isso o dispositivo de Duchamp tende a se dirigir ao público como um "corpo desmultiplicado". Por isso "a relação entre objeto e público como Duchamp a imagina, produz e declara, não dá lugar nem a uma comunidade de observadores nem a uma coleção de objetos. O único status público da obra é uma dis-

---

33. DE DUVE, Thierry. *Kant after Duchamp*. Cambridge, MA: MIT Press, 1997, p. 403.

persão de privacidades. No ponto de encontro do objeto e do público, o objeto se desvanece e o público se dispersa, heterogêneo e dividido".[34]

Mas essa concepção da obra de arte como essencialmente *dispersante* (cuja contrapartida, em alguns momentos da vanguarda, era a da prática de arte como articuladora de uma comunidade fusional) dominava outros momentos da cultura artística da modernidade, e se materializava na estratégia dadá, por exemplo. É que dadá, como observa Leah Dickerman, é um local onde uma "desilusão com a possibilidade de um público moderno coeso se manifesta como uma agressiva tomada de distância em relação à coletividade". Ali, "a performance pública do privatismo – da falta de lei da mente e do corpo, das perversões e das patologias – se converte em uma tática primária de resistência".[35] Tática que se repetirá uma infinidade de vezes, que será uma tentação constante das neovanguardas, que abarcará uma parte importante das produções do Fluxus ou do *happening* e depois alimentará grande parte dessa arte da abjeção que constituiria uma boa parte do mais intenso da arte dos anos 1980. (Porque a tentação de abandonar a figura da obra de arte se produzirá, precisamente, como um *forçamento*.)

2

Esta é a constelação da qual os projetos nos quais me detive se distanciam: a que se constitui no decorrer de uma

---
34. Ibid., p. 403.
35. DICKERMAN, Leah. "Dada Gambits". *October*, v. 105, 2008, p. 11.

"longa marcha" que se origina próximo do início do século XIX e se dispersa e se dissipa em torno da sétima década do século que acaba de terminar. O próprio Clark sugere que essa trajetória é um momento desse vasto movimento de destradicionalização que dá seu perfil próprio às culturas euro-americanas modernas. Charles Taylor, em uma obra recente, dá um nome ao movimento em questão: ele o chama de *"Gran disembedding"*, o *"Gran desemplazamiento"* [Grande deslocamento], se me permite a expressão incomum em castelhano. O objeto de *Modern Social Imaginaries* (a obra em questão) é definir o que constitui aquilo que é próprio da modernidade euro-americana. Um fator central para Taylor (como antes para Max Weber ou Louis Dumont) na formação da modernidade europeia (e o traço que define o seu perfil) é o "progresso do desencantamento, a eclipse do mundo de forças mágicas e espíritos"[36] que se associa com a reforma protestante e a reação católica a essa reforma, como movimento destinado a disciplinar e reordenar a sociedade de modo que as demandas dos Evangelhos se encarnem em uma ordem racional. É claro que esse movimento se encontra próximo ao final de uma "longa marcha" que é iniciada pelas religiões que Taylor (com Karl Jaspers) chama de "axiais", as religiões universalistas (islamismo, cristianismo, budismo) que propõem um tipo de vida religiosa diferente da que é comum nas "sociedades anteriores, de menor escala".[37] Esse movimento é o que Taylor chama de "Grande *disembedding*". A diferença entre a religiosidade (a forma de elaborar em comportamentos e instituições a ideia de que os indivíduos

---

36. TAYLOR, op. cit., p. 49.
37. Ibid., p. 50.

se encontram em relação a espíritos, forças ou poderes que se concebem como superiores) que inaugura o movimento e o que Taylor chama de "religião precoce" tem a ver com três aspectos. Em primeiro lugar, a dissolução do vínculo inseparável entre a vida religiosa e a vida social, o cancelamento do vínculo pelo qual a atividade econômica está imediatamente articulada ao calendário das festividades, e cada ato é colocado na tutela e em nome dos poderes aos quais se tenta se aproximar e cuja proteção se tenta atrair. Em segundo lugar, a anulação desse traço da religiosidade precoce que consiste em que "a agência primária da ação religiosa importante – invocar, rezar, sacrificar, celebrar os deuses ou espíritos; aproximar-se desses poderes, curar e se proteger deles, adivinhar seguindo seu guia – era o grupo social em conjunto, ou alguma agência mais especializada reconhecida como se atuasse pelo grupo. Na religião precoce nos relacionamos com Deus principalmente como sociedade",[38] pela qual, embora haja indivíduos que realizam determinadas funções, se supõe que sua eficácia depende da participação da coletividade em cujo nome esses indivíduos atuam. Mas isso em geral leva consigo uma característica: que as ordens e hierarquias que estruturam a comunidade são sacrossantas, no sentido de serem religiosamente sancionadas. Por isso a transgressão da ordem social é imediatamente uma transgressão religiosa, e esta é uma alteração da ordem cósmica (porque a religião precoce, na reconstrução que Taylor propõe, está imediatamente incorporada no mundo natural, enquanto nela "os espíritos e forças com os quais tratamos estão de

---

38. Ibid., p. 53.

muitas maneiras intrincados no mundo",[39] e se identificam com objetos e lugares, de maneira que – como no fenômeno que chamamos de "totemismo" – algumas características do mundo, uma espécie animal ou vegetal, por exemplo, é fundamental para a identidade do grupo"[40]). Em terceiro lugar, o abandono gradual da propensão da religião precoce para identificar o objetivo principal da ação ritual, como o de conseguir a adesão das potências para a consecução de fins humanos comuns (saúde, fertilidade, poder militar ou vida longa) e para evitar a enfermidade, a morte, a desgraça. O que está ausente dessa disposição é o tipo de questionamento radical da compreensão comum que é característica das religiões axiais, que propõem "uma noção do nosso bem que vai além da realização humana comum, que podemos conquistar inclusive quando fracassamos completamente na ordem da realização humana, inclusive mediante tal fracasso (morrendo jovem em uma cruz, por exemplo) ou abandonando por completo o campo da prosperidade (acabando com o ciclo das reencarnações)".[41] Desse modo, "o estreito vínculo com o cosmos mediante a vida religiosa coletiva se torna problemático", e o indivíduo é incitado "a questionar as convicções recebidas e aparentemente inquestionáveis concernentes à realização humana e, dessa maneira, inevitavelmente, também as estruturas da sociedade e as características do cosmos por meio das quais essa realização era supostamente conseguida".[42] É essa forma "crítica de religiosidade que abre a possibilidade de uma possibilidade de

---
39. Ibid., p. 55.
40. Ibid., p. 56.
41. Ibid., p. 57.
42. Ibid., p. 58.

buscar "uma relação com o divino ou o superior que revê com severidade as noções correntes de realização, ou que inclusive vai além delas, e pode ser realizada por indivíduos isolados e/ou mediante novas formas de socialidade separadas da ordem sagrada estabelecida".[43]

A imagem dissociada de *Diamond Dust Shoes* ou o sinal de retardos de Duchamp se encontram no término dessa "longa marcha" na estação final de uma trajetória que desce do tipo de "cultura da imagem" que um Jean Claude Schmitt descreve quando se refere à Idade Média europeia. A *imago* medieval, as imagens que se encontram em manuscritos ou em igrejas, iluminações e vitrais, afirma Schmitt, se apresentam como "índices de realidades invisíveis que transcendem as possibilidades do olhar",[44] como formas de "tornar presente" o que transcende ao mundo comum: como aparições, como epifanias. Daí a forma particular de perspectiva (diferente da perspectiva linear) que é característica da Idade Média, a composição dessas imagens como uma série de planos que avançam desde o fundo da cena composta para frente, para nós, essa estratégia de construção pela qual os planos "parecem surgir fora do manuscrito, do retábulo ou do muro pintado para se projetar para o espectador que interpelam, como somente uma visão onírica pode fazê-lo".[45] O movimento de aparição da imagem é um movimento de *encarnação*. Por isso, há uma associação entre as imagens e as relíquias, que muitas vezes se associavam com elas; nos dois casos trata-se de assegurar a presença corporal do divi-

---
43. Ibid., p. 60.
44. SCHMITT, Jean-Claude. *Le corps des images*. Paris: Gallimard, 2001, p. 24.
45. Ibid., p. 25.

no entre os homens. "A partir disso, todo um conjunto de interações, feitas de gestos, de palavras e experiências visionárias, podia se estabelecer entre os homens e essas imagens-corpo, presenças visíveis e carnais do invisível"[46]; esses *mediadores*, que são eficazes enquanto o receptor possa se dispor frente a elas da maneira apropriada, de tal modo que, ao olhar esse objeto que de certa maneira olha para ele, possa "se sentir envolvido por uma presença vivente",[47] disposição que implica seguir uma série de procedimentos regulados, ritualizados: essa experiência, em sua maneira mais acabada, ocorre, precisamente, no momento do ritual.

No final dessa longa marcha, na verdade, se encontram *Diamond Dust Shoes* ou *Para ser olhado (o outro lado do vidro) com um olho, de perto, durante cerca de uma hora*. Mas também outra imagem de Warhol em que Hans Belting se detém em seu livro *The invisible masterpiece* [A obra de arte invisível]. A imagem constitui, na opinião de Belting, um momento de clausura da modernidade artística: trata-se do próprio Warhol, em pessoa, que, em 1985, se fotografou junto a um letreiro que dizia "Andy Warhol, escultura invisível". Essa maneira de se fechar a tradição moderna (que não era exclusiva de Warhol, que nisso vinha a se incorporar, embora tardiamente, a uma breve tradição de performances e representações, de Joseph Beuys a Yves Klein, de Vito Acconci a Günter Brus) consistia na materialização terminal da revolta contra o ideal de autoria pessoal que caracterizava as vanguardas na forma de substituição do objeto pela apresentação corporal do artista. *Escultura invisível* vinha integrar uma constelação re-

---
46. Ibid., p. 26.
47. Ibid., p. 28.

cente de "obras que já não portavam nenhuma marca visível da intervenção artística e eram substituídas por performances nas quais os artistas renunciavam à prova da obra aparte de si mesmos".[48] Nessas peças, "o vínculo entre o artista e a obra era cortado" e no lugar desse vínculo "vinham se encontrar" ou obras sem a voz pessoal do artista ou "artistas sem trabalhos", ou então situações em que "a 'presença' da arte era recriada pela presença pessoal de um artista, na qual renunciava à exigência anterior de criatividade e confissão de si".[49]

Desse modo, o cancelamento da tradição moderna se produzia sob a forma dessas maneiras polares e enlaçadas de obrigação que são a ausência perfeita do artista ou a exaltação da presença. Voltaremos a esse ponto no próximo capítulo. Mas vale agora recordar que Belting afirmava que esse cancelamento era programado, de certo modo, muito antes, quando – por exemplo – Leon Battista Alberti descrevia uma imagem pintada não como uma manifestação visível de uma pessoa sagrada, mas como uma entidade sujeita às leis da ótica e que pertence integralmente ao domínio da sensibilidade: janela através da qual se via um santo ou um nobre, tal como um artista os recriava fantasticamente, de maneira a comunicar uma ideia ou uma invenção, ainda que uma invenção regulada, cuja avaliação demandava um saber da arte. Nessa longa separação de âmbitos – no entanto – "a esfera estética provia, por assim dizer, uma espécie de reconciliação entre o modo perdido de experimentar imagens e o que restava".[50]

---

48. BELTING, Hans. *The Invisible Masterpiece*. Chicago: University of Chicago Press, 2003, p. 386.
49. Ibid., p. 386-387.
50. BELTING, Hans. *Likeness and Presence. A History of the Image before the Age of Art*. Chicago e Londres: University of Chicago Press, 1994, p. 16.

E qual é esse modo perdido? Aquele que, precisamente, associava a composição de imagens à realização de um ritual. O próprio Belting propôs em *Semelhança e presença* uma extraordinária reconstrução da lógica dessa associação, tal como se desenvolvia na Europa pré-moderna. Esse livro começa por um exemplo. Trata-se de uma imagem que representa um culto local ou a autoridade de uma instituição local: a Virgem *Nicopeia*, em São Marcos, Veneza. A imagem – na história que Belting conta – foi capturada em 1203 em Bizâncio, conduzida pelos venezianos para São Marcos, onde lhe foi encomendada a proteção da comunidade. Esse ícone começou a ser conhecido como a *Madona de São Lucas*; supunha-se que a própria Maria havia posado para essa imagem (que, por isso, era semelhante a ela com uma semelhança que não dependera da intervenção de nenhum artista). A imagem provinha dos tempos apostólicos, de modo que possuía uma graça particular e lhe era atribuída uma vida própria, como a vida de uma pessoa. Por isso devia ser protegida, do mesmo modo que ela proporcionava proteção.[51]

Atribuía-se a imagens como essas origens sobrenaturais, além de serem as ocasiões ou os suportes de visões e serem capazes de realizar atos especiais, de maneira que o

---

51. Certamente não é possível propor aqui uma descrição detalhada da esfera das imagens sagradas. Mantenho a descrição de Belting enquanto serve para nossos fins. Mas é preciso lembrar que o termo cobre uma série de manifestações diferentes. E passa por cima de diferenças importantes, que correspondem ao tempo e ao espaço. Uma diferença importante é a que ocorre entre o cristianismo oriental, que outorgava ao ícone a virtude que o cristianismo ocidental tendia a outorgar, de preferência, às relíquias. Embora, por outro lado, os intercâmbios entre os dois domínios sejam frequentes. Para isso, cf., além de Belting, os seguintes livros: BRUBAKER, Leslie. *Vision and Meaning in Ninth-Century Byzantium: Image as Exegesis in the Homilies of Gregory of Nazianzus* (1999); BRUBAKER, Leslie e OUSTERHOUT, Robert (Eds.). *The Sacred Image. East and West* (1995); e CORMACK, Robin. *Painting the Soul. Icons, Death Masks, and Shrouds* (2000).

indivíduo que delas se aproximava, que as beijava, as tocava, as venerava, lhes suplicava, o fazia com a expectativa de receber benefícios. Essa circulação de contatos – o contato entre o modelo e a imagem que assegura a autenticidade desta, o contato entre o crente e ela que assegura o traslado de seus poderes – explica que, como acontece em Nápoles em 1987, onde se consagre a canonização do doutor Giuseppe Moscatti, a imagem que se situa no Gesù Nuovo dessa cidade seja uma fotografia. E também que essa fotografia esteja acompanhada por folhetos que relatam os atos de sua vida e compõem o retrato ético que vem completar o retrato físico. Porque uma imagem sagrada está sempre cercada de palavras da sua história, mas também das palavras das cerimônias nas quais são exibidas, porque

> um importante aspecto experiencial do ícone era a sua exibição cerimonial. Era exibido nos dias festivos [do santo de que se trate], quando leituras de sua biografia eram também parte da sua cerimônia. A festa memorial provia à congregação dos exercícios de memória dos textos e tinha seu foco e culminação na imagem memorial. Quando a imagem era venerada, um exercício ritual de memória era executado. Com frequência o acesso à imagem só era permitido quando havia uma ocasião oficial para honrá-la. Não podia ser contemplada à vontade; era aclamada apenas em um ato de solidariedade com a comunidade de acordo com um programa prescrito em um dia designado. Essa prática é o que chamamos de culto.[52]

---

52. Ibid., p. 13.

Assim, o fim da ritualidade representa o cancelamento de um modo de vincular as imagens à cena da sua aparição, e essa cena à comunidade que a enquadra. Mas não se trata apenas da relação com um ato mediante o qual se afirma a solidariedade de uma comunidade, mas também a situação de um lugar, porque

> além de definir o santo e honrá-lo no culto, a imagem tinha também uma função relacionada com o lugar onde residia. A presença do santo local era, de algum modo, condensada em uma imagem corporal que tinha uma existência física como um painel ou uma estátua e uma aparência especial como imagem tipo, aparência que a distinguia de outras imagens do mesmo santo em lugares diferentes. As imagens de Maria, por exemplo, sempre se distinguiam visivelmente umas das outras de acordo com as características que as cópias locais lhe atribuíam. Do mesmo modo, os antigos títulos das imagens tinham um caráter toponímico: nomeavam um lugar de culto. A conexão entre imagem e culto, então, tinha muitos aspectos. A memória de uma imagem evocava tanto a sua própria história como a de seu lugar.[53]

Não é que as imagens sacras não pudessem se mover. Por um lado, eram realizadas cópias delas, que embora "estendam a veneração da imagem além do seu âmbito local", "reforçam a conexão entre o original e sua localidade", assim "a memória vinculada ao lugar permanece indivisa".[54]

---
53. Ibid., p. 14.
54. Ibid., p. 14.

Mas, por outro lado, uma forma de apresentação central dessas imagens era a que acontecia durante as procissões, em que apareciam não apenas no seio da comunidade, mas transportadas por ela. E é aqui, de certo modo, que a vida do ícone tinha o seu ápice: enquanto imagem *aclamada*.[55]

O que seria, então, próprio do tipo de imagem sacra segundo Belting? Uma determinada relação com a exterioridade: ela comunica a presença de uma entidade sobrenatural, conserva e transmite sua eficácia. Não em qualquer caso: a ocasião do seu desenvolvimento é fundamental – deve aparecer nesse ou naquele momento, nessa ou naquela posição do calendário, nesse ou naquele instante do dia –, assim como o ritual que o precede, o acompanha, o situa. Mas sua eficácia também está vinculada com o lugar: uma imagem sacra é desse ou daquele lugar (tal cidade, tal região, tal paragem) e conserva a memória do lugar, pelo menos enquanto este tivesse intersectado seu desenvolvimento com o de uma história sobrenatural que o contém e excede. Por isso, sua potência depende da sua história; e por isso está sempre rodeada de palavras: das lendas ou das tradições que asseguram a existência de um vínculo entre alguma peça de madeira pintada e alguma figura do panteão. Porque esse vínculo é decisivo: daí o fato de seu realizador importar pouco, e que não lhe seja suposta outra iniciativa que a de atualizar a passagem de uma *figura* da dimensão sobrenatural onde

---

55. Como indica BRUBAKER, Leslie, há "três papéis públicos óbvios desempenhados pelas imagens sagradas": o papel na liturgia, nas procissões públicas e como *palladia* (imagens protetoras) urbanas. Imagens sagradas (a Virgem de Constantinopla, por exemplo, no ano 626) podiam ser usadas para proteger a cidade; mas, por isso mesmo, eram focos de solidariedade cidadã. E o mesmo se pode dizer da circulação das imagens nas procissões: que ela serve para vincular as partes da comunidade.

se encontra para o visível, como, em um ato de memória voluntária, atualizamos alguma recordação que identificamos em um fundo que supomos que esteve ali. Porque tudo aqui tem a ver com a memória, a rememoração, o ato de recordar, já que se supõe que o crente que se encontra com a imagem sacra espere que desenvolva sua eficácia (a questão é a eficácia), ao mesmo tempo que exponha nesse ou naquele fragmento de aparência a unidade de uma comunidade, situada em sua ordem legítima e ocupando um local determinado da terra.

É por isso que as pinturas de Warhol cancelam os últimos rastros do ritual? Sem dúvida. Nelas, o mundo começa por emudecer, ao mesmo tempo que se oferece, em sua multiplicidade em princípio indefinida, para qualquer espectador que encontrará em espaços neutralizados. O objeto isolado e mudo: essa será uma das maneiras de se sair dessa modernidade na qual, em uma imagem, se confrontava a sociedade de indivíduos sob o domínio técnico, sob o aspecto de uma retração para a forma em que se proclamava uma discordância. Esse objeto isolado e mudo será também o preferido do minimalismo. E quando uma série de artistas (Vito Acconci ou Marina Abramovic) resolver renunciar à prática de produzir obras de arte, muitas vezes apresentará filmagens ou performances nas quais um corpo de certo modo anônimo se ocupa, no isolamento e na mudez, de realizar ações que nada permite interpretar. Mas isolamento e mutismo é o que acontece também nessas frases insignificantes, nessas repetições de palavras de Bruce Nauman que representam, à sua maneira, a apresentação em público de uma privacidade, ou nas proposições de um Mike Kelley ou de um Paul McCarthy.

Agora se pode ver, suponho, a razão desta esquemática narração. É que os projetos que descrevemos se vinculam a certa genealogia da imagem – que é uma genealogia das maneiras de vincular imagens, indivíduos, coletividades, palavras e espaços –, mas suas estratégias não podem ser reduzidas àquelas que as artes plásticas modernas mobilizavam, a fim de se concentrar na produção de uma discordância ou de uma dispersão, da exposição de uma privacidade ou da apresentação de um objeto perfeitamente separado – nem, está claro, às estratégias do ícone, já que neles se trata de construir marcos nos quais as imagens possam ser mobilizadas para a formação de uma coletividade quieta, às vezes, mas sobretudo em viagem.

FORMAS DA ARTE E FORMAS DO TRABALHO

1

De que modo o *Proyecto Venus*, *Park Fiction* ou *What's the time in Vyborg?* articulam os espaços e os tempos, as coletividades e os objetos que mobilizam? De um modo diferente, é claro, da forma particular de associação de tempos e de espaços, de coisas e sujeitos que a obra de arte moderna propunha, enquanto aparição problemática, mas também dessa outra forma, característica do ícone ou da *imago*, da qual se desprendia. Mas em que consiste essa diferença? Que termos deveríamos mobilizar para descrevê-la? E em que sentido se poderia dizer que aquilo que os participantes dos projetos fazem se vincula aos processos de individualização e associação que têm lugar no universo particular em que acontecem, aos movimentos de fluxos e às extensões de redes que descrevíamos, nos capítulos anteriores, como próprios de uma época de globalização? Para começar a responder a essas perguntas, voltemos à descrição que James propunha do pós-modernismo, quando se tentava, precisamente, vincular certa economia dos espaços e das imagens a certo estado do social, à organização do trabalho nas empresas, por exemplo. Porque a "lógica cultural" do "capitalismo tardio" que o texto chama de "pós-modernismo" é a "lógica cultural" da época em que em toda parte se desenvolvem formas de trabalho pós-fordistas. Como? Em "Cultura e capital financeiro", importante ensaio de 1998 que pode ser encontrado agora em *El giro cultural* [*A virada cultural*], são apontadas e resumidas "as duas contribuições – escreve Jameson – que me senti capaz de dar a uma teoria verdadeiramente marxista do modernismo, ainda não formulada".[1] Uma delas é certo uso da noção de "reificação" que permitiria ler a tríade histórica do realismo, modernismo e pós-modernismo como momentos progressivos de um processo cada vez mais acentuado, em uma dinâmica que o pós-modernismo levaria à sua clausura. A segunda contribuição é a seguinte:

> Quanto à minha outra contribuição, postulava um processo formal específico no moderno que me parece muito menos significativamente influente no realismo ou no pós-modernismo, mas que pode se vincular dialeticamente a ambos. Para essa "teoria" dos processos formais modernistas quero acompanhar Lukács (e outros) quando vê a reificação modernista em termos de análise, decomposição, mas, sobretudo, diferenciação interna. Assim, enquanto hipotetizava o modernismo em vários contextos, também comprovei que é interessante e produ-

---

1. JAMESON, Fredric. *El giro cultural* (trad. Horacio Pons). Buenos Aires: Manantial, 1998, p. 194.

tivo ver esse processo em particular em termos de "autonomização", da conversão daquelas que antes eram partes de um todo em independentes e autossuficientes. É algo que pode ser observado nos capítulos e subepisódios de *Ulisses* e também na oração proustiana. Eu queria estabelecer nesse caso um parentesco, não tanto com as ciências (como se faz habitualmente quando se fala sobre as fontes da modernidade), mas com o próprio processo laboral: e aqui se impõe lentamente o grande fenômeno da taylorização (contemporâneo do modernismo); uma divisão do trabalho (já teorizada por Adam Smith) se converte agora em um método de produção em massa por direito próprio, mediante a separação de diferentes etapas e sua reorganização em torno dos princípios da "eficiência" (para usar o termo ideológico que lhe corresponde).[2]

Isso no que se refere ao modernismo, cujos "processos formais" são análogos à forma de organização do trabalho que chamamos de "taylorismo". E o pós-modernismo? Por um lado, diz Jameson, "agora, o que algumas pessoas gostam de chamar de pós-fordismo, essa lógica em particular não parece reger", nem "a noção convencional de abstração parece muito apropriada no contexto pós-moderno".[3] E, no entanto, "ao mesmo tempo parece claro que se a autonomização – a independização das partes ou fragmentos – caracteriza o moderno, em grande medida ainda nos acompanha na pós-modernidade", de modo que "ainda parecem reger aqui um processo e uma lógica da fragmentação extrema,

---

2. Ibid., p. 195-196. Trad. ligeiramente modificada.
3. Ibid., p. 196.

mas sem nenhum de seus efeitos anteriores".[4] Assim, segundo Jameson, há uma relação intrínseca entre o modernismo e o taylorismo, enquanto em ambos os campos se desenvolvem processos de análise, autonomização, fragmentação. Mas haveria também uma relação intrínseca entre o pós-modernismo e o pós-fordismo? Aqui a posição de Jameson é um pouco mais vacilante. Mas suponhamos que haja, sim, uma relação entre o "pós-fordismo" e o que viria, enquanto arte, depois do modernismo. Essa relação poderia ser verificada em obras (de Beckett ou Warhol, David Lynch ou Philip Glass) na quais não é difícil observar essa fragmentação de que falamos?

Mas o que quer dizer "pós-fordismo"? Esta é a descrição do processo proposta por Richard Sennett: "Depois da Segunda Guerra Mundial, o sistema capitalista se solidificou em grandes burocracias piramidais atadas ao destino dos Estados-nação. Essas pirâmides começaram a se desintegrar no final dos anos 1970. Hoje a ligação entre a nação e a economia foi cortada e as empresas substituíram sua solidez burocrática por redes mais espontâneas e flexíveis conectadas por todo o mundo",[5] por "redes mais flexíveis em um estado de constante revisão".[6] Por isso, ocorreu, a partir de então, a formação de um capitalismo de "empresas delgadas – como escrevem Luc Boltanski e Ève Chiapello – que trabalham em rede com uma multiplicidade de participantes, uma organização do trabalho em equipe, ou por projetos", cuja mutabi-

---

4. Ibid., p. 197.
5. SENNETT, Richard. "Street and Office: Two Sources of Identity". In: GIDDENS, Anthony; HUTTON, Will (Eds.). *Global Capitalism*. Nova York: The New Press, 2000, p. 183.
6. Ibid., p. 176.

lidade e indeterminação as adaptariam melhor que às anteriores arquiteturas em pirâmide (internamente diferenciadas, embora com limites mais ou menos rígidos) para "navegar" as "ondas" de uma realidade que se supõe, por sua parte, infinitamente variável e fundamentalmente incerta. Trata-se de empresas que tenderiam a substituir o sistema dos postos, estatutariamente definidos, por "uma acumulação de vínculos contratuais mais ou menos duradouros",[7] e que demandariam menos de seus empregados no que se refere à realização de tarefas repetitivas do que na participação em projetos de curto prazo realizada por equipes, cujo conteúdo é variável e cujas modificações estão além do controle dos indivíduos ou dos grupos (porque, por outro lado, na época da produção ajustada à demanda, das fusões, das subcontratações, as formas e os limites das empresas tendem a se tornar vagos).

Daí a exigência, dirigida aos trabalhadores, de novas virtudes: comunicabilidade, mobilidade, plasticidade, "reatividade". Essas qualidades – essas capacidades de adaptação a circunstâncias variáveis –, consideradas secundárias nesse universo definido pelo "espaço disciplinar do trabalho e a disciplina do salário"[8], que era o do taylorismo dominante, tornam-se agora fundamentais. Mas, além disso, elas são qualidades da pessoa como *persona*, antes que como possuidora de um saber técnico. Conforme comentam Boltanski e Chiapello, "enfatizando a polivalência, a flexibilidade do emprego, a aptidão para aprender e se adaptar a novas funções,

---

7. BOLTANSKI, Luc; CHIAPELLO, Ève. *Le nouvel esprit du capitalisme*. Paris: Gallimard, 2000, p. 118.
8. ROSE, Nikolas. *Powers of freedom: reframing political thought*. Nova York: Cambridge University Press, 1999, p. 157.

mais que sobre a posse de um ofício e sobre as qualificações adquiridas, mas também sobre a capacidade de se comprometer, de se comunicar, sobre as qualidades relacionais, o *neomanagement* se volta para o que, cada vez mais frequentemente, se chama de o 'saber-ser' em oposição ao 'saber' e ao 'saber-fazer'", tanto que cada vez mais "os recrutamentos se baseiam em uma avaliação das qualidades mais genéricas da pessoa – aquelas que valem tanto para justificar as opções da vida privada, sejam da ordem da amizade ou do afeto –, mais que na das qualificações objetivadas."[9]

Essa não é toda a história. Mas é uma parte importante da história, que diz que um trabalhador, na época em que o modelo começa a se expandir no domínio das práticas e também no das crenças,[10] ingressaria no campo do trabalho não tanto como um suporte de saberes técnicos destinado a se inserir em um posto definido em uma grade de funções diferenciadas, e que seria essencialmente o lugar de execução de tarefas repetitivas, mas como um composto de "qualificações objetivadas" e "qualidades genéricas", como sujeito, ao mesmo tempo, de um "saber-fazer" e um "saber-ser",

---

9. BOLTANSKI; CHIAPELLO, op. cit., p. 151.

10. As formas pós-fordistas no mundo do trabalho não são um fenômeno isolado, mas índices de uma transformação mais geral nos *imaginários da organização* que tem lugar em outros âmbitos além daquele das empresas. Assim, KALDOR, Mary (em *New and old wars: organizes violence in a global era*. Cambridge, UK: Polity Press, 1999) podia falar de uma forma "pós-fordista" da ação militar, para se referir ao mesmo tempo às redes terroristas e à ação dos bandos armados em situações de colapso (Ruanda ou Kosovo). E cabe vincular a essas formas as de algumas iniciativas de ação social como as que comentamos no último capítulo. Quanto ao pós-fordismo na esfera econômica, não é um fenômeno que ocorra apenas nas empresas: considere-se o caso da programação em fonte aberta. No entanto, pode-se conceber o fim do fordismo nas grandes empresas como uma tentativa de metabolizar, em formas fortemente hierarquizadas, os esquemas de trabalho descentralizado que se realizavam fora delas, e que tendiam a articular a cooperação em formas nas quais diminuísse a distância entre projeto e execução, ao mesmo tempo que os intercâmbios se regulassem sem referência a um foco central rígido.

que se incorporaria, enquanto unidade polivalente (comunicativa, reativa, plástica) a grupos ocupados em projetos essencialmente temporários que se inserem em redes cuja forma final e cujos limites, fluidos e flexíveis, não podem ser conhecidos. E a quem a empresa prometeria, em vez da segurança e da estabilidade de uma carreira, a oportunidade do desenvolvimento pessoal, de maneira que, nos limites desse esquema, cada trabalhador estaria ocupado ao mesmo tempo com a produção de objetos ou com a prestação de serviços, e com a modificação (a educação, o desenvolvimento) de si. A mudança é discreta e importante.

Se fosse o caso, se o modernismo estava correlacionado ao taylorismo, que lógica deveria ser correlativa à da nova situação? Uma fragmentação que se apresentaria agora desprendida "de todos os seus efeitos anteriores"? No momento em que Jameson escrevia seu artigo, podia parecer que sim. Mas seria possível pensar também outra coisa: que entre o modernismo e o que viria depois dele não se deveria tratar tanto da diferença entre dois modos de estruturar esses objetos separados que são as pinturas, os romances, a maior parte das performances inclusive, mas de diferenças mais complexas, em torno da definição das práticas, dos modos de produzir relações sociais em volta delas, da relação entre produtos e processos: uma mudança de regime ou de cultura. De que tipo? Permaneçamos ainda um momento no pós-fordismo como forma de organização do trabalho; permaneçamos na descrição dessa forma que propõe certo livro de Paolo Virno chamado *Grammatica della moltitudine* [Gramática da multidão]. O livro codifica de uma maneira particularmente rica uma série de distinções que vêm sendo realizadas na tradição de certa esquerda italiana cujas posições se estenderiam quando, graças à publicação de *Império*, se tornariam um dos pontos de referência principais do protesto global. O ponto de partida de Virno é que "o compartilhar atitudes linguísticas e cognitivas é o elemento constitutivo do processo laboral pós-fordista",[11] o "compartilhar atitudes linguísticas e cognitivas", mais que ser membro dessa ou daquela profissão. Seria o caso, então, da suspensão das divisões funcionais em uma empresa pós-fordista? Divisão do trabalho? Na opinião de Virno, sim: "O compartilhar, enquanto requisito técnico, se opõe à divisão do trabalho, a contradiz".[12] Embora de imediato acrescente que "isso não significa, naturalmente, que os trabalhos já não estejam divididos, parcelados etc.; significa, sobretudo, que a segmentação dos trabalhos já não responde a critérios objetivos, 'técnicos', mas é explicitamente arbitrária, reversível, variável".[13]

Vigo supõe algo semelhante sobre a recomposição das hierarquias nessas empresas: porque essa variabilidade da segmentação das tarefas, junto à precariedade dos laços entre os indivíduos e as empresas, pode também conduzir (e usualmente o faz) a "uma proliferação incontrolada das hierarquias", a um aumento da dominação do empregado pelo empregador, e à constituição de uma relação de dependência agravada, em que "no trabalho se depende Dessa ou Daquela pessoa, e não de regras emanadas de um poder anônimo e coercitivo; por outro lado, a que é submetida é a pessoa íntegra, sua mais básica aptidão comunicativa e cognitiva".[14]

---

11. VIRNO, Paolo. *Gramática de la multitud*. Buenos Aires: Colihue, 2003, p. 33.
12. Ibid., p. 34.
13. Ibid., p. 34.
14. Ibid., p. 34.

O pós-fordismo é menos uma variação secundária do tema fordista que uma reorientação geral: porque ele é o sintoma e o impulsor da "crise da subdivisão da experiência humana em Trabalho, Ação Política e Intelecto".[15] Porque as formas de trabalho pós-fordistas suporiam "uma justaposição, ou pelo menos uma hibridação, entre âmbitos que não muito tempo atrás, ainda durante a época fordista, apareciam claramente diferenciados".[16] Porque o trabalho pós-fordista, mesmo onde continua voltado a produzir objetos (o que acreditava-se ser o objeto imediato do trabalho), absorveu algumas das características da ação política. Da ação política, em todo caso, como se pode depreender a partir da herança de Hanna Arendt, como "a experiência aos olhos dos demais, uma relação íntima com a contingência e o imprevisto".[17] Por isso, segundo Virno, o trabalhador pós-fordista é um "virtuose", um "artista executante", ocupado em "uma atividade que se cumpre (que tem o próprio fim) em si mesma" e que "exige a presença dos outros".[18] Aqui, "as tarefas do operário ou empregado não consistem mais em materializar um objetivo particular, mas em variar e intensificar a cooperação social".[19] O pós-fordismo seria esse regime em que "uma parte substancial do trabalho individual consiste em desenvolver, calibrar, intensificar a própria cooperação".[20]

Que relação há entre processos como esses e os projetos nos quais nos detínhamos há pouco? Um ponto é evidente: o que os artistas que iniciam esses projetos se propõem é,

---

15. Ibid., p. 41.
16. Ibid., p. 41.
17. Ibid., p. 43.
18. Ibid., p. 45.
19. Ibid., p. 60.
20. Ibid., p. 61.

sobretudo, "desenvolver, calibrar, intensificar a própria cooperação", não tanto (ou não exclusivamente) com o objetivo de "materializar um objetivo particular" (embora fazê-lo seja parte do processo) como com aquele de "variar e intensificar a cooperação social" em determinado entorno. Esse objetivo depende não somente do desenvolvimento de um saber técnico, mas também que a condição da sua eficácia seja o acionamento por parte dos iniciadores de suas "mais básicas aptidões comunicativas e cognitivas", e esse acionamento tem como condição a presença constante do artista em seu projeto, nos limites do qual expõe a si mesmo enquanto *persona*. Daí uma dissipação particular da figura do autor que ocorre nesses casos e que é diferente do tipo de *morte do autor* que se anunciava, há três décadas, em alguns textos de Barthes ou de Foucault. E essa dissipação é importante. Recordemos que a *invenção do autor* era decisiva, particularmente no processo de constituição, primeiro, da cultura moderna da literatura, mas em torno dela eram elaboradas figuras que se estenderiam, se transporiam, se reaplicariam nos domínios das artes da imagem e do som (o pintor e o compositor modernos seriam, na verdade, autores). Como há anos recordava Foucault, a invenção do autor supunha um modo de reunir textos e um modo de separá-los. Roger Chartier, comentando o texto de Foucault, sugere:

> A função-autor é o resultado de operações específicas e complexas que referem a unidade e a coerência de uma obra, ou de uma série de obras, à identidade de um sujeito construído. Semelhante dispositivo requer duas séries de seleções e exclusões. A primeira distingue no interior dos múltiplos textos escritos por um indivíduo

durante a sua vida aqueles que são atribuíveis à "função-
-autor" e aqueles que não o são. A segunda retém entre
os inúmeros feitos que constituem uma existência individual aqueles que têm pertinência para caracterizar a
posição de autor. A função-autor implica por fim uma
distância radical entre o indivíduo real e o sujeito ao
qual o discurso é atribuído. É uma ficção semelhante às
ficções construídas pelo direito que define e manipula
sujeitos jurídicos que não correspondem a indivíduos
concretos e singulares, mas funcionam como categorias
do discurso legal. Da mesma forma, o autor como função
do discurso está fundamentalmente separado da realidade e da experiência fenomenológica do escritor como
indivíduo singular.[21]

"A função-autor implica uma distância radical entre o
indivíduo real e o sujeito ao qual o discurso é atribuído." Essa distância nos interessa. Ela faz sistema com mil outras:
figuras como essa cumpriam uma função organizacional
decisiva no universo moderno. Porque, embora Foucault insistisse na centralidade da censura na pré-história da formação de uma noção de autor sobre a qual se moldaria a figura forte do artista, essa não era a única força que operava na
modernidade precoce para que ela se constituísse. No mundo
em que os poderes – essa era a tese de Foucault – estavam
cada vez mais interessados em ser capazes de responsabilizar
indivíduos situáveis por textos determinados, acontecia também de os escritores começarem a operar cada vez mais como provedores mais ou menos independentes de conteúdos

---

21. CHARTIER, Roger. *Entre poder y placer. Cultura escrita y literatura en la Edad Moderna*. Madrid: Cátedra, 2000, p. 90.

destinados à impressão e, posteriormente, a circular em mercados. E isso era crucial no processo de invenção do autor, no qual confluía o trabalho da censura e da organização do universo editorial, em condições em que este crescia ao mesmo tempo que se tornavam mais incertos os patronatos. Atos de governo e atos de mercado confluíam na emergência, entre os séculos XVII e XVIII, da instituição moderna do *copyright*, em suas restrições e variantes, ao mesmo tempo que se produziam disposições éticas concretas em torno das inovações institucionais e legais que traziam.

Porque a função-autor era também um lugar a partir do qual se iniciavam processos de subjetivação determinados, que deveriam encontrar suas formulações de modo a se tornarem aceitáveis em um meio social modificado. E, quando o fizessem, seria em função de uma figura da profissão, que tendia a distinguir o lugar que pertence a um indivíduo na divisão geral das tarefas e sua dimensão privada, associada a um mundo de afeições mais ou menos secretas. É isso que nos recordava Pierre Bourdieu, que, como Jameson, estabelecia um paralelismo entre o universo da arte e as formas do trabalho. Esse paralelismo se encontra em *As regras da arte*, a reconstrução que propunha do processo de "conquista de autonomia" que teria caracterizado a modernidade artística. Porque para entender a formação do tipo social do artista que é a condição dessa dinâmica de autonomização poder-se-ia estabelecer – dizia Bourdieu – uma analogia "com a situação do criado, ligado por vínculos pessoais a uma família, e a do trabalhador livre [...] que, liberado dos vínculos de dependência dirigidos a limitar ou impedir a venda livre de sua força de trabalho, está disponível para enfrentar o mercado e sofrer suas imposições e suas sanções anônimas, muitas vezes mais implacáveis do que a violência branda do paternalismo".[22] É claro que o tipo social em questão é diferente daquele do trabalhador; embora apenas porque desde o começo pertence à definição da posição (que se apresenta, além disso, como uma "não posição") sua articulação com uma "arte de viver" não burguesa e até mesmo antiburguesa, uma postura ética e estética estendida a "uma cultura (e não a um culto) do eu, ou seja, para a exaltação e a concentração das capacidades sensíveis e intelectuais",[23] que implica uma tomada de distância com respeito às expectativas vigentes no universo histórico em que vivem, e, no limite, um cultivo da "solidão absoluta que implica a transgressão dos limites do pensável".[24] A condição subjetiva dessa posição moderna pela qual um trabalho sobre a forma "causa o surgimento, como que mágico, de um real mais real que as aparências sensíveis frente às quais os amantes ingênuos da realidade se detêm",[25] é inseparável da "invenção de um novo personagem social, o do grande artista profissional que une, em uma combinação tão frágil quanto improvável, o sentido da transgressão e da liberdade no que se refere aos conformismos e o rigor de uma disciplina de vida e de trabalho extremamente estrita, que supõe o desafogo burguês e o celibato, e que caracteriza mais o sábio ou o erudito.[26]

---

22. BOURDIEU, Pierre. *Las reglas del arte: génesis y estructura del campo literario* (trad. Thomas Kauf). Barcelona: Anagrama, 1995, p. 90.
23. Ibid., p. 123. Trad. ligeiramente modificada.
24. Ibid., p. 151-152.
25. Ibid., p. 167-168. Trad. ligeiramente modificada.
26. Ibid., p. 172.

Essa figura encontrava suas formas radicais no drama de despersonalização que ainda associamos com o movimento flaubertiano, mallarmeano, kafkiano, e que ainda persistia em sua maior força em um texto como "Borges e eu", em que se narra como Borges, enquanto pessoa, experimenta a indiferença de um sujeito espectral que se desprende dele, fantasia de um momento vampiresco em que a pessoa *passa* completamente para o autor. Ou a imagem que podia traçar um Maurice Blanchot, quando este escreve que "o escritor já não pertence à esfera autorizada onde expressar a si mesmo significa expressar a certeza das coisas e dos valores dependendo do sentido de seus limites. O escrito consigna à pessoa que deve escrever um enunciado sobre o qual não tem autoridade, um enunciado sem consistência, que não afirma nada, que não é o repouso, a dignidade do silêncio [...]. Escrever é quebrar o vínculo que une a fala a mim, quebrar a relação que me faz falar para 'ti' e me dá a fala dentro da compreensão que essa fala recebe de ti, porque se dirige a ti, que começa em mim porque termina em ti. Escrever é quebrar esse vínculo": por isso, "escrever é se converter no eco do que não pode deixar de falar", ao mesmo tempo que se perde a capacidade de dizer eu.[27]

Certamente nem Blanchot nem Borges são artistas plásticos, e até o momento estamos falando, sobretudo, das artes plásticas. Mas eu diria que na cultura das artes plásticas modernas há uma propensão paralela para entender que uma superfície pintada se constitui em obra na medida em que "a realidade e experiência fenomenológica" do indiví-

---

27. BLANCHOT, Maurice. *El diálogo inconcluso* (trad. Pierre de Place). Caracas: Monte Ávila, 1996, p. 187.

duo que a fez se distancie do lugar em que ela é exposta. Na língua espanhola, a obra crítica de Severo Sarduy descreveu esplendidamente essa posição, quando celebra as pinturas de Mark Rothko e descobre em seus vermelhos flutuantes o sangue derramado do pintor, de modo que a presença da pintura aparece, ao mesmo tempo, como testemunha do ausentamento do seu autor, mas também quando comenta as ações dos artistas ingleses Gilbert e George, que se expunham em pedestais imóveis pintados de dourado, e diz que eles se precipitam "na saturação do inanimado...".[28] A frase é precisa: uma queda na "saturação do inanimado" é a do Andy Warhol ao qual Hans Belting se referia em *The invisible masterpiece* [A obra de arte invisível], mas também as apresentações de uma Marina Abramović ou um Vito Acconci, nas que celebravam as cerimônias de um mutismo que era algo como o resíduo da subtração moderna em um universo no qual começava a se tornar obsolescente.

Porque essas figuras se subordinavam a uma figura anterior, a da exibição, tal como se desenvolvia nas primeiras vanguardas. O artista como aparição espetacular e atônita, aberta e opaca, exclamatória e muda, se expõe como se fosse uma *atração*. O movimento que realiza é o que Andrew Webber identificou como "exibicionismo". É isso que, na opinião de Webber, marca a forma própria das primeiras vanguardas europeias de comunicar as instituições da arte com as extensões da rua. Isto é, a seu ver, particularmente visível nessa forma central da vanguarda, o manifesto.

---

28. SARDUY, Severo. *Obra completa*. Buenos Aires: Editorial Sudamericana (col. Archivos), 1999, t. II, p. 1291. Cf. também: "Painting and Trance in Severo Sarduy's *La simulación*", em Douglas FOGLE (Ed.). *Painting at the Edge of the World*. Minneapolis: Walker Art Center, p. 172-186.

Porque "é o ato de fazer manifesto que talvez seja o gesto definitório da vanguarda, e sua forma definitória é a do manifesto, designada como um anúncio para ser visto, escutado e lido em público, e para incorporar leitores-auditores radicais ao mesmo tempo que repele os conservadores".[29] O manifesto "é um ato textual de exibição pública, um tornar manifesto um desafio às convenções históricas, e como tal tende ao modo do espetáculo".[30] A etimologia do nome é interessante: ela sugere a centralidade de um "desenvolvimento dêitico que é realizado pelo sujeito que mostra e se torna palpável para o sujeito que vê".[31] Uma manifestação é um trespasse irruptivo, e é isso que organiza o gesto vanguardista: o manifesto faz sinais em relação a "um nível latente de sentido que ainda tem que ser tornado completamente manifesto. É, em outras palavras, uma espécie de projeto, um esboço do que está por vir".[32]

Daí o "exibicionismo", que é, para Webber, o que caracteriza essas produções: sua vinculação dos espaços da arte e da rua, "a integração da arte na práxis da vida" tende a tomar a forma de um "mostrar a ruptura iconoclasta dos limites físicos e ideológicos e da organização interior desse espaço".[33] E isso tem a ver com uma aliança com a "atração", no sentido da atração de feira ou de cabaré, o evento sensacional que, nesse caso, "anuncia um novo modo de atividade". Por isso, a forma típica do evento vanguardista é a "montagem

---

29. WEBBER, Andrew J. *The European Avant-garde*. Cambridge, UK: Polity Press, 2004, p. 18.
30. Ibid., p. 18.
31. Ibid., p. 18.
32. Ibid., p. 19.
33. Ibid., p. 42.

de atrações" (a expressão é de Eisenstein), "um estilo de representação que se concentra em momentos agressivos que magnetizam o espectador", assim como a aparição monstruosa magnetiza o espectador de circo. Por isso, a vanguarda tende a certo teatro, só que um teatro que tem em seu centro a produção corporal, produção que gravita em direção ao carnavalesco ou ao excrementício. É claro que esse ato de exibição é ambivalente. Por um lado, sua potência pode se mobilizar para interromper a continuidade das formas hegemônicas de narração e impedir o retiro do espectador na absorção, mas por outro "a atração tem um potencial mais reacionário, uma tendência a fixar as coisas de uma forma fetichista ou icônica".[34] E é possível afirmar que é esta oscilação que marca a vanguarda moderna e que domina ainda as produções das neovanguardas: a oscilação entre uma arte da desformalização integral e uma arte da exposição da imagem fixada, do fetiche.

A presença dos iniciadores de *Park Fiction*, do *Proyecto Venus* ou de *What's the time in Vyborg?* em suas produções, a falta de uma linha nítida entre umas e outras, responde a outras figuras da dissipação do autor além das do silenciamento ou da exibição: essa dissipação se produz na forma do ingresso em campos de atividade ou de "intra-ação" (para usar a expressão de Karen Barad) nos quais os indivíduos se dedicam, ao mesmo tempo que ocupam domínios definidos, a "variar e intensificar a cooperação social", e a "desenvolver, calibrar, intensificar a cooperação social", e a "desenvolver, calibrar, intensificar a própria cooperação". E uma

---

34. Ibid., p. 107.

demanda de calibração contínua é, precisamente, tão característica nesses projetos como o é nas "formas mais avançadas e experimentalistas da atividade econômica". Essa expressão é de Roberto Mangabeira Unger, que afirma que essas formas (e sem dúvida está pensando, por exemplo, em empresas como a da programação em fonte aberta) são "aquelas que convertem a produção em aprendizagem coletiva e inovação permanente, quebrando os contrastes rígidos entre a cooperação e a competição, assim como entre a supervisão e a execução. Nessa forma de produção, as pessoas redefinem suas tarefas no curso de sua execução, e tratam a ideia do próximo passo como um estilo permanente de ação".[35] Nos projetos em que temos nos detido se reserva aos participantes um máximo de possibilidades de redefinir as tarefas que realizam no curso de sua execução: os campos de atividade em que consistem são, sobretudo, de aprendizagem.

Neles se trata, na verdade, de incorporar elementos da constelação da arte moderna em dispositivos de *aprendizagem coletiva*. Daí a multiplicação das oficinas, bem como dos aparelhos de registro, que permitem reincorporar as interações que se produzem em narrações e especulações. É claro que essa não é somente a aprendizagem de formas de construir imagens e ficções, mas também a aprendizagem de formas de estabelecer cadeias de solidariedade. E também nessa centralidade da figura da conexão, do processo artístico como dispositivo que serve para estabelecer conexões entre espaços e pessoas, essa cultura das artes responde à situação pós-fordista, que modula e interroga.

---

35. MANGABEIRA UNGER, Roberto. *False Necessity*. 2. ed. Londres: Verso, 2002, p. xxvi.

2

Mas Jameson, no texto que citávamos no começo deste capítulo, dizia outra coisa: que há uma operação que se desenvolve recorrentemente na cultura da arte da modernidade, e que continua se desenvolvendo na pós-modernidade "embora sem nenhum de seus efeitos anteriores". Essa operação é a autonomização. T. J. Clark também identificava uma operação central na modernidade das artes visuais, só que a chamava de "forçamento". Mais recentemente, Daniel Albright propôs que a cultura artística moderna seja descrita a partir da generalização da operação que chama de "teste".[36] Teste, forçamento, autonomização: não parece que a relação entre eles fosse disjuntiva. Mas parece que essas formas de ação se opõem àquilo que sugiro que os artistas iniciadores desses projetos realizam: atos de *reunión*, caso se queira usar essa palavra espanhola para traduzir um termo inglês que é, em seu leque de significados, intraduzível nessa língua. O termo é *"gathering"*, e significa, além de coletar e levar o coletado para algum lugar, "aprender ou concluir a partir de uma observação", "servir como centro de atração ou atrair", "envolver-se em torno de alguém ou algo", "reunir as próprias energias para realizar um esforço", "reunir-se em torno de um ponto central", "crescer, por agregações, aumentar" etc.

E *"gathering"* é também um termo que Bruno Latour mobilizou em uma série de textos recentes. O termo aparece, por exemplo, em um texto no qual se sugere um programa

---

36. ALBRIGHT, Daniel. *Modernism and Music*. Chicago: Chicago University Press, 2004.

de "renovação da mentalidade crítica". Essa "renovação da mentalidade crítica" implica, a seu ver, uma reorientação do trabalho intelectual. Uma reorientação com respeito ao que ele acredita que seja o reflexo crítico, pelo qual o gesto (a operação central) do trabalho intelectual é um *distanciar-se* do que chamará *questões de fato* para dirigir "a própria atenção para as condições que o tornaram possível".[37] Essa é a forma kantiana da crítica, mas também uma forma que é comum na cultura da modernidade: a crença em que explicar (daí certo dramatismo da explicação) implica mostrar de que maneira o que supomos se encontrar no mundo por si mesmo é o resultado de processos que acontecem *em outra dimensão*. Por isso as duas grandes variedades da crítica são a crítica do fetiche (em que se mostra que o poder de um objeto depende das projeções que recebe) e a crítica da autonomia do indivíduo (na qual se mostra que aquilo que o indivíduo acredita realizar *motu proprio* é, na verdade, *provocado*).

É claro que a crítica é o produto de determinada cultura. Essa cultura – cujo marco mais geral é o que chamamos de "modernidade" – tende a construir o mundo como um domínio em que se põem em relação, em contato, sujeitos constituídos e objetos separados. Na opinião de Latour, essa construção é imperfeita, no sentido de não ser suficientemente fiel ao fato de que humanos e não humanos não se desenvolvem em dimensões separadas, mas que os humanos se reúnem em torno de coisas que os preocupam, que são inseparáveis dessa preocupação, e cuja distribuição possibilita essa ou aquela forma de associação. Não há um

---

37. LATOUR, Bruno, "Why Has Critique Run out of Steam? From Matters of Fact to Matters no Concern", *Critical Inquiry*, v. 30 (inverno de 2004), p. 234.

mundo lá, ao longe, a que os humanos teriam acesso: há uma constituição constante de mundanidade, subjetividade e coletividade. Algo desse processo de constituição é o que Martin Heidegger queria captar quando redescrevia a questão da objetividade em uma meditação sobre a "coisa":

> Martin Heidegger, como qualquer filósofo sabe, meditou numerosas vezes sobre a etimologia da palavra coisa. Todos nós somos agora conscientes de que em todas as línguas europeias, incluindo o russo, há uma estreita conexão entre as palavras que designam a coisa e uma assembleia quase judiciária. Os islandeses se jactam de ter o parlamento mais antigo, que chamam de *Althing*, e ainda podem ser visitados em muitos países escandinavos locais de assembleia designados pelas palavras *Ding* ou *Thing*. Não é então extraordinário que o termo banal que usamos para designar o que está ali fora, inquestionavelmente, a coisa, o que está fora de discussão, fora de linguagem, seja também nossa palavra mais antiga para designar o mais antigo dos locais em que nossos ancestrais fizeram seus tratados e trataram de resolver suas disputas? Uma coisa é, em certo sentido, um objeto ali fora e, em outro sentido, um *assunto* aqui, uma reunião. Para usar o termo que introduzi antes de um modo mais preciso, a própria palavra coisa designa assuntos de fato e assuntos de preocupação.[38]

Uma *coisa* é um *gathering*, uma associação, um conjunto articulado, mas também algo em torno do qual uma coletividade se reúne em um determinado espaço que é um espaço

---
38. Ibid., p. 234.

de atração. Essa situação básica pela qual se constitui, ao mesmo tempo, certo tipo de associação e certo perfil de mundo, a coimplicação da sociabilidade e da mundanidade, é o que uma longa tradição moderna – segundo Latour – teve problemas para reconhecer: "O parêntese que chamamos de moderno durante o qual tínhamos, por um lado, um mundo de objetos, *Gegenstand*, ali fora, indiferentes a todo tipo de parlamento, foro, ágora, congresso, corte e, por outro, uma série de foros, locais de encontro, assembleias onde as pessoas debatiam, terminou. O que a etimologia da palavra *coisa* – *causa, res, aitia* – havia conservado para nós misteriosamente, como uma espécie de fabuloso e mítico passado, se tornou, para todos, nosso presente mais comum. As coisas estão reunidas de novo".[39] O que significa que não se pode perceber que "as coisas se tornaram Coisas de novo, os objetos voltaram a entrar na pista, a Coisa, na qual devem primeiro se reunir para existir depois como o que *está aparte*".[40] Ou seja, não podemos não saber que, onde um mundo se produz, é mediante a composição comum de subjetividades e objetividades, em processos que implicam a mobilização de humanos e não humanos, associados de maneiras diferentes e providos de mediadores.

"As coisas estão reunidas de novo." O que quer dizer isso? Seria demasiado complexo detalhar aqui a rica análise do presente proposta por Latour. Embora, é claro, seria proveitoso. Entre outras coisas, porque esse universo do moderno que descreve como aquilo que estaríamos em vias de deixar é o que constitui o entorno no qual se desenvolvia a vontade

---

39. Ibid., p. 234.
40. Ibid., p. 236.

de "forçamento", e onde se produzia a paixão pela autonomização. Mas basta mencionar um aspecto: que esse presente se caracteriza, na opinião de Latour, pela proliferação de certo tipo de entidades que se impõem à atenção dos humanos. Essas entidades são o que se chama de "vínculos arriscados". Eles se definem por contraste com os objetos. Um objeto, no esquema de Latour, é uma entidade de limites claros, essência definida e propriedades reconhecidas que, quando se apresenta, o faz separada, desprendida da atividade técnica que a produziu, e que, quando produz efeitos, o faz em um "universo diferente", ainda que no detalhe, daquele do qual veio. Por isso, seus efeitos não reagem nunca à sua definição primeira, seu caráter e seus limites. Um exemplo? A mesa sobre a qual se encontra o computador em que escrevo estas linhas, ou a cadeira em que estou sentado. Ou a esmagadora maioria das obras de arte, que, além de tudo, são entidades mais ou menos sustentadas sobre si, delimitadas ao mesmo tempo do mundo em que se expõem e da subjetividade viva do seu produtor, entidades que, se produzem efeitos, o fazem principalmente nas consciências de indivíduos que, não importa o que lhes aconteça, não voltam a elas para modificá-las em sua compleição material imediata.

"Vínculos arriscados" são, por outro lado, um tipo de entidade difícil de descrever desse modo. Esse tipo é exemplificado, no texto de Latour, por esses príons, más-formações de proteínas, que causam a "doença da vaca louca". Assim como por muitas das entidades que se vinculam às crises ecológicas em condições de capitalismo global; um buraco na camada de ozônio, digamos. Ou uma quebra no mercado de valores. Qual é a forma de "coisicidade" dessas coisas?

Elas são, diz Latour, entidades sem limites nítidos, essências definidas ou limites discerníveis, que por isso tendem a "assumir o aspecto de seres acavalados, que formam rizomas e redes":[41] articulações de partes muito diversas das quais é difícil dizer onde começam ou terminam. No tempo e no espaço: das quais pode ser difícil dizer quando começaram e das quais pode ser difícil dizer se tal ou qual componente faz parte delas ou não.

Essas entidades não se expõem, não aparecem sem expor ao mesmo tempo o aparato que lhes deu lugar (o trabalho, a instituição, os saberes, as pessoas). Queiram ou não queiram, porque não podem evitar mostrar como são feitas, inclusive se não é sua vontade fazê-lo. Seu impacto é ao mesmo tempo imediato e incerto, na medida em que possuem "conexões numerosas, tentáculos, pseudópodes que as vinculam de mil maneiras a seres tão pouco firmes como elas": que, precisamente por causa da multiplicidade dos vínculos que as tornam possíveis, possuem consequências muito diversas. Consequências que, além de tudo, impactam nelas mesmas, as modificam, as modulam. Elas são inseparáveis "de consequências que lhes correspondem, das quais aceitam a responsabilidade, das quais extraem ensinamentos, em um processo de aprendizagem bem visível que recai sobre sua definição e que se desenvolve no mesmo universo que elas".[42] Observe-se esta última expressão: "no mesmo universo que elas". Elas não operam em uma zona separada, discernida daquela onde acontecem as mil transações que

---

41. LATOUR, Bruno. *Politiques de la nature: comment faire entrer les sciences en démocratie*. Paris: La Découverte, 1999, p. 40.
42. Ibid., p. 40.

dão lugar aos trabalhos cotidianos: não se trata aqui de se configurar estabelecendo um limite definido, indiscutível.

Assim são esses projetos, "seres encavalados que formam rizomas ou redes", conjuntos abertos que vinculam a modificação de um edifício, a realização de uma oficina, a produção de *spots* televisivos, o desenho de cartazes que são instalados na rua ou de cadeiras que são instaladas em um auditório, o plano de uma excursão que implica comidas, concertos e a distribuição de uma série de postais que são enviados, a fabricação de um modelo, a projeção de um filme etc.; ou o projeto de um parque, a preparação de alguns eventos que unem o congresso e a celebração, o desenvolvimento de uma exposição, a viagem para outras cidades, o projeto de um tour por Hamburgo, a ocupação do HafenCity InfoCenter etc.; ou a publicação de uma revista e o estabelecimento de um local que dá um lugar comum a uma série de proposições: a apresentação de uma conferência, o preparo de algumas comidas, a ocupação de um lugar em Buenos Aires, a participação em uma performance em um sótão escondido. Conjuntos abertos, cujos componentes se tecem entre si um pouco como se tece uma rede, trança sobre trança, mediante um procedimento paciente que se sustenta de um nome que conecta seus movimentos de maneira de certo modo (assim descrevia Sartre as aparições nas pinturas de Giacometti) "interrogativa".

De qualquer ponto que se observe, esses conjuntos parecem extensões vagas, contornos que não se vê como fixar. Porque não vêm a se instalar, como o fariam um quadro, um edifício, um escrito, uma escultura, em um mundo do qual se diferenciariam através de limites rígidos: há mil comunicações (tentáculos, pseudópodes) que os ligam ao local em que se encontram. Nenhuma ansiedade de demarcação em torno deles. Trata-se, ao contrário, de multiplicar o espaço para as mediações entre o projeto e seus entornos, de modo a ampliar a zona de indiscernibilidade que se estende em torno deles: visitantes de Vyborg que trazem histórias do lugar e que disseminam o dispositivo, participantes de Venus que realizam atos que o sistema possibilita, mas que acontecem além de seus limites, ocupantes de certo hospital com os quais se estabelece uma aliança que incide na realização de um parque...

A condição de membro desses grupos é incerta. Por isso não se poderá nunca marcar pontos simples em que transcendam o local em que vêm a aparecer. E é isso que se quer, porque, para eles, não se trata de produzir efeitos em um lugar diferente do lugar onde acontecem, mas em espaços locais com os quais se conectam mediante uma multiplicidade de transições. O projeto de Vyborg terá sido eficaz na medida em que, quando se concluir, possam ser observados, além de uma série de imagens filmadas, efeitos imediatos nesse entorno, mesmo que esses efeitos não sejam estritamente artísticos; o esquema de ações de *Park Fiction* terá sido bem-sucedido na medida em que, além da série de esboços e de textos que se apresentam em algumas mesas que recordam a vanguarda soviética na *Documenta* 11, em Kassel, se preserva uma abertura para o cais de St. Pauli; os intercâmbios do *Proyecto Venus* encontrarão sua razão em que, além da execução de atos de fala e de imagem no local (e por seu próprio meio), se realizem intercâmbios de materiais ou serviços entre pessoas específicas. O que não significa que o seu valor seja simplesmente local: é enquanto realizam essas operações que podem se apresentar como *precedentes* ou como *casos*. Daí uma articulação neles entre o artístico e o útil que é estranha à cultura moderna das artes. Por isso, onde esses projetos são exibidos fora da comunidade de produção em que acontecem, o que o observador ocasional encontra são, de certa maneira, *instrumentos*. Por isso, a forma mais complexa (e fiel, se cabe a palavra) de exibição de *Park Fiction* é a que acontecia em Hamburgo ou que *What's the time in Vyborg?* fosse apresentado em um percurso pela cidade, tal como podia se compor a partir de alguns atos em uma biblioteca.

Assim como no mundo do trabalho pós-fordista a separação do trabalhador e do indivíduo é no limite impossível, nesses projetos cada um dos integrantes se apresenta como aqueles que embarcam em um processo de articulação em imagens e discursos de informações e problemas imediatamente vinculados à sua circunstância singular. É claro que o objeto desses processos é liberar essa circunstância da estrita privacidade. Os participantes desses projetos articulam em público aqueles aspectos de sua circunstância que ao mesmo tempo dependem das redes de relações em que se encontram e que são suscetíveis de reelaboração.

De modo que podemos começar por reformular nossa hipótese desta maneira: alguns indivíduos – formados em determinada genealogia da arte moderna – resolviam, nos últimos anos, executar estratégias para vincular imagens, espaços, tempos, pessoas e discursos que diferem daquelas que encontravam nessa mesma genealogia (em cujos âmbitos seus resultados, entretanto, se exibiam): nem artefatos destinados a confirmar a integridade e a unidade de uma comunidade pré-existente através de um ato de memória que articula um objeto transcendente; nem aparições críticas em que uma forma é conduzida à aberração para abrir, em um espaço neutro ou familiar, mas habitado por uma sociedade fluida, uma zona onde possa se desenvolver um sentimento de discordância; nem tampouco um instrumento destinado a dispersar um público: o que esses projetos se propõem é conceber e instrumentar mecanismos para que uma coletividade mais ou menos vasta e diversa possa regular suas interações ao mesmo tempo que se ocupa da construção de imagens e discursos em um espaço que seu próprio desenvolvimento fabrica.

UMA ASSEMBLEIA

1

Há poucos anos, Peter Watkins deu início a um curioso projeto: a reconstrução da comuna parisiense de 1871 com um grupo de cerca de duzentos moradores de Paris; essa reconstrução, preparada durante vários meses e filmada durante três dias, seria a base de um filme que se chamaria *A comuna (Paris, 1871)*. O resultado é uma das peças importantes do cinema político das últimas décadas; mas, além disso, na concepção do grupo que a originou, é um dispositivo mais complexo. Porque Watkins supõe que somente em determinadas condições o filme tem sua eficácia verdadeira: em que a própria coletividade que a constituiu está presente, embora apenas em delegação, na sala onde o filme é mostrado (na qual a exibição é fiel ao que chama de "princípio de acompanhamento"). O ícone, dizia eu algumas páginas atrás, é uma aparição cuja eficácia se desenvolve onde ele é transportado pela comunidade, cuja integridade e enraizamento essa mesma aparição assegura. E aqui acontece algo semelhante; contudo, na situação em que o ícone funcionava como um artefato da memória, Watkins aspira a um filme que atue como mediador entre os nós de uma rede ou tecido de particularidades que se estende.

Mas quem é Peter Watkins? Talvez o menos conhecido dos grandes cineastas das últimas três ou quatro décadas e o responsável por uma concisa dezena de filmes. O primeiro deles, um curta-metragem, é de 1956. Em seu primeiro longa-metragem, *The Forgotten Faces* (1960), um grupo de não profissionais reconstruía os eventos de 1956 na Hungria. Em 1964, *Culloden* mostrava outro grupo de não profissionais realizando uma reconstrução vertiginosa de uma batalha do século XVIII: os elementos de *A comuna* começavam a se desenvolver aqui. E o faziam mais ainda na realização que constitui o ponto maior de inflexão da carreira de Watkins: em 1966 ele realizava, para a televisão inglesa, uma peça chamada *The War Game* [*O jogo da guerra*]. *O jogo da guerra* simulava um ataque nuclear a Londres e o registrava com os modos e as técnicas do documentário. "Falso documentário", dir-se-ia, se os níveis de realidade apresentados no filme não fossem complexos demais para serem bem descritos por essa expressão. O filme desencadearia uma vasta polêmica entre os quadros burocráticos da BBC; no final dessa polêmica, os dirigentes do canal resolveram não exibi-la. Aqui se iniciava um afastamento informal, mas insistente, de Watkins da televisão inglesa; nesse ponto, sua carreira se tornava ziguezagueante. Em 1967 filma a história alucinada de uma estrela *pop*, *Privilege* [*Privilégio*]; o filme é um ataque muito direto ao *establishment* audiovisual e é impedido de ser distribuído.

Dois anos mais tarde grava outro filme centrado nos jogos mortais que envolvem governos assassinos e populações desordenadas. O filme se chama *The Gladiators* [*Os gladiadores*], e permanece praticamente não exibido. Outros gladiadores são os que se encontram em sua última ficção desses anos, *Punishment Park*, uma fantasia sobre certo Estado que estabelece uma zona de matança em seu território, percorrido por indivíduos condenados, cuja história seguia essa peça de imaginação desolada que, como *Os gladiadores* e como *Privilégio*, não chegaria ao público.

A produção dos filmes de Watkins, desde o início da década de 1970, dependeria de maneira cada vez mais estrita da colaboração de televisões estatais ou de associações não governamentais europeias. É para a televisão norueguesa, precisamente, que filma uma notável reconstrução, realizada sobretudo com atores não profissionais, da vida de Edvard Munch, que conclui em 1974. E são várias circunstâncias que lhe permitem realizar três filmes que, em conjunto, constituem um projeto enormemente ambicioso. O primeiro painel dessa informal trilogia é um projeto realizado entre 1983 e 1985. O ponto de partida era a vontade de realizar um filme antibélico. O resultado, *Edvard Munch*, que seria concluído em 1988, é uma realização longa, complexa, sinuosa e exacerbada de 14 horas e meia sobre a indústria armamentista. O ritmo do filme é, justamente, o de uma longa viagem: viagem, ao mesmo tempo, das armas que percorrem o planeta em círculos, linhas e espirais, e dos realizadores que, tecendo pontos de conflito, se unem na construção de um mapa do presente. O segundo painel é *The freethinker* [*O livre-pensador*] (1994), reconstrução realizada com um grupo de estudantes noruegueses sobre a vida e o pensamento de August Strindberg, que o grupo concebe como um foco em torno do qual são discutidos, elaborados, interpretados os desenvolvimentos da Europa do final da era de bem-estar dos Estados.

A terceira parte – a parte na qual pretendo, por economia de espaço, me deter – é, precisamente, *A comuna*, cuja origem data de 1998, quando Watkins e certa companhia produtora de documentários concordaram em realizar um filme sobre a comuna parisiense de 1871, na qual, depois de dois meses de governo popular consequente a uma rebelião de uma parte do exército, ocorreu um dos mais atrozes massacres da história europeia moderna. O filme foi filmado em 1999, em uma fábrica abandonada nos arredores de Paris, que era, oito ou nove décadas atrás, o lugar onde funcionavam os estúdios de Georges Méliès, e hoje é a sede de um grupo de teatro que trabalha sob a direção de Armand Gatti.

Quem reconstruiria a comuna? O grupo inicial do projeto (o próprio Watkins e alguns colaboradores) reuniu – mediante diversos mecanismos – um grupo de 220 pessoas. Muitas delas eram parisienses, mas outras provinham das províncias ou do norte da África. Quase todas sem nenhuma experiência como atores. O grupo era diverso em vários sentidos, e essa diversidade estava relacionada com o que deveriam representar: pessoas das províncias encarnariam as pessoas das províncias e conservadores recrutados por meio da imprensa conservadora de Versalhes encarnariam os conservadores de Versalhes que acabariam prevalecendo, em 1871, sobre os membros da comuna. Esse grupo trabalharia durante alguns meses com uma equipe de historiadores que conduziriam oficinas destinadas a facilitar, para os participantes, a composição de seus papéis. O contrato era este: que cada um compusesse – em meio a outros, em conversa com outros – seus papéis. Papéis que seriam desenvolvidos em uma brevíssima semana em um *set* que reproduziria o décimo primeiro bairro de Paris como uma série discreta de espaços interconectados: alojamentos, pátios, oficinas. Mais tarde, no filme, observaremos paredes ou janelas cuidadosamente reconstruídas, mas saberemos sempre que se trata de uma reconstrução, com pedaços de papelão ou de madeira. "O *set* – escreve Watkins – foi cuidadosamente projetado para oscilar entre a realidade e a teatralidade, com atenção especial dada, por exemplo, à textura dos muros, mas de modo que os limites do *set* fossem sempre visíveis, e que os 'exteriores' – a Rue Popincourt e a Place Voltaire – fossem claramente visíveis como o que são: elementos artificiais em um espaço interior."[1]

Quando assistirmos à projeção no filme (em um cinema, talvez, embora tivesse sido concebida originalmente para ser exibida na televisão), veremos todos os participantes oscilarem: eles falam em nome de seus papéis e, de repente, falam em nome de si mesmos; um norte-africano que encarna um dos membros de certa rebelião de 1871 passa a discutir a situação dos estrangeiros ilegais em Paris no presente; um grupo de mulheres participa de um debate em 1871 e em um instante começa a debater a situação das mulheres na França de finais do século XX; algumas meninas participam de uma aula simulada de 1871 e, de repente, brincam no *set* entre as luzes e as câmeras.

---
1. WATKINS, Peter. Em: <www.mnsi.net/~pwatkins/commune.htm>.

O esquema da narração é muito simples. Estamos em 1871, em Paris. Em tomadas fixas, em quadros parados, é mostrada a nós a multiplicidade de personagens que depois se desenvolverão durante as seis horas do filme. A guerra acaba de terminar. As condições de vida são miseráveis. O governo está recolhido em Versalhes. Um levante se produz. Quase por nada. O levante é inesperado. Não há planos: o levante tem sua vaga origem em um estado de tensão e descontentamento nos bairros, tensão e descontentamento originados em mil razões. E acontece que um grupo de tropas não dispara onde lhe havia ordenado que o fizesse; um grupo de moradores toma as armas; uma comunicação se estende entre uns e outros, de um para outro, de boca em boca; microinstituições se organizam onde alguns decidem que se assuma popularmente o controle: uma multiplicidade de processos indiretos se produz, uma abundância de ações simples se agregam... Como a maior parte dos atores não é profissional, há uma interminável variedade de maneiras de se situar no espaço, de entonações, de posturas, que possuem a rigidez de quem só praticou um treinamento esporádico, mas evita a padronização que é o lastro comum do profissional: os desenvolvimentos desses indivíduos são de uma surpreendente especificidade.

Tudo começa a acontecer sob pressão: se a ressonância entre o que acontece em *A comuna* e o estado de coisas do presente é tão imediata, é porque a coletividade emergente que *A comuna* nos mostra é uma comunidade unida a um processo de aprendizagem para o qual *não existe tempo*. Porque a urgência é grande. As decisões deverão ser tomadas sem demora, sem modelos nem antecedentes, a partir de informações incompletas. E a informação, para todos, é fundamental: por isso, certo grupo que no começo do longo percurso do filme (da comuna) havia iniciado a publicação de panfletos e pasquins, improvisa um canal de televisão. É mediante esse fictício canal que nós, no cinema, presenciaremos a maior parte dos acontecimentos. O dispositivo narrativo é simples: dois apresentadores com microfones nas mãos, que medeiam entre os acontecimentos e nós, se moverão pelo *set* onde há sempre uma superabundância de atividade, seguidos pela câmera, e se aproximarão de grupos de pessoas (porque esse é um filme de grupos, mais que de indivíduos) e lhes pedirão que comentem os fatos da comuna. Movem-se pelo *set* como se estivessem se movendo por uma assembleia: toda palavra particular será produzida sobre uma multiplicidade de palavras de fundo; nunca veremos ninguém ocupar o limite da câmera sem que ao seu lado ou às suas costas haja outros, ocupados em outras discussões. E, muitas vezes, os atores em uma ou outra parte do *set* onde ocorre uma atividade que se executa contra o tempo (porque o filme teve de ser filmado rapidamente) sabem o que acontece em outros lugares da filmagem de *A comuna* por esses repórteres. O dispositivo de composição do filme para um público é, ao mesmo tempo, o meio de comunicação entre aquelas duas centenas de pessoas que estão ocupadas no processo real da composição.

A impressão que temos, ao assistir ao filme, é a da captação de uma "produção direta da sociedade". A expressão é de Pierre Rosanvallon, que a emprega em um livro recente, *Le modèle politique français* [O modelo político francês], refletindo sobre essa característica do sistema político em questão, que é a confiança na eficácia das formas para definir certo perfil da sociedade. Os constituintes de 1789, quando especulavam sobre a figura da festa popular, pensavam na eficácia das formas para "produzir a sociedade", que muitos desses constituintes concebiam como um espaço, um sacramento e um mecanismo: um espaço onde a sociedade nacional podia fazer a experiência sensível de sua unidade profunda. "Uma das grandes funções das festas revolucionárias" era, para muitos, a "de celebrar de maneira ativa, para tornar por um instante diretamente legível essa união-fusão que os homens de 1789 convocavam ardentemente. Elas são consideradas nesse sentido como meios diretos de produção da sociedade".[2] Como tais, confiava-se que "enraízem nas sensibilidades a afirmação do caráter uno e indivisível da República. Elas constituem um poderoso transformador moral e social, que converte em cidadãos indivíduos dispersos, que já não mais retêm nenhum vínculo corporativo. Elas tornam visível o advento de uma coletividade que já não é ordinariamente representável, porque não está estruturada por diferenças conhecidas e reconhecidas por todos".[3] Mas isso é justamente o que implica a possibilidade da formação de certa palavra: as festas permitem "instaurar um modo imediato de expressão da coletividade: uma palavra comum pode se elevar em seu seio sem que haja necessidade de pôr em funcionamento um mecanismo representativo".[4] Um pouco dessa confiança

---

2. ROSANVALLON, Pierre. *Le modèle politique français*. Paris: Seuil, 2004, p. 38.
3. Ibid., p. 40.
4. Ibid., p. 69. A esse mesmo desejo de unanimidade corresponde a forma arquitetônica dos próprios constituintes: a arquitetura da assembleia. Porque a adoção do semicírculo como forma normal (oposta ao modelo inglês da sala retangular)

está na base do projeto de *A comuna*; ou melhor, está a confiança sem a crença em que a palavra comum deva assumir a forma de uma afirmação da *unanimidade*.

Quanto a nós, que veremos a filmagem mais tarde, teremos tomado conhecimento dos acontecimentos de 1871 mediante outras duas fontes: de cartazes entre as sequências (a experiência de ver *A comuna* é, em parte, a de ler um livro de história) e de uma série de emissões intercaladas de uma ficcional TV Versalhes, estruturada à maneira normal das emissões da CNN ou da BBC: um breve relato das ações seguido por comentários especializados. Para nós, muitas vezes o desenvolvimento será rápido. E essa rapidez é proporcional a um movimento que todos executam e que dá o tom ao filme. Que movimento? No início, os atores falam para as câmeras, concentram-se em seus papéis, integram a ficção mais ou menos sem fissuras. Gradualmente, no entanto, notaremos que se falam entre si, nos dão momentaneamente as costas e se concentram, sobretudo, em regular a interação social que está acontecendo no *set*, a vasta improvisação multifocal que se desenvolve. E o próprio filme abandonará gradualmente o porte reconstrutivo e nos mostrará as discussões que, no espaço da realidade, nos antigos estúdios de Méliès, os participantes do projeto mantêm. Essas discussões se referem à comuna de 1871, mas também ao filme que está sendo filmado – de forma que *A comuna* é, entre outras coisas, uma espécie de documentário sobre a filmagem de *A comuna* – e ao presente da França, que se lê a partir das experiências que estão

---

deriva da crença em que esse favorece (e inclusive causa) a formação dessa unanimidade: "em uma sala corretamente concebida, imagina-se, a vontade geral deve poder se formar de maneira quase espontânea" (p. 71).

ocorrendo no próprio *set*, no momento. Essas discussões são mais lentas e nelas a oscilação se resolve temporariamente. Mas volta a se tornar frenética nas últimas seções, quando o desastre se aproxima, até as cerimônias do final, em que os gritos, ações e palavras se dirigem em uma multiplicidade de direções simultâneas, e todos falam, ao mesmo tempo, entre si e para a câmera, e também atrás da câmera, para a equipe de filmagem, acusando-a ou absolvendo-a, e, além dela, para nós, na sala onde estamos, onde nos descobrimos, talvez, colocados em um julgamento cujos termos e regras deveremos descobrir.

O filme em questão é, para aquele observador casual que o assiste em alguma sala, uma das autênticas singularidades dos últimos anos do cinema. Entretanto, para Watkins, o momento de exibição não é o momento decisivo do processo. Ele próprio escreveu um longo texto no qual articula a sua avaliação do tema. E nele afirma que *A comuna* é uma tentativa de articular certa forma e certo processo. Que processo? "Falando em termos gerais, nosso *processo* se manifesta mediante a maneira ampla de incluir os participantes na preparação e na filmagem, e a maneira em que alguns deles continuaram o processo depois de terminada a filmagem." E a forma? "Nossa *forma* pode ser vista nas longas sequências e na extensa duração do filme, que emergiu na montagem. O que é significativo, e creio que muito importante em *A comuna*, é que os limites entre *forma* e *processo* se fundem: a forma possibilita que o processo ocorra, mas sem o processo, a forma carece de sentido."[5]

---

5. WATKINS, op. cit.

"A forma possibilita que o processo ocorra, mas sem o processo a forma carece de sentido." E o processo é o que precede e segue a filmagem. O que a precede: uma investigação sobre a comuna de 1871 que os participantes do filme haviam realizado antes de começar a filmagem. Investigação lenta, que supôs a produção de um espaço de vinculação de historiadores e não historiadores, e a criação de um fórum de aprendizagem coletiva. Essa preparação demandou tempo. Mas tempo é, precisamente, o que falta para que ocorra uma transformação dos indivíduos graças à incorporação a um processo. Tempo é o que faltava para que, nas oficinas que precediam o filme, na reunião, se desenvolvesse uma rede consistente de vínculos sociais. Esse processo de aprendizagem havia implicado a ativação de uma discussão constante, que ocorria às vezes na presença de câmeras, de tal modo que entre o momento da preparação e o momento da realização se estabelecesse continuidade. Porque, segundo Watkins, essa é a condição para que, mais tarde, no filme pronto, montado, se exibisse uma dinâmica de grupo: "Tanto nas cenas de discussão 'estáticas' como nas cenas móveis, as pessoas raramente ou nunca são enquadradas em primeiro plano individualmente: em geral há pelo menos duas ou três pessoas ao mesmo tempo no enquadramento. Isso e a maneira como as pessoas falam entre si possibilitam uma *dinâmica de grupo* que é rara nos meios de comunicação de hoje".[6]

Se uma dinâmica de grupo é rara nos meios de comunicação de hoje, é porque neles se repete monotonamente um determinado esquema de estruturação das palavras e

---
6. Ibid.

das imagens. É isso que Watkins chama de "monoforma", dominante, a seu ver, na indústria audiovisual de qualquer lugar, e um dos principais obstáculos para a produção do tipo de democracia cosmopolita que é o projeto político que se encontra em seu horizonte. A "monoforma" é essa forma normal de comunicação televisiva caracterizada pelo "dilúvio de imagens e sons densamente empacotados e rapidamente editados, a estrutura modular 'sem costuras, mas fragmentada' que conhecemos tão bem", cuja linguagem era elaborada muito rapidamente no cinema do século que acaba de terminar, mas que gradualmente se desenvolveria em nome de um imperativo de legibilidade imediata e rapidez. E que conduziria ao uso de uma edição de *shock* e uma contração do espaço e do tempo que retira às audiências a possibilidade da reflexão sobre a imagem que, em cada caso, lhes é apresentada, mesmo quando se trata dessa realidade que, em documentários e programas de notícias, aparece mediante uma sequência de breves entrevistas, cortes, narrações... Esse imperativo de velocidade implica o repúdio da possibilidade de um *tempo lento* e uma *duração sustentada*. "Mas quando esta última é eliminada quase exclusivamente em favor da velocidade – cito Watkins – estamos com problemas. A velocidade comumente significa brevidade, e quando isso se converte no centro da forma-linguagem, ela se transforma em antiprocesso." Por quê? "O uso constante de uma velocidade excessiva se torna antiprocesso porque um traço característico da espécie humana é que necessitamos de tempo-extensão-espaço (do mesmo modo que necessitamos de oxigênio). Necessitamos desses elementos para considerar e refletir, para formular perguntas, para libertar nossos pensamentos e para nos situarmos. Necessitamos deles de mil maneiras à medida que nos desenvolvemos. Necessitamos deles para nos comunicarmos conosco mesmos e com nosso entorno."[7] É esse tempo que deveria apresentar – ou melhor, possibilitar, abrir – *A comuna*.

Por isso, continua Watkins, pareceu à maioria dos participantes do processo de *A comuna* que o procedimento oferecia certa possibilidade: a de "uma continuidade de experiência muito maior que a prática usual de filmar cenas breves e desconectadas", que permitia a improvisação, a extensão das relações, e ao mesmo tempo a integração e a surpresa. "Muitos acharam esse método de filmagem dinâmico e experiencial, porque os forçava a abandonar a pose e o artifício e os conduzia a um questionamento da sociedade contemporânea, que tinham de confrontar no próprio local".[8] E essa foi a condição para que emergisse um fenômeno que é – escreve Watkins – "sem dúvida o desenvolvimento mais importante no processo de todos os filmes que fiz, e mostra que é possível criar processos nos meios audiovisuais que possam se mover além das limitações do marco retangular". Esse fenômeno é a formação, a partir de reuniões que se mantiveram nas semanas seguintes à filmagem, de uma associação que se chamaria *Rebond pour La Commune* [Movimento a favor de *A Comuna*], destinada a continuar o trabalho de construção iniciado no filme. Voltaremos a ela.

Mas antes precisamos nos deter em outra questão, que o próprio Watkins indaga a si próprio: a da caracterização do dispositivo de produção posto em funcionamento

---
7. Ibid.
8. Ibid.

em *A comuna*. Esse dispositivo é "centralizante"? "Coletivo"? As duas coisas? Não é fácil responder. Porque – comenta Watkins – "quanto mais consciente eu era das forças libertadoras que estava provocando, mais consciente me tornava das práticas hierárquicas – e do controle pessoal – que estava mantendo". Mas será isso inteiramente lamentável? É difícil dizer. Em todo caso, não é indesejado, porque "ao mesmo tempo [que experimentar formas de produção descentralizadas] eu queria deliberadamente manter algumas práticas hierárquicas (inclusive a de ser um diretor com controle sobre o conjunto) para ver se uma 'mescla' desses processos e de outros mais libertadores podiam resultar em algo que satisfizesse ambas as formas de criatividade: uma forma solitária e centrada no eu, e uma forma aberta e pluralista".[9]

As duas formas, em sua articulação, estavam destinadas a engendrar tensões: porque, precisamente, o processo liberaria algumas energias e levaria ao primeiro plano da discussão a questão do controle sobre os materiais. Essas tensões se concentrariam em um ponto nevrálgico: os dois repórteres da televisão da comuna dão a alguns a palavra, por um tempo, e a tiram logo – durante as longas sequências móveis – para dá-la a algum outro que se encontra nas proximidades ou a distância (porque esses dois repórteres são, de alguma maneira, os primeiros mediadores do debate generalizado entre as pessoas no *set* e nós). Porque

> a maioria aceitou a situação, mas várias pessoas a acharam muito difícil. Parte do elenco, especificamente, achou que a filmagem das sequências longas era inibidora, e

---
9. Ibid.

> inclusive agressiva. A maior parte dessas sequências seguia a equipe da TV Comunal (Gérard Watkins e Aurèlia Petit) enquanto esta se movia com seus microfones, ao mesmo tempo que aconteciam os eventos da Comuna. Parte do elenco achou que a presença dos microfones da TVC – às vezes aproximados de seus rostos e retirados antes que tivessem tempo de formular suas frases – era uma experiência limitante e frustrante. Para eles, esse método de filmagem impedia – mais que expandia – as possibilidades de uma expressão aberta das ideias que haviam sido desenvolvidas durante as discussões grupais.[10]

Tão problemático quanto esse ponto e a questão da forma televisiva usual é a falta de tempo que se concede, e há algo disso na sequência. Mas, ao mesmo tempo, "recordando a filmagem de *A comuna*, acho difícil dizer até que ponto minha falta de atenção aos aspectos fragmentários das sequências longas se devia à pressão sob a qual eu estava, quanto se devia aos meus hábitos profissionais, e quanto ao fato de deliberadamente permitir que alguns problemas se desenvolvessem porque queria explorar ao máximo o processo coletivo, ainda que isso significasse passar por cima das necessidades individuais de espaço em certas ocasiões". Porque "é verdade que uma câmera se aproximando e se afastando rapidamente pode ser vista e experimentada como limitante, especialmente do ponto de vista de um indivíduo que se encontra em seu caminho. É bastante diferente, no entanto, da perspectiva de uma audiência ou do grupo de

---
10. Ibid.

atores em conjunto, porque podemos ver como os enunciados individuais em uma sentença inteira podem formar um *todo coletivo*. Creio que essa noção de expressão coletiva é extremamente importante, embora ao mesmo tempo me dê conta dos perigos de que a fragmentação a acompanhe". E é disso que se trata: "Para mim, a tensão – e, devo admitir, o prazer – de filmar *A comuna* desse modo residiu em pressionar e examinar as possibilidades do elenco – e as minhas próprias – de se pôr no nível da rara oportunidade dada nesses poucos dias de criar uma série de enunciados espontâneos, e ao mesmo tempo coletivos, que vinham da profundidade da experiência pessoal, e ajudados pelo processo coletivo de preparação para a filmagem".[11]

O balanço, nesse caso, conta. Mas conta também outra coisa:

> Outra das razões da ênfase nas sequências longas, inclusive durante a montagem, se devia ao fato de a fragmentação causada pelo afastamento e distanciamento da câmera não ser o único processo que acontecia. Um estudo dessas sequências mostra que Gérard e Aurèlia muitas vezes se aproximavam do grupo, faziam uma pergunta e depois se retiravam enquanto se desenvolvia uma discussão entre os membros do grupo que falavam ao mesmo tempo e interrompendo os entrevistadores; a tecnologia era usada então somente para facilitar a comunicação das pessoas entre si. Acho esses momentos muito excitantes; eles eram com frequência muito espontâneos e exemplificavam como *A comuna*, enquanto

---

11. Ibid.

aparentemente implementava uma técnica monoforme, se diferenciava radicalmente dela.[12]

E a técnica monoforme se encontra superada especificamente em um ponto: naquele em que o dispositivo projetado para permitir a visibilidade de um processo que será perceptível de um ponto exterior à coletividade que se desenvolve é, ao mesmo tempo, a condição de que sejam produzidas comunicações de pessoa para pessoa em seu interior.

2

Essa pretensão de combinar maneiras da composição, de articular momentos de centralização e de descentralização, de fabricar um dispositivo em pelo menos dois níveis me interessa. Porque essa é uma particularidade do empreendimento de Watkins. É claro que essa particularidade não chega ao ponto de não ter parentesco com outros empreendimentos anteriores – por exemplo, aquelas identificadas e descritas por Gilles Deleuze em *Imagem-tempo*, segundo volume de seus estudos sobre o cinema, a constelação que integram os trabalhos de Pierre Perreault, Jean Rouch ou Glauber Rocha. Na opinião de Deleuze, nessa constelação de quatro décadas atrás se ensaiava um novo começo do documentário. Porque esse havia alcançado sua forma clássica propondo-se como o lugar onde se comunicava, seja uma realidade objetiva, sejam as perspectivas dos indivíduos sobre ele, de modo a ser sempre possível para nós, es-

---
12. Ibid.

pectadores, atribuir as coisas que aparecem na tela a um ou outro domínio. Rouch ou Perreault, ao contrário (e nisso seus trabalhos se aproximavam dos de Shirley Clarke ou de um John Cassavetes), propunham-se a captar "o futuro do personagem real quando ele se põe a 'ficcionar', quando entra 'em flagrante delito de legendar', e contribui assim para a invenção de um povo. Isso e o processo pelo qual o cineasta se torna outro quando 'intercedem' assim personagens reais que substituem em bloco suas próprias ficções por suas próprias fabulações".[13] Segundo Deleuze, para eles não se trata de apresentar indivíduos de identidades estáveis em comunidades estabilizadas, mas sujeitos em uma conjuntura de *conversão*, no curso da invenção de uma comunidade possível que, em suas trajetórias, "não deixam de passar a fronteira entre o real e o fictício", ao mesmo tempo que o cineasta que os capta nos sugere que eles pertencem "a uma minoria cuja expressão eles praticam e liberam".[14] Esse cinema propõe, na opinião de Deleuze, uma figura não clássica da narração política: uma narração que não se apoia na pressuposição de um "povo" substancial, já constituído, mas toma como ponto de partida uma situação em que "o povo já não existe, ou ainda não existe".[15] Esse era o caso da Europa do pós-guerra, mas mais ainda do que Deleuze chama de "o Terceiro Mundo", "onde as nações oprimidas, exploradas, permaneciam em estado de perpétuas minorias, com sua identidade coletiva em crise", de modo que a proposição do

---

13. DELEUZE, Gilles. *La imagen-tiempo. Estudios sobre cine 2* (trad. Irene Agoff). Barcelona: Paidós, 1987, p. 202.
14. Ibid., p. 206.
15. Ibid., p. 287.

cineasta não pode ser a de expressar ou revelar um povo já constituído,"mas contribuir para a invenção de um povo".[16]

E isso implica redistribuir as posições do privado e do público. Nas condições do Terceiro Mundo, o privado e o público se comunicam imediatamente em cada ponto, mediante inumeráveis esferas de contato, e a fabulação desses cineastas é fiel a essa tensa intimidade das esferas que quiseram expor. Para quê? Para produzir uma conscientização? Não: a conscientização perdeu valor nos mundos que originam essas obras porque a resolução do problema político passa nelas menos pela expressão de entidades que se encontram já constituídas do que pela produção de formas de unidade que só podem ser projetadas no futuro. Por isso, esse cinema é um cinema de "agitação", "que consiste em 'pôr tudo em transe', o povo e seus amos, e a própria câmera, pressionar tudo para a aberração, para comunicar as violências entre si e para fazer passar o assunto privado para o âmbito político, e o assunto político para o privado".[17] Porque se trata de gerar uma membrana que vincule uma coisa e outra: o mundo e o eu, "em um mundo parcelado e em um eu partido que não param de se intercambiar".[18] E a figura de intercâmbio volta no momento em que se trata do dispositivo de enunciação que esse cinema constrói. Porque os autores em condições como essas – os que se encontram diante de um povo ausente – tendem a seguir certa estratégia: "procurar 'intercessores', ou seja, tomar personagens reais e não fictícios, mas colocando-os em estado de 'ficcionar', de

---
16. Ibid., p. 287-288.
17. Ibid., p. 289.
18. Ibid., p. 292.

'legendar', de 'fabular'", de modo que "o autor dá um passo em direção aos seus personagens, mas os personagens também dão um passo em direção ao autor; dupla mudança constante".[19] Daí a seguinte afirmação: "Como regra geral, o cinema do Terceiro Mundo tem este objetivo: pela conjuntura ou pela crise, constituir uma ordenação que reúna partes reais, para fazer com que produzam enunciados coletivos como prefiguração do povo que falta (e, como diz Klee, 'não podemos fazer mais')".[20]

Há parentesco entre essa constelação e o empreendimento de Watkins, mas também linhas de divergência importantes. Porque há momentos em *A comuna* nos quais se apresenta algo parecido com um transe, mas aqui se debilitou um motivo que ainda gravita no horizonte de Rocha ou Rouch e que Deleuze retoma: a tensão causada pela expectativa da manifestação apocalíptica de um povo ou pela constatação de sua ausência. Aqui não se trata de eus partidos ou de mundos parcelados, mas de graus de organização e de desorganização, de informação e de desinformação. Mas talvez isso se deva ao fato de a conjuntura parecer insuficiente: o que conta aqui (aquilo para o que falta tempo) são os processos de conversação que no cinema que interessa a Deleuze se secundarizam (embora certamente nem sempre: em Rouch, em particular).

Flora Süssekind, em um artigo recente sobre o momento tropicalista na cultura brasileira (do primeiro Caetano Veloso, do primeiro Gilberto Gil ou Tom Zé, de José Celso, de Lygia Clark e Hélio Oiticica em seu momento mais participativo),

---
19. Ibid., p. 293.
20. Ibid., p. 295.

assinalava uma série de traços que determinam a produção de Rocha, um dos protagonistas do período. Esse período se desenvolve – na segunda metade dos anos 1960 – em um contexto particular: nesse momento de "industrialização autoritária", em que as promessas da era do desenvolvimento começavam a ser canceladas, momento de crise perceptível que movia os artistas à "constatação estratégica de que, para 'fazer história', teria de haver uma reinvenção expressiva capaz de, quer em uma 'anti', quer em uma 'hiperteatralidade' às vezes grotesca, paródica, expor a 'não história' [a expressão é de José Celso Martinez Corrêa] presente e suas arritmias e seus simulacros".[21] Glauber Rocha definiria esse projeto como um ensaio de "incorporar a problemática brasileira em um nível de expressão revolucionária e ferir o público"; Martinez Corrêa como uma tentativa de "colocar esse público em termos de nudez absoluta, sem defesas, incitá-lo à iniciativa"; Caetano Veloso como uma vontade de responder à "necessidade da violência", de "passar por toda a vergonha para poder reinventar as coisas".[22] Daí "uma vontade construtiva, de afirmação de novas relações estruturais, conjugada paradoxalmente com uma antiformalização desintegradora, uma fuga (auto)consciente da forma"[23] que marca as produções fundamentais do momento, e as conduz a uma afirmação de coralidade na qual, no entanto, se enfatize a tensão entre as partes em contato como se concentram no "desencadeamento da ação sem sublimação, ultraimprovisada,

---

21. SÜSSEKIND, Flora. "Coro, contrários, massa. A experiência tropicalista e o Brasil de fins dos anos 60". In: BASUALDO, Carlos (Ed.). *Tropicália: A Parallel Modernity in Brazil (1969-1972)*. São Paulo: Cosac & Naify, 2005.
22. Cit. em Ibid., p. 10-11.
23. Ibid., p. 14.

contando com o imponderável mesmo",[24] que se descreve em termos de devoração dos materiais e expulsão em um momento de fulguração.

A fulguração que se produz em "uma fuga (auto)consciente da forma" é particularmente importante para essa genealogia a que pertencem Rocha e Rouch: embora se trate de verificar uma ausência de povo, essa verificação ocorre, no contexto dessa genealogia, no curso instantâneo de um *acontecimento*. Ou seja, de uma manifestação que se produz por si mesma, que não responde a nada mais além da própria iniciativa e que "relega à sombra, por seu caráter decisivo, os momentos adjacentes, que, sofrendo sua atração, voltam a se perfilar em função dela".[25] Porque um acontecimento, nesse sentido, tem algo de cataclísmico, de momento de reversão e reposicionamento, de efração no curso do tempo, de incidência que separa o passado do futuro, que "transborda – excede – o momento presente" e que "contém um inassimilável, aponta para fora",[26] ao mesmo tempo que desalenta a explicação causal.

Por seu caráter de signo excessivo, que interrompe o curso normal do mundo, por sua *saturação*, o acontecimento "cativa um interesse que transborda toda razão, que fala ao desejo e à imaginação".[27] François Jullien, de quem tomo as anotações anteriores, afirma que a cultura europeia em seu conjunto pode ser interpretada como uma cultura do acontecimento:

---

24. Ibid., p. 19.
25. JULLIEN, François. *Du "temps"*. Elements d'une philosophie du vivre. Paris: Grasset, 2001, p. 87.
26. Ibid., p. 87.
27. Ibid., p. 87.

> Pela ruptura que produz e o inaudito que abre, pelo que permite de focalização e em consequência de tensão e de *pathos*, o acontecimento tem um prestígio ao qual [a cultura europeia] nunca renunciou. Não pôde nunca renunciar, porque ela está apaixonadamente atraída pelo caráter fascinante, inspirador, do acontecimento. Sua crença é feita de acontecimentos absolutos, em que o Eterno cruza o tempo e a efração é total: Criação, Encarnação, Ressurreição etc.; e, na cena literária, tudo concorreu para valorizar a vertigem atrativa, subjugante, do acontecimento. Seja Homero, seja Píndaro, sejam os Trágicos, todos tratam de produzir um acontecimento irredutível que não se deixe compreender na trama memorável dos relatos e dos ciclos, e não seja o caso particular de nada mais geral. Acontecimento incomparável, inintegrável, que vai ao limite – fonte de sublimidade e de interrogação sem fim.[28]

É claro que, no domínio do político, a figura por excelência do acontecimento é a revolução ou a revolta: daí a tentação de analogizar o transe e a revolução que é característica da tradição de arte participativa, desde suas figuras mais ritualistas (desde *Paradise Now*, na produção do Living Theater, ou *Dionysus 69*, na de Richard Schenker, até *1789*, na produção de Ariane Mnouchkine) até as mais "procedimentais" (o Teatro da Libertação, digamos). Eu diria que o interesse de *A comuna* é a sua vontade de desprender a figura de 1871 dessa constelação e observá-la como um local onde se produzia um saber a respeito das possibilidades da

---

28. Ibid., p. 88.

coexistência: uma pequena ecologia cultural. Mais precisamente, como um momento particularmente crucial para todo aquele que esteja interessado no desenvolvimento de "uma doutrina prática das alianças e da dissolução das alianças, da exploração das mudanças e da dependência da mudança, da instigação da mudança e da mudança dos instigadores, da separação e do surgimento das unidades, da falta de autossuficiência das oposições, da unificação das oposições mutuamente exclusivas."[29]

Essa citação é de Brecht, que se refere a essa doutrina como o "Grande Método", e que ensaiava, na segunda metade dos anos 1920, além das formas mais conhecidas do teatro épico, certo projeto que seu exílio americano deixaria incompleto: os Lehrstücke, as "peças de aprendizagem" que escreveu entre 1926 e 1933, peças destinadas a um teatro que concebia como operando na transição para o socialismo, e cuja missão era participar desse processo. Algumas dessas peças (*O voo sobre o oceano, A peça didática de Baden-Baden sobre o acordo*) foram realizadas em teatros, mas seu destino próprio era o de serem empregadas por grupos de operários ou de crianças que as incorporassem em processos de aprendizagem. Assim descreve Brecht essa iniciativa:

> Durante alguns anos, realizando meus experimentos, tentei, com um pequeno grupo de colaboradores, trabalhar fora do teatro, que, tendo estado obrigado por tanto tempo a "vender" um entretenimento que durava uma noite, havia se retraído para limites demasiado inflexíveis para tais experimentos; tentamos criar uma classe

---

29. Cit. em JAMESON, Fredric. *Brecht and Method*. Londres: Verso, 1998, p. 117.

de performance teatral que pudesse influenciar a maneira de pensar das pessoas que estivessem envolvidas nela. Trabalhamos empregando meios diversos e em diferentes camadas da sociedade. Esses experimentos eram performances teatrais não tanto destinadas ao espectador, mas àqueles que estavam envolvidos na performance. Era, por assim dizer, arte para o produtor, não arte para o consumidor.[30]

Esses produtores, supõe-se, produzem algo determinado: saber de um tipo especial. Por isso as "peças de aprendizagem" se concentram em um problema: a função do sacrifício individual na construção da coletividade, por exemplo. É claro que isso só tem sentido se aqueles que executam a peça possuem uma compreensão prévia da questão que se tenta expor. De *expor*: porque o que se encontra no centro de uma peça de aprendizagem é um *caso*, ou seja, uma ação específica que pode ser entendida como exemplar. É talvez nesse Brecht que Walter Benjamin pensava, sobretudo quando escrevia que o Teatro Épico

> substitui a cultura pelo treinamento, a distração pela formação de grupos. Em relação a esta última, todo aquele que tenha acompanhado o desenvolvimento do rádio perceberá os esforços realizados recentemente para reunir em grupos coerentes os ouvintes similares em termos de sua estratificação social, seus interesses, seus entornos. De maneira semelhante, o Teatro Épico tenta atrair um corpo de pessoas interessadas que, independen-

---

30. BRECHT, Bertold. *Brecht on Theater* (ed. John Willet). Nova York: Hill and Wang, 1957, p. 80.

temente da crítica e da publicidade, deseja ver realizadas em cena suas preocupações mais urgentes, inclusive as políticas, em uma série de "ações".[31]

E que se encontra interessado nisso porque o espaço da cena é um espaço potencial. O que pode se converter em um espaço potencial na medida em que regresse "com uma abordagem nova à grande antiga oportunidade do teatro: concentrar-se nas pessoas presentes" e colocar o *"Gesamtkunstwerk* em confronto com o laboratório dramático".[32] Assim, o teatro pode ser um local onde se avança no saber prático da formação de coletividades. Esse avanço é lento. Porque – como também sugere Benjamin – "o que emerge dessa abordagem é que os eventos podem se alterar não em seus pontos climáticos nem por intermédio da virtude e da decisividade, mas somente em seu processo rotineiro e normal, através da razão e da prática".[33]

Por isso o incremento de saber não se realiza simplesmente na instância da apresentação pública de um *Lehrstück* (apresentação que não é sempre necessária), mas no processo de aprendizagem do texto, no ensaio, na própria apresentação, nas discussões subsequentes. A experiência dos *Lehrstücke*, dizia ele, ficaria inacabada por causa do exílio americano de Brecht. E, em consequência, uma possibilidade permaneceria inexplorada. Que possibilidade? A de uma situação em que, como imagina Fredric Jameson,

---

31. BENJAMIN, Walter. *Selected Writings*. Cambridge, MA: Harvard University Press, 1996, v. 2, p. 585.
32. Ibid., p. 585.
33. Ibid., p. 585.

o texto e sua performance lentamente se fundem e desaparecem em discussões expandidas, em disputas em torno da interpretação, e na proposição de todo tipo de gestos alternativos e desenvolvimentos de cena. Devemos começar a inventar uma nova concepção para o tipo de arte e estética que o *Lehrstück* parece ensaiar. Terá que evitar a reificação da linguagem usual de obras de arte e objetos e terá que incluir as discussões e as revisões, as alternativas propostas, de uma maneira mais substancial que o que geralmente foi feito quando pensamos nas discussões que o Berliner Ensemble e outras companhias dramáticas têm proposto desde os anos 1960. Na verdade, se algo assim como a ideia de uma "aula mestra" é adotado para tal estranho processo-entidade, ficará claro um traço seu: a presença inseparável da assim chamada "teoria" dentro do "texto". Não que a teoria se torne uma obra de arte, nem que o texto artístico simplesmente se reincorpore à teoria e se torne um novo tipo de colagem ou experimento em "multimídia".[34]

Se a algum momento da tradição anterior se parece *A comuna* (considerado o processo em seu conjunto) é a esse momento talvez não realizado que Jameson sugere. Daí sua insistência no tempo, na duração, na extensão, inclusive para o espectador: catorze horas e meia de *Edvard Munch*, quatro horas de *O livre-pensador*, seis horas de *A comuna*... Trata-se de um cinema que prescinde da recorrência à fulguração e que, ao contrário, aspira ao registro pausado do curso de uma série de modificações, ao ingresso de microeventos em processos e à maneira como os processos modulam e arrastam

---

34. JAMESON, Fredric, op. cit., p. 64.

esses microeventos, cinema que se concebe como ocupado na comunicação da mutação, da transformação contínua, "da 'modificação', difusa e progressiva como é, e como tal constantemente aberta ao Fundo indiferenciado", como diz, novamente, François Jullien, referindo-se à orientação da pintura chinesa, em que, "emergindo-se e submergindo-se entre o haver e o não haver, o mundo não se deixa separar, sob a incitação que o estende continuamente e o renova, em estados – poses, planos, superfícies, objetos",[35] sobre um fundo que está em mutação contínua, cada momento perfeitamente acavalado e cada corte aberto.

É devido a isso que Peter Watkins considera que "sem dúvida o desenvolvimento mais importante no processo de todos os filmes que fiz" é um desenvolvimento que consiste em que o filme se reintegre como material de discussões em apresentações públicas realizadas por alguns dos participantes da composição. Depois que a filmagem terminou, a partir do agrupamento das duas centenas de participantes do projeto, formou-se uma entidade chamada *Rebond pour La Commune* [Movimento a favor de *A Comuna*]. E em que consiste essa entidade? "Esse espaço de encontros e reflexões reúne cerca de trezentas pessoas e numerosas associações (*Les Amis de La Commune, Droits Devant!!, Attac, Coordination permanente des médias libres, Max Havelaar*...) em torno de debates, projeções, concertos e outras atividades coletivas e festivas. O objetivo principal dessa primeira experimentação era explorar novas formas de relação com a obra cinematográfica tentando desenvolver para o exterior o que se tramava na imagem".[36]

---

35. JULLIEN, François. *La grande image n'a pas de forme*. Paris: Seuil, 2003, p. 339.
36. Em: <www.lerebond.org/rebond.htm>.

Essa é a apresentação que o próprio grupo faz de si mesmo. Apresentação que continua do seguinte modo: "Diante das dificuldades em que se encontra a distribuição de uma obra de tal envergadura (por seu conteúdo, sua duração e sua forma), a associação *Rebond* se indagou igualmente sobre sua capacidade de prolongar esse processo de resistência e de participação além do filme e da duração. Por isso os participantes de *A comuna*, assim como alguns'espectadores' decidiram se reunir para acompanhar a difusão do filme, propondo debates e intervenções que atestassem a riqueza e a originalidade desse percurso criativo e político, humano e coletivo". Daí uma multiplicidade de atividades, desde a proposição de projeções até a organização de colóquios. Porque "com a profusão de questões contidas em *A comuna*, a projeção do filme pode ser o objeto de uma concepção coletiva inédita com toda associação, comitê de empresa, estabelecimento educacional etc. Os membros da *Rebond* (atores, militantes, artistas, historiadores etc.) se propõem a participar de suas experiências e reflexões para que o filme seja a ocasião de um encontro real de movimentos de palavras e imagens em movimento".[37]

O objetivo da *Rebond* é, de certo modo, fazer com que "o texto e sua performance lentamente se fundam e desapareçam em discussões expandidas". Ou seja, que aquilo que, do processo, podia se estruturar como uma mitologia, uma fantasmagoria, um desenvolvimento concluído e destinado a uma recepção para a qual o momento da composição seria um passado abolido, uma cadeia de pistas dirigidas ao obser-

---

37. Ibid.

vador só e em silêncio, volta a ser mobilizado em uma série de improvisações. É claro que *A comuna* era o registro de uma improvisação estendida: improvisação daqueles que atuavam nas cenas; improvisação dos cronistas da TV Comuna, que eram um pouco seus diretores imediatos, dando a palavra e retirando-a; improvisação das câmeras se deslocando no vasto espaço... Mas é preciso, para a *Rebond*, que esse registro – se não há de se cristalizar na inércia de um objeto – volte a se ativar em conversações posteriores.

Conversações sobre o quê? Sobre o próprio filme enquanto *caso* que deveria esclarecer outras situações. Enquanto caso que possa ser posto em discussão na medida em que se trata de um resultado que escapava, desde o começo, do alcance de cada um dos executantes (e do próprio Peter Watkins, certamente), na medida em que era uma *emergência*. Em todos os sentidos da palavra: naquele que recebe no contexto das ciências da complexidade (sobre o qual voltaremos no último capítulo), mas também naquele que a associa a uma situação em que, porque o tempo não basta, os indivíduos devem mobilizar, sobretudo, seus *reflexos*. Um sujeito do reflexo seria – como afirma Scott Lash comentando Ulrich Beck – o sujeito desses mundos da dissolução das formas de associação e individualização da modernidade madura que compõem o presente. Ao sujeito da reflexão da "simples modernidade", diz Lash, que é também o "sujeito kantiano do juízo determinado", se opõe o indivíduo não linear que "tem mais a ver com o reflexo":

> Os reflexos são indeterminados. São imediatos. Não se aplicam em nenhum sentido. Eles tratam com um mundo

de velocidade e tomada de decisão rápida. O indivíduo contemporâneo, diz Beck, se caracteriza pela escolha, enquanto as gerações prévias careciam dela. O que Beck muitas vezes omite dizer é que esse indivíduo deve escolher rápido, deve – como acontece com os reflexos – tomar decisões velozes. Os indivíduos da segunda modernidade não têm suficiente distanciamento de si mesmos para construir biografias lineares e narrativas.[38]

Por isso, esse indivíduo "é um combinante. Reúne redes, constrói alianças, faz tratados. Deve viver, é forçado a viver em uma atmosfera de risco na qual o conhecimento e as mudanças de vida são precários".[39] Esse sujeito é o trabalhador do qual falava Virno, ocupado ao mesmo tempo na produção de coisas e de *virtuosismo*. É claro que o virtuosismo se manifesta de maneira privilegiada na improvisação. E a verdade é que, do mesmo modo que as artes daquela primeira modernidade da "idade estética" eram regidas por um "ideal da escrita", as artes dessa outra modernidade que descrevemos são regidas por um *ideal da improvisação*, de modo que os artistas que nela operam tendem a se orientar para a produção de um máximo de complexidade nas combinações e um máximo de número nas vozes. O problema que se propõem é como organizar posições em um campo de atividade desde o início aberto. Mas porque registra os resultados de um desenvolvimento particular de artes da organização, *A comuna* pode ser apresentada à discussão, por parte de uma coletivi-

---

38. LASH, Scott. "Individualization in a non linear mode". BECK, Ulrich; BECK-GERNSHEIM, Elisabeth. *Individualization*. Londres: Sage, 2002, p. ix.
39. Ibid., p. ix.

dade que se mantém em sua proximidade depois da conclusão da filmagem, como um caso que pode ser mobilizado no decorrer da elaboração de uma "doutrina prática das alianças e da dissolução das alianças, da exploração das mudanças e da dependência da mudança, da instigação da mudança e da mudança dos instigadores, da separação e do surgimento das unidades, da falta de autossuficiência das oposições, da unificação das oposições mutuamente exclusivas", "doutrina prática" que toma como ponto de partida situações muito diferentes daquelas que Brecht tinha em mente, os estímulos e os problemas dessa primeira modernidade em crise que o próprio Brecht muitas vezes tentou compor e confrontar com meios essencialmente disciplinares.

Brecht produzia suas proposições quando a revolução podia ser concebida como o momento em que a prática política se articulasse com o que uma arte ambiciosa podia expor ou antecipar. E o cinema a que Deleuze se referia constitui algo assim como o último momento em que se podia vincular a forma da obra (a forma da fulguração ou do acontecimento) com uma expectativa revolucionária. E qual é a política de *A comuna*? Os textos de Watkins se concentram, antes que na proposição de uma grande política, na questão mais imediata da democratização dos meios de comunicação, sem a qual, em sua opinião, qualquer outra iniciativa é vã. Mas se fosse possível especular sobre a integração entre a produção de imagens ou textos e a produção de formas políticas que Watkins queria propor, poderíamos dizer – e voltaremos depois a esse ponto – que ela se rege por um imperativo: atua de modo tal que o processo que integra seja compatível com alguma forma de *experimentalismo democrático*.

OUTRAS MITOLOGIAS

1

Há pouco tempo foi publicado um importante artigo de Simon Goldhill com o título "História literária sem literatura: práticas de leitura no mundo antigo". O problema que Goldhill apresenta é o de articular as continuidades e descontinuidades existentes entre práticas verbais aparentadas. Por um lado, uma história literária que não fosse capaz de descrever o que acontece e persiste de Homero ou Virgílio a Coleridge ou Borges seria insatisfatória. Por outro lado, o mundo histórico em que Homero ou Virgílio compunham suas peças de arte verbal ignorava a categoria de "literatura" que se encontrava no horizonte imediato de Borges ou de Coleridge. Nenhuma categoria, por exemplo, vinculava no universo grego a prosa e o verso. Não havia nada parecido nesse universo com o tipo de prática que chamamos de "crítica literária". Não que na época não se falasse de performances verbais ou de atos de leitura: não que não houvesse o que

Andrew Ford chama de "cenas críticas". Goldhill menciona uma delas: uma paisagem de Plutarco onde se propõe uma comparação entre Menandro e Aristófanes. A comparação se encontra em meio a uma discussão sobre a legitimidade e o valor dos gracejos em relação ao comportamento do cidadão em um banquete. Está claro que o objetivo do texto não é comparar as "obras" de Aristófanes e Menandro enquanto "objetos estéticos", mas discuti-las "como parte de uma construção muito particular da propriedade, da linguagem e da cidadania".[1] "Na verdade – acrescenta Goldhill –, em geral é certo que o que se considera como antiga 'crítica literária' não se propõe como um corpo discreto de material textual, mas como parte da formação de um bom cidadão";[2] quanto a nós, leitores modernos, se queremos ler o texto em seus próprios termos, deveríamos recordar que "ler e recitar e aprender são parte da *askesis* do cidadão, parte do policiamento dos limites do comportamento sociopolítico".[3]

Goldhill indica que reconstruir as continuidades entre Homero ou Virgílio e Coleridge ou Borges a partir da categoria do "literário" arrisca "tomar o caminho mais curto através do significado social e cultural da disciplina da leitura e da escrita no mundo antigo".[4] Por isso, ele acredita que é preciso organizar nossa reconstrução dessas linhas genealógicas prescindindo da figura da "história da literatura". Goldhill propõe que uma história das práticas de leitura e de escrita ("que vá além da produção de livros, da vocalização e da

---

1. GOLDHILL, Simon. "Literary history without literature". In: PRENDERGAST, Christopher (Ed.). *Debating World Literature*. Londres: Verso, 2004, p. 177.
2. Ibid., p. 177.
3. Ibid., p. 178.
4. Ibid., p. 188.

literariedade") "é uma história culturalmente mais matizada que a 'história da literatura'. A leitura e a formação de si estão profundamente interconectadas: a conceituação do cidadão como sujeito falante, os limites culturais de interpretação e as ideias (os ideais) do corpo conformam a noção da leitura na antiguidade, e os modelos de leitura são marcadamente variados em diferentes períodos, e oferecem importantes expressões de mudanças culturais maiores".[5]

Tal "história da leitura" esteve sendo realizada, e é possível sugerir que ela constitua um dos espaços mais dinâmicos da reflexão histórica no presente. E essa mesma história confirma a insistência, ao longo do tempo, de uma figura: a que afirma existir um vínculo entre uma prática da leitura e a formação do cidadão. Na verdade, nenhuma das grandes reflexões modernas sobre o literário (desde Schiller até Adorno, desde Flaubert até Barthes) prescinde de propor uma descrição desse vínculo. No entanto, é possível que, assim como é necessário para Goldhill estabelecer ao mesmo tempo as continuidades e as descontinuidades entre, digamos, Plutarco e Borges, é preciso que comecemos a considerar a necessidade de estabelecer outro sistema de continuidades e descontinuidades, que se estendem entre Borges e certo tipo de práticas às quais têm estado se consagrando alguns artistas que afirmam pertencer à genealogia das letras modernas, mas cujas produções – mesmo quando nelas também se tenta unir uma prática das letras com uma formação de cidadania – se parecem pouco com as formas concretas que essa genealogia assumia. Que se parecem e não se parecem, como o fazem

---

5. Ibid., p. 196.

um livro e uma sala de bate-papo. E a diferença que considero não é inteiramente alheia a essa: trata-se da diferença entre uma prática das letras executada em uma língua normal e orientada para culminar em um livro destinado à leitura solitária e silenciosa realizada por qualquer estranho que, da perspectiva do escritor, é o membro de um público, e uma prática orientada para produzir uma série de dispositivos que facilitem conversações (e um espaço onde se desenvolvam), juntamente a mecanismos de publicação dessas conversações em espaços mais vastos.

É o caso, por exemplo, de Sawad Brooks e Warren Sack, que nos últimos anos desenvolveram um projeto chamado *Translation Map* [*Mapa de tradução*]. O projeto foi inicialmente apresentado em uma exibição no Walker Art Center, de Minneapolis. Trata-se do "protótipo de um sistema projetado para facilitar traduções colaborativas e intercâmbio de mensagens geograficamente baseadas".[6] O funcionamento do sistema é simples. Suponhamos que alguém tenha chegado à página de abertura do sistema e queira intervir nele. "Intervir no sistema" significa participar de um circuito de tradução. Propor uma frase, por exemplo, uma palavra, um texto de qualquer dimensão que se queira traduzir. A quem? De que maneira? Suponhamos que alguém entra no dispositivo e introduz uma frase – em espanhol, digamos – que quer que seja traduzida para o inglês. O sistema lhe proporá uma série de sites aos quais pode enviá-la. Esses sites são grupos de discussão na internet que têm sua base ou seu centro em lugares do planeta onde seja comum a fala dos

---

6. BROOKS, Sawad; SACK, Warren. *Translation Map*. Em: <http://translationmap.walkerart.org>.

dois idiomas – Los Angeles, por exemplo. Esta é a descrição da mecânica que se encontra na página de apresentação do projeto: "Quando se envia uma mensagem para o sistema de *Translation Map* lhe será solicitado que ajude a escolher a rota da mensagem. Para navegar na rota escolhida, a mensagem é publicada em fóruns de discussão pública on-line geograficamente específicos (no Usenet, no Yahoo! etc.). Uma vez que se tenha enviado a mensagem, ela será colocada no site da web de *Translation Map* e mandada para os fóruns de discussão pública que você escolher. A mensagem estará publicamente disponível e será exibida em várias áreas da internet".[7] Assim, aquele que resolveu participar do circuito ou do sistema terá enviado uma mensagem que foi dirigida a um fórum de discussão pública e que será colocada, ao mesmo tempo, em uma página da web na qual o próprio indivíduo poderá ver o estado de sua tradução e identificar em que lugar do planeta um grupo de discussão a utiliza: os estados da circulação e a transformação de uma mensagem que enviou. Circulação que, além disso, será parte do tecido progressivo de um mapa: o mapa dos laços multilinguísticos na internet. O projeto é, certamente, simples. É eficaz? Difícil dizer por enquanto, porque ainda está em fase de testes. Não há dúvida de que a sua eficácia dependerá de uma coletividade encontrar um uso para ele.

Mas isso tem algo a ver com o que estamos dispostos ainda a chamar de "literatura"? É o que seus autores sugerem. Porque na apresentação do projeto declaram que "a tra-

---
7. Ibid.

dução é uma forma de escrita colaborativa entre pessoas, especificamente entre autores e tradutores. Em vez de construir um programa que possa traduzir automaticamente, resolvemos construir um programa que ajude a conectar pessoas na internet e a facilitar um processo de reescrita colaborativa".[8] É claro que isso supõe construir uma conexão entre grupos que se encontram usualmente separados, porque um dos recursos que o sistema possui é um certo arquivo de "áreas públicas de discussão" localizadas, muitas vezes, em espaços nacionais. "Com o *Translation Map* tentamos entrelaçar um vasto número de espaços públicos na internet. Hoje esses espaços públicos (grupos de notícias do Usenet ou de discussão do Yahoo!) estão isolados entre si por diferenças geográficas e linguísticas. Apesar dos futurologistas da rede, a internet é um espaço dividido pelos limites de entidades políticas mais antigas."[9] E o *Translation Map* tem de funcionar como um dispositivo de exploração coletiva, inclusive além das intenções de cada um dos participantes, visto que o desenvolvimento do sistema acompanha o desenvolvimento de um mapa dos espaços intersticiais possíveis. O projeto participa de certa genealogia: o sistema "conecta centenas de sites de discussão públicos on-line e propõe um lugar para que ocorram processos de autoria e tradução coletivos. Nossa proposta é parte de uma longa genealogia de arte colaborativa/experimental e de técnicas e tecnologias de escrita que incluem, por exemplo, os jogos de escrita surrealistas chamados *cadáveres delicados*".[10]

---

8. Ibid.
9. Ibid.
10. Ibid.

De modo que o projeto se propõe situar-se na tradição de certa vanguarda: na tradição da prática surrealista dos cadáveres delicados, e sem dúvida também de projetos como *Renga*, realizado por Otavio Paz, Edoardo Sanguinetti, Jacques Roubaud e Charles Tomlinson; das colaborações de William Burroughs e Brion Gysin, ou das oficinas de escrita que se desenvolveram no contexto da revolução nicaraguense no final dos anos 1970. É claro que essas experiências (com a exceção das oficinas de escrita) eram relativamente marginais: tão dominante era, até muito pouco tempo, certa imagem moderna da literatura segundo a qual esta se materializa, tipicamente, em escritos de autores individuais destinados à publicação e, em última instância, à leitura solitária e silenciosa. Mas o desafio que um projeto como esse tenta superar é o da organização de processos de colaboração que não recorram ao modelo da organização hierárquica, mas que ao mesmo tempo possam incorporar grupos grandes de indivíduos. Por isso eles encontrarão ao mesmo tempo sua inspiração em momentos da vanguarda e nessa iniciativa que será, para muitos, o modelo de uma colaboração em grande escala bem-sucedida: a programação em fonte aberta.

A questão da escala é relevante. A novidade de um projeto como esse reside, principalmente, na proposta de uma conversação em grande escala. O mecanismo aspira a se incorporar no desenvolvimento de "conversações muito amplas". Essa expressão permanece como um dos propulsores do programa. Para Warren Sack, precisamente, que define uma "conversação muito ampla" como uma conversação que se desenvolve em redes (ou seja, "comunidades baseadas em uma rede social e em alguns interesses ou necessidades compartilhadas"), e que é pública, pois nela os indivíduos podem ingressar sem condições preestabelecidas. Essas conversações são fenômenos novos, dependentes do meio: somente em uma época de comunicação digital tal coisa é possível. É claro que, para cada participante, se apresenta um problema particular: o de se situar nessas conversações para conhecer sua posição e poder estabelecer a relação entre as ações que realiza e a maneira como a conversação em sua globalidade se modifica.

O problema a ser resolvido, conforme formulado por Sack, é o seguinte: "Como posso escutar milhares de outros e como podem ser escutadas minhas palavras pelos milhares de outros que podem estar participando da mesma conversação? Formulada como problema de projeto, a pergunta é a seguinte: que software pode ser projetado para ajudar os participantes a navegar nesses novos espaços públicos?".[11] O problema a resolver é como se propõem instrumentos para uma atividade (a navegação em espaços públicos) que é determinada pelo autogoverno. "Dessa perspectiva, o bom modo de avaliar ou criticar um *browser* – ou qualquer outra peça de software de navegação – está relacionado a um aspecto: até que ponto facilita o autogoverno. No caso particular de um *browser* VLSC, este deveria nos ajudar a entender melhor onde estamos situados em uma ampla rede de relações sociais e semânticas. Deveria também nos ajudar a considerar a existência de uma auto-organização coletiva construída através do texto e da conversa de um VLSC."[12]

---

11. SACK, Warren. "What does a Very Large-Scale Conversation Look Like?". In: WARDRIP-FRUIN, Noah; HARRIGAN, Pat (Eds.). *First Person. New Media at Story, Performance, and Game*. Cambridge, MA: MIT Press, 2004, p. 239.

12. Ibid., p. 240.

E isso é o que o *Translation Map* propõe: uma maneira para o participante incorporar *inputs* a certo circuito e ao mesmo tempo observar as transformações que se produzem nessa incorporação. E isso é, naturalmente, fundamental. É o que permite, por exemplo, situar esse projeto nessa genealogia de uma "história literária sem literatura". Não somente porque aqui se produz algo da ordem de um resultado textual, mas porque aqui se vincula a produção de um saber com o desenvolvimento de um prazer imediato, prazer no desenvolvimento de uma agência.[13]

2

Esse é o problema de projeto ao qual tenta responder o dispositivo de *A Comuna*. Esse é o problema também ao qual tenta responder certa iniciativa recente de Wu Ming. Wu Ming é um grupo de cinco escritores italianos. Quatro deles faziam parte, desde meados da década passada, de outro grupo sediado em Bolonha que operava com o nome de Luther Blissett. Luther Blissett "era um pseudônimo multiuso que podia ser adotado por qualquer um que estivesse interessado em construir a reputação subversiva de um imaginário Robin Hood, escolhido como líder virtual de uma comunidade aberta que se desenvolvia mediante zombarias nos meios de comunicação, criação de mitos, escrita subversiva, perfor-

---

13. Uso o termo aqui no sentido em que o faz Janet Murray: "'Agência' – escreve Murray – é o termo que uso para distinguir o prazer da interatividade, que surge das duas propriedades do procedimental e do participatório. Quando o mundo reage expressiva e coerentemente com ela, então experimentamos a agência" (MURRAY, Janet. "From Game-Story to Cyberdrama", em *First Person*, op. cit., p. 10).

mances radicais e sabotagem cultural. O LBP começou em 1994 e pôs em contato várias centenas de pessoas de vários países, embora a Itália se mantivesse sempre como epicentro".[14] A ideia na base de Luther Blissett era simples: colocar um personagem no domínio público e deixar que aqueles que quisessem usá-lo o fizessem para assinar textos, realizar ações, propor imagens, de forma que cada um desses atos fosse inserido em uma rede através da qual se construiria um personagem coletivamente. Luther Blissett seria o nome que um grupo de escritores usaria para assinar uma obra de ficção intitulada Q. A obra narrava uma longa sequência de eventos que aconteciam na Idade Média italiana: vasto romance histórico, desordenado e veloz, que se propunha como se pertencesse à tradição de uma literatura de gênero à qual dava uma inflexão explicitamente política. O pacto de publicação de Luther Blissett era, como o de Wu Ming, de que seus membros não assinariam com nomes próprios.

Os textos de Wu Ming são assinados, na verdade, pelo grupo, embora a indicação, por vezes, de um número após o nome nos diz se, em particular, algum dos participantes do projeto é o responsável pela composição: Wu Ming 2, Wu Ming 3, Wu Ming 5... O texto de maior circulação de Wu Ming é provavelmente um romance chamado 54, uma prolongada história em que uma multiplicidade de personagens, grupos e objetos interage em vários entornos até o ano de 1954, quando – essa é de algum modo a hipótese que o livro propõe – se geraria, no acaso de encontros impensados, o mundo do presente. Não vale a pena tentar aqui uma leitura desse

---
14. Wu Ming Foundation. "O que é Wu Ming, de onde vem, o que quer, o que faz". Em: <http://www.wumingfoundation.com/>.

texto: isso implicaria nos desviarmos de nosso objetivo principal, que é considerar uma iniciativa particular – a da realização do que chamarão de "*jam sessions* literárias". Mas se o fizéssemos, deveríamos sem dúvida assinalar que no romance nenhum dos personagens se descreve isolado: romance das conexões, que são asseguradas por mensagens que circulam entre esses personagens, pela contiguidade dos territórios que ocupam, como também pela circulação de objetos, que nesse mundo possuem uma consistência e uma potência circulares. Wu Ming, aqui e em toda parte, pratica uma narrativa das dependências, imediatamente concentrada nos enlaces próximos ou a distância. Daí também, sem dúvida, o sentido do pseudônimo: *54* é um "romance chinês" no qual as unidades elementares são agrupamentos flexíveis, em vez de indivíduos.

O romance foi publicado na Itália por Einaudi (e pouco depois na Espanha e na Alemanha), mas os interessados podem obtê-lo no site do grupo na internet. Na verdade, a maior parte das produções do grupo se encontra no domínio público. Então qual é a relação que mantém com a indústria editorial (e em especial com essa indústria editorial particularmente corporatizada que exemplifica Einaudi)? A questão é importante porque Wu Ming explicitamente se propõe como um foco de organização e de protesto contra o capitalismo efetivamente existente. Por isso, a discussão sobre as estratégias de publicação é constante nos foros que constituem uma parte importante da vida que se desenvolve em torno desse site. Não é possível nos determos nessas discussões, mas tenho a impressão de que não seria extravagante afirmar que o grupo professa uma posição próxima da que há pouco definia Immanuel Wallerstein em um breve texto chamado "New Revolts Against the System" [Novas revoltas contra o sistema], que se trata de uma reflexão sobre os "movimentos antissistêmicos" do presente. O texto diferencia esses movimentos das formas que assumiam, no longo século XX, as esquerdas nacionais e sociais (cuja fecundidade, em sua opinião, teria sido praticamente esgotada), e propõe um programa para o que considera uma "época de transição". A estratégia teria quatro momentos. O primeiro momento seria de debate sobre o estado de coisas do presente e as possibilidades que esse estado de coisas representa; o segundo seria o de uma "ação defensiva de curto prazo, incluindo a ação eleitoral", cujo motivo e justificativa "não deveriam ser remediar um sistema com problemas, mas evitar que seus efeitos negativos se tornem piores no curto prazo".[15] O terceiro momento corresponderia ao "estabelecimento de fins provisórios, de médio alcance, que pareçam se mover na direção correta".[16] E qual é a "direção correta"?

> Eu sugeriria que uma das mais úteis – substantivamente, politicamente, psicologicamente – é a intenção de se mover rumo a uma desmercantilização seletiva, mas que se amplie constantemente. Hoje estamos sujeitos a um dilúvio de intenções neoliberais de mercantilizar aquilo do qual antes quase nunca ou ninguém se apropriava para a venda privada: o corpo humano, a água, os hospitais. Não só devemos nos opor a isso, mas nos mover na direção contrária. As indústrias, especialmente as fa-

---

15. WALLERSTEIN, Immanuel. "New revolts against the system". *New Left Review*, v. 15, 2002, p. 38.
16. Ibid., p. 38.

lidas, deveriam ser desmercantilizadas. Isso não significa que deveriam ser "nacionalizadas" – em geral, isso é simplesmente outra versão da mercantilização. Significa que deveríamos criar estruturas que operem no mercado, mas cujo objetivo seja o funcionamento e a sobrevivência, em detrimento do lucro.[17]

"Desmercantilização seletiva, mas que se amplie constantemente": não creio que Wu Ming estivesse em desacordo com isso, tampouco o *Proyecto Venus* ou *Park Fiction*. Mais ainda: eu diria que essa é a estratégia mais comum desses artistas no ponto em que se vinculam com essas estruturas normais da exibição ou da publicação: de ocupar espaços nesse domínio, mesmo quando o objetivo principal não seja o de obter um lucro pela distribuição de uma série de imagens ou textos sob domínio proprietário. É preciso fazê-lo porque se trata de lugares disputados: estruturas complexas, como Einaudi na era de Berlusconi – afirma o grupo – é uma empresa heterogênea, maciça em sua lógica, mas diversa em seus detalhes, de maneira que, inclusive contra sua política editorial explícita, oferece possibilidades de relativa liberdade que deveriam ser aproveitadas. Que *devem* ser aproveitadas, porque ali se produzem recursos que podem ser empregados não só para a apropriação individual, mas especialmente para a extensão das redes da coletividade, visto que certa presença no domínio público assegura, precisamente, a possibilidade de uma extensão das redes além dos círculos de afinidade em que se originam. Dessa perspectiva, Einaudi é, sobretudo, uma plataforma para alcançar estranhos.

---

17. Ibid., p. 39.

Estranhos que, no entanto, não são tais de uma vez e para sempre. Porque no site do grupo realizam uma série diversa de fóruns, e a partir deles é composta uma massa de discursos, incluindo os romances, mas também, às vezes, os materiais que os originaram, que são oferecidos desde o começo ao domínio público e dos quais os textos terminados se expõem como desenvolvimentos contingentes. Porque o grupo insiste em que seus romances são, de certa maneira, *documentais*: 54 deveria ser lido como uma reconstrução hipotética do mundo de 1954 tal como poderia ter sido; 54 tem a forma de uma vasta hipótese. Por isso o romance se encontra em algo assim como um "modo subjuntivo".

Em uma entrevista realizada no final dos anos 1970, Raymond Williams propunha uma série de oportunidades de reativação do realismo que imaginava serem possíveis e desejáveis nesse momento. Uma delas se apresentava no decorrer de um comentário sobre Brecht. Williams achava que algumas partes desse teatro, que não aprovava inteiramente,[18] continham um gérmen que podia se desenvolver para explorar os espaços intermediários que se estendem entre indivíduos e sociedades e mostrar a possibilidade de transformações que foram ao mesmo tempo graduais e profundas: não aquele teatro de Brecht – o mais frequente – que representa "um resultado fatalista da ação, redimida apenas pela percepção de que as pessoas em cena estão equivocadas",[19]

---

18. Em sua opinião, participava dessa propensão própria da modernidade pós-dickensiana a expor os conflitos como conflitos entre indivíduos isolados e sociedades plenamente realizadas, tanto como da dificuldade de expor formas de liberação social que não fossem utópicas. Porque a dificuldade de estabelecer formas possíveis de mudança social e manutenção de uma distinção estrita entre o indivíduo e a totalidade social – pensava William – são correlativos.

19. WILLIAMS, Raymond. *Politics and letters*. Londres: New Left Books, 1979, p. 218.

mas o que se deixa imaginar naqueles momentos nos quais se propõe que certa cena seja representada de outro modo, com outros elementos, um pouco como se representa um roteiro. É esse teatro que tenta um "modo subjuntivo" (diferentemente de um modo indicativo) da cena dramática, apresentando uma série de ações como se fosse uma "hipótese dramática": uma cadeia de desenvolvimentos de possibilidades no contexto de um estado de coisas sempre aberto.[20]

E os textos de Wu Ming são como hipóteses dramáticas. Hipóteses dramáticas no curso das quais se situa nesse ou naquele passado efetivamente existente o gérmen da formação de outras maneiras de individualização e de socialização que não teriam sido realizadas e que permaneceriam, por isso, como possibilidades abertas para o presente, pois – como

---

20. Uma anotação à margem desse tema: talvez o espaço mais favorável para esses desenvolvimentos não seja o teatro, mas – pensava Williams – o cinema ou a televisão. Por várias razões. A primeira delas é de escala: porque o tratamento daquilo que é próprio do presente requer certa escala que é impossível na cena normal. A segunda é a possibilidade de realizar "a execução de ações públicas em locais completamente realizados da história, movendo o drama para fora da sala fechada ou do espaço vazio e abstrato, para os locais de trabalho, as ruas e os foros públicos" (Ibid., p. 224). A terceira razão é que qualquer representação deve negociar uma mudança importante na situação subjetiva do artista, que Williams descreve em contraste com a situação do escritor realista do século XIX. E essa diferença, em sua opinião, se caracteriza porque "desde aquela época houve uma transformação qualitativa na nossa compreensão de modos de informação e análise alternativos", modos que supõem uma apreensão de processos em sociedades crescentemente opacas. Só que esses modos – a estatística, por exemplo – parecem incapazes de um tratamento artístico. E provavelmente o sejam, pelo menos em regime estético. "Estabeleceu-se um idioma artificial, de maneira muito concentrada e profissional, que é muito mais limitado", mas que, ao mesmo tempo, não fecha a possibilidade de uma linguagem comum. Williams sugere: "Talvez tenhamos que aprender um modo no romance, que não me parece impossível, que combine capítulos de ficção com capítulos do que poderia se chamar de análise social ou história. Talvez tenhamos que considerar isso como uma forma potencialmente integrada. No momento, pode parecer estranho ou absurdo. Mas na verdade um escritor que tivesse entendido isso é Tolstói, que não está longe de fazê-lo às vezes" (p. 269). Talvez isso continue parecendo estranho ou absurdo. Mas os projetos que estamos descrevendo não estão distantes de fazê-lo, à sua maneira.

afirma certa declaração de intenções do grupo na internet[21] – "nos interessam as histórias de conflitos tecidos nos teares do *epos* e da mitopoiese, que adotem os mecanismos, estilos e maneiras próprios da narrativa 'de gênero' dos filmes biográficos, dos artigos militantes ou da micro-história. Romances que processem materiais vivos das zonas sombrias da história, histórias reais contadas como ficção e vice-versa". E isso implica "manter anos-luz de distância entre nós e a narrativa burguesa: o protagonista real da história não é nem o Grande Homem nem o indivíduo monádico; muito ao contrário, é o gentio anônimo e, por trás dele (ou através dele) a multidão sem nome e abundante de eventos, destinos, movimentos e vicissitudes": "No afresco, eu sou uma das figuras do fundo. No centro estão o Papa, o Imperador, os cardeais e os príncipes da Europa. Nas margens, os agentes discretos e invisíveis que se assomam por trás das tiaras e coroas, mas na verdade sustentam toda a geometria do quadro, a preenchem e, mantendo-se indetectáveis, deixam que todas essas cabeças ocupem o centro (primeira frase do diário de Q)". Trata-se então de narrar as estruturas ou as mentalidades subjacentes aos eventos particulares? Não exatamente. Por que não? Voltaremos em seguida a essa pergunta. Mas digamos que no texto a figura alternativa da narração é descrita do seguinte modo:

> Queremos narrar a constituição, o emergir e a interação
> da multidão, que não tem nada a ver com a *massa*, que

---

21. A declaração se apresenta como "já superada"; numerosas passagens dela, no entanto (entre elas, é claro, as que cito e que se referem à diferenciação entre modos de narração e a relação com a programação em fonte aberta), são compatíveis com as posições do grupo no presente.

é um bloco homogêneo para ser mobilizado ou, alternativamente, um buraco negro a ser sondado por pesquisas de opinião. A multidão é *um horizonte de manifesta corporeidade e selvagem multiplicidade. Um mundo de entrelaçamentos e combinações físicas, associações e dissociações, flutuações e materializações que, de acordo com uma lógica perfeitamente horizontal, atualiza o cruzamento paradoxal entre causalidade e casualidade, entre tendência e possibilidade. Essa é a dimensão original da multidão* (Antonio Negri, *Spinoza subversivo*).[22]

A palavra "multidão" não é casual: trata-se de uma noção que circulou no espaço da filosofia e da teoria política italiana durante algum tempo. Ela foi elaborada em primeiro lugar no contexto do autonomismo italiano (do qual participava Paolo Virno, e cuja lógica explicitava no livro que citamos no último capítulo). Sua circulação deve, mais que a ninguém, a Toni Negri.[23] A discussão da proposição segundo a qual o

---

22. Wu Ming Foundation. "Dichiarazone". Em: <http://www.wumingfoundation.com>.

23. A Toni Negri e depois a Michael Hardt, que é o cossignatário de *Império*, onde se trata de definir uma linha de combate entre o "império" e a "multidão". Não há nenhuma definição clara da "multidão" em *Império*, mas sim em outros trabalhos de Negri. Em um livro recente, por exemplo, uma série de entrevistas que foi publicada com o título geral de *Il ritorno* [O retorno]. O conceito de multidão, diz Negri, teria três dimensões. "A primeira é filosófica e positiva: a multidão é uma multiplicidade de sujeitos. Nesse caso, aquilo que é ameaçado pelo conceito de multidão é a redução à unidade e, em consequência, a tentação unitária e transcendental que, a partir da metafísica clássica, aprisiona o pensamento. Ao contrário, a multidão é uma multiplicidade irredutível, uma infinita quantidade de pontos, um conjunto diferenciado, absolutamente diferenciado" (NEGRI, Antonio. *Il ritorno. Quase un'autobiografia*. Milão: Rizzoli, 2003, p. 139). Mas a multidão não é somente esse conjunto de pontos "absolutamente diferenciado", mas também "um conceito de classe: a classe das singularidades produtivas, a classe dos operários do trabalho imaterial. Uma classe que não possui nenhuma unidade, mas que é o conjunto da força criativa do trabalho" (p. 140). Por isso – porque a multidão é aquela parte do humano que se supõe como "o conjunto da força criativa do trabalho" – é que ela é "uma potência ontológica. Ela encarna um dispositivo capaz de potencializar o dese-

elemento decisivo do presente é o fato de ele inaugurar uma época da multidão é demasiado vasta, e segui-la nos conduziria a desenvolvimentos demasiado remotos. Em minha opinião, creio que a figura da multidão, embora capte bem alguns aspectos da formação que se produz onde perdem capacidade estruturante as formas organizativas da alta modernidade, é, às vezes, tal como se a mobiliza, demasiado geral para descrever o que se produz em uma situação concreta. Em primeiro lugar, porque a multidão é excessivamente o inverso dessas populações que se constituíam a partir da grande empresa de unificação e totalização que eram os Estados modernos. Talvez isso seja uma virtude: ela conserva o suficiente da figura anterior do povo para que possa se associar com certa herança da esquerda nacional e social que poderia se aproveitar. Mas a figura é, em última instância, demasiado esquemática para descrever a variedade de formas associativas que emergem a partir dessa decomposição.

A referência à multidão é importante na medida em que aponta para um processo mais vasto e mais profundo: a dissolução das formas de identificação características da primeira modernidade, em processos coletivos que, por essa razão, resistem a se deixar descrever pelas formas de narração que essa modernidade compunha. Onde se produzia a saída das comunidades tradicionais religiosamente integradas e corporativamente organizadas, uma série de esquemas narrativos vinha responder a questão da composição de uma agência coletiva. Essas narrações recorriam a uma série

---

jo de transformar o mundo. Ou melhor: quer criar o mundo à sua imagem e semelhança como um vasto horizonte de subjetividades que se expressam livremente e que constituem uma comunidade de pessoas livres" (p. 140-141).

de figuras: uma figura do tempo como progresso, como maturação que culmina em momentos nodais, em que as potencialidades que têm estado amadurecendo se manifestam. Esses momentos nodais muitas vezes coincidem com essa figura política do acontecimento que é a *revolução* e que, muitas vezes, se pensava como a apresentação para si de um povo reunido em torno das figuras da nação como entidade coletiva naturalizada. Desse modo, a primeira modernidade encontrava a maneira de narrar a ação coletiva na forma de *histórias-padrão*. A expressão é de Charles Tilly, que chama desse modo certo tipo de histórias. Uma história-padrão é aquela que incorpora um número limitado de personagens (individuais ou coletivos: o povo, a massa, talvez a multidão) que interagem, aos quais se supõe independência, consciência, motivação, e cujas ações resultam de suas deliberações e impulsos. Em uma história-padrão os personagens interagem em espaços e tempos definidos, em que o que acontece depende de suas ações. Nesses espaços e tempos há oportunidades e obstáculos, ameaças e maravilhas, que determinam o curso da ação dessas entidades. Certamente esse modelo é o que tende a dominar a narrativa moderna europeia e americana em suas mil variações. A grande narrativa do século XIX representaria uma espécie de culminação. Dir-se-á que os melhores literatos desde então não deixaram de reagir contra esse modelo: desde Flaubert ou Emily Brontë até W. G. Sebald ou Juan José Saer, trata-se, cada vez com mais insistência, de construir personagens que não possam atuar, ou cuja ação se limite à errância, de modo que o texto em que aparecem se ocupa de descrever, muitas vezes em sua indeterminação, o espetáculo variável que surge diante deles. Mas é de certo modo em função de um distanciamento dessa narrativa que se escreve, por exemplo, 54. Essas contra-histórias de indivíduos que se imobilizam e diante dos quais surge, por isso, em seu esplendor ou em seu horror, um fundo sem história, ou a história como tal, precedente de toda individualidade que se erija sobre ela; esses locais de extinção da leitura[24] teriam abandonado o terreno onde se conduz, mais ou menos surdamente, uma guerra das histórias.

Isso tem consequências vastas e imprevisíveis: é da interação entre as pessoas que as histórias emergem, mas, uma vez que emergiram, restringem essas mesmas interações. As histórias incorporam ideias que definem quais são as formas da ação que poderiam ou não ser realizadas, uma avaliação do estado de coisas presente e de seus possíveis desenvolvimentos, de modo que em uma situação na qual um grupo de indivíduos comprometidos em uma interação percebe que as coisas poderiam acontecer de outra maneira, a resistência das histórias circulantes no espaço em que ocorre a interação pode impedir sua modificação.

> Embora as pessoas – escreve Tilly – arquivem histórias-
> -padrão em seu cérebro, pessoa por pessoa, qualquer
> um que escute cuidadosamente no metrô, em um bar
> ou em uma rua de uma cidade reconhecerá rapidamente
> sua incessante criação, uso e reconstrução social na conversação. As pessoas integram argumentos em histórias, respondem a indagações por meio de histórias,

---

24. Refiro-me ao livro de CATELLI, Nora. *Testimonios tangibles. Pasión y extinción de la lectura*. Barcelona: Anagrama, 2001.

discutem as histórias dos outros, modificam ou amplificam suas histórias à medida que o fluxo da conversação o requer, e às vezes constroem histórias coletivas para apresentá-las a terceiros. Finalmente, moldam os acontecimentos na forma de histórias-padrão.[25]

Mas qual é o problema das histórias-padrão? O fato de descreverem mal a vida social dos humanos, que se caracteriza pela centralidade de "processos causais graduais, interativos, indiretos, não intencionais, coletivos e mediados por seus entornos".[26] Na vida social operam mecanismos causais, mas poucas vezes esses mecanismos podem ser descritos em termos de ações individuais deliberadas. Entretanto, isso não significa que sua descrição possa se esgotar na invocação de totalidades, sistemas sociais, regimes, estruturas. Certamente as interações e as transações, os intercâmbios e as influências, os vínculos e os enlaces situados em entornos que constituem as unidades da vida social criam estruturas que têm propriedades, que operam segundo regularidades, que formam os terrenos da interação. Por isso, não implica que tanto os indivíduos como as coletividades não se formem e deformem em interações contínuas, que dependem de efeitos indiretos, acumulativos, inesperados e mesclados com o que acontece em seus entornos.[27] E isso, que se pode afirmar que

---

25. TILLY, Charles. *Stories, Identities, and Political Change*. Nova York e Oxford: Rowman & Littlefield, 2002, p. 9.
26. Ibid., p. 28.
27. É interessante recordar que Wu Ming propõe que uma forma de desenvolvimento possível da arte das histórias são os jogos, da mesma forma que – digamos – os romances. Mas os jogos e os romances são a mesma coisa? Os jogos e os romances pertencem ao mesmo universo? A opinião do teórico finlandês Espen Aarseth é que não. Em primeiro lugar, porque um jogo se apresenta explicitamente como um sistema aberto: como um "mundo virtual". Em que sentido? "A qualidade

foi sempre certo, é o que os integrantes das sociedades hipercomplexas do presente não podem deixar de perceber.

Há uma teoria das histórias em vários textos de Wu Ming que se vincula de um modo interessante com essa posição de Tilly. Essa teoria se encontra formalizada em um texto assinado por Wu Ming 2, no qual se afirma que "as histórias são formas de vida": potencialidades que se encontram em qualquer espaço no qual possa se mover um indivíduo, que, nesse sentido, é uma espécie de "ecossistema" que negocia as histórias à sua volta e em seu interior. É claro que isso não significa que cada um não selecione e organize os materiais da história de maneira determinada. Essa organização tem a forma de uma redução de complexidade:[28] todo indivíduo

---

distintiva do mundo virtual é que o sistema deixa a cargo do participante-observador desempenhar um papel ativo no que ele ou ela pode experimentar e provar o sistema e descobrir as regras e qualidades estruturais no processo". (AARSETH, Espen. "We All Want to Change the World: The Ideology of Innovation in Digital Media". Em: LIESTOL, Gunnar; MORRISON, Andre; RASMUSSEN, Terje [Eds.]. *Digital Media Revisited*. Cambridge, MA: MIT Press, 2003, p. 431). Nesse sentido, um mundo virtual é diferente de um mundo fictício. A diferença fundamental entre um e outro é que em um "mundo ficcional" "o leitor/observador só pode experimentar o que o autor/projetista explicitamente permite" (p. 431). Como Aarseth reconhece, não há nada parecido no mundo dos jogos com a riqueza das tradições da literatura ou do cinema. Mas isso não implica que não possa havê-lo no futuro. Seja como for, se há, é provável que se vincule a alguma das características deles. Uma delas é a relação com as histórias: "O modo de comunicação dominante em nossa cultura, desde muito antes dos meios modernos, é a história. Por toda parte encontramos histórias, nos contamos histórias, ensinamos e aprendemos usando histórias. Contar histórias é o nosso modo ideológico predominante para transmitir informação e transferir experiência" (p. 433). Mas "a narração, como meio ideológico de comunicação, encontrou finalmente um competidor sério. Nas ciências naturais, antes de construir máquinas de laboratório caras e comprar materiais custosos, podemos simular os efeitos de nossos experimentos usando modelos dinâmicos" (p. 433).

28. A ideia de que um autor seria um "redutor de complexidade" se encontra também em um texto do escritor e ativista Geert Lovink, em que ele se ocupa do desenvolvimento daqueles que chamará de "meios táticos", e escreve que os "meios táticos misturam maquinações velhas e novas, desentendendo-se de plataformas e padrões, da resolução ou de um pouco de ruído. A finalidade não é alcançar a pureza. Mas 'poluir' a imagem tampouco é um interessante exercício de desconstrução.

conta (e se conta) aquelas histórias que são compatíveis com a avaliação que realiza do estado em que se encontra. Por isso a dimensão política das histórias: não é possível fazer política sem contar uma história do presente, em que se antecipem estados de coisas possíveis no futuro.

Mas as histórias se encontram, em sua virtualidade, no domínio público. Isso não impede que essa ou aquela variante delas se enuncie, em cada momento e em cada vez, de certo ponto de vista. Mas quando o faz, o que se enuncia se torna disponível. Por isso, "assim como as fontes históricas devem ser *livres e acessíveis*, de modo a estarem disponíveis para a investigação, as histórias devem permanecer utilizáveis e reprodutíveis por qualquer um, para que a máquina narrativa não trave".[29] Há um imperativo, em todo ponto de passagem das histórias, de prossegui-las porque "um relato que é interrompido, uma fonte que não se deixa interrogar, um nome inventado que não se encontra no atlas, todas são ocasiões narrativas que não se deve deixar escapar. Um fragmento de história, inclusive o mais obtuso, fala sempre de histórias possíveis que estão aderidas a ele. Seu perfil irregular dá indicações sobre a forma de outros fragmentos. Os cones de sombra da história são ocasiões para qualquer narrador".[30]

As histórias, então, circulam; essa circulação tem a forma de uma série de processos indiretos, acumulativos, inesperados, abertos a todas as influências ambientais; e é pre-

---

Um *sample* não é uma expressão de um mundo fragmentado: é o *a priori* tecnológico de toda informação. Não há nada com que se preocupar nem nada que glorificar. O material tático é mais documental que fictício. Com a história em aceleração, as narrações podem ser recolhidas em qualquer esquina". (LOVINK, Geert. *Dark Fiber, Tracking Critical Internet Culture*. Cambridge, MA: MIT Press, 2002, p. 259).

29. Wu Ming. "Copyleft e opensource. Una promessa necessaria", manuscrito.
30. Ibid.

ciso agregar a esses circuitos um tipo particular de histórias. Porque Wu Ming concebe o seu trabalho como imediatamente vinculado a um projeto político particular: o trabalho do grupo, em todos os seus aspectos, constitui "um esforço constante de produção de mitos de emancipação, heroicas crônicas de lutas e imagens arquetípicas de rebeliões", uma tentativa – que se realiza copiando, montando, aperfeiçoando, restaurando, retocando – de contribuir "para incrementar o repertório mitológico da oposição global".[31] Mas o que é fundamental para a oposição global é, precisamente, construir uma ética e uma política que tenham em menor escala em seu centro as figuras da *libertação* que haviam dominado o desenvolvimento dos movimentos nacionais ou sociais, que se encontravam em uma relação privilegiada com alguns sujeitos (o povo ou o proletariado cujo espírito podia ser encarnado por alguns indivíduos ou grupos): figuras em torno das quais era justo desenvolver histórias-padrão, que podiam se apresentar como entidades que encontravam em si mes-

---

31. Daí uma recuperação seletiva de algumas figuras da história. Da figura da greve geral como mito, por exemplo. Da greve geral que, para Georges Sorel, "era uma imagem que permitia aos proletários 'poder visualizar sempre sua ação seguinte como uma batalha na qual sua causa só podia vencer'. Essa imagem, ou esse grupo de imagens, não deveria ser analisada 'da maneira com que se analisa algo a partir de seus elementos', mas deveria ser tomada como 'um todo', como uma 'força histórica', sem comparações 'entre o feito realizado e a imagem que as pessoas haviam formado dele antes da ação' ("Carta a Daniel Halevy", 1908). Para dizê-lo claramente, o mito da greve geral era 'capaz de evocar de forma instintiva todos os sentimentos que se correspondem com as diferentes manifestações da guerra que o socialismo realiza contra a sociedade moderna. A greve geral agrupava todos esses sentimentos 'em uma imagem coordenada, e colocando-os todos juntos, dava a cada um a maior intensidade [...] Nós temos uma intuição do socialismo que a linguagem não pode nos dar com perfeita clareza, e a temos como um todo, percebida de forma instantânea' ("La huelga proletaria", 1905) [...]". Certamente que da figura só se retêm alguns aspectos: porque "Sorel situou seu discurso no contexto de uma *weltanschauung* tradicionalmente heroica, moralista e sacrifical da qual é melhor se afastar". Mas se mantém a narração como a projeção de um evento global que constitui, além disso, um precedente.

mas o princípio do seu movimento, em torno das quais podia se desenvolver uma dramaturgia da novidade, mas com as quais as formas que a oposição global desenvolve têm um parentesco remoto. E quais são essas formas? O "repertório mitológico" da oposição global é um repertório mitológico de quem? Em uma entrevista com Amador Fernández-Savater, publicada em meados de 2003 em *El viejo topo* [A velha toupeira], a questão de quais são as imagens e os sujeitos que definem o perfil do "movimento dos movimentos" é apresentada do seguinte modo:

> Em primeiro lugar, a imagem do "levantamento" contra os Grandes da Terra, um número incalculável de pessoas que se põem de pé e pretendem ampliar o âmbito de decisões sobre as questões de interesse planetário. A esse momento segue outro: a assembleia constituinte mundial (O Fórum Mundial de Porto Alegre, o europeu de Florença), onde se individualizam em concreto as linhas mestras desse outro mundo possível. As imagens que nos vêm à mente recordam o Juramento do Jogo de Bola, uma espécie de secessão nas quais as multidões se encontram e prometem não desistir até não conseguirem ser levadas em consideração pelos poderes constituídos. Outra narração fundamental é a da "rede", a rede global do compartilhado, da comunicação horizontal, das migrações, que se contrapõem à do comércio, à do benefício, à da exploração.[32]

---

32. Em: <http://www.wumingfoundation.com/italiano/outtakes/viejotopo_es.html>.

Essas imagens tendem a emergir das mil interações que formam o protesto global: de redes de comunicação e migração que dão lugar a uma emergência que se estabiliza em um processo de conversação que propõe a ampliação dos espaços de discussão, e que tende a surgir sob a maneira de uma estabilização de processos de conversação que resistem a se fechar em histórias canceladas. Mais ainda, trata-se da apresentação no espaço público de uma resistência a fechar a colocação em discussão e a colocação em comum: uma demanda do tempo que faz falta para formular uma ética e uma política capazes de contar com a interdependência geral (e, portanto, com o fato de que todas as ações estão, desde o começo, inseridas em circuitos nos quais se desenvolvem efeitos indiretos, acumulativos, inesperados, o que não diminui a responsabilidade de cada um, mas a reinscreve em outras lógicas).

Isso acontece em um espaço crescentemente ocupado por sujeitos que resistem a uma identificação nítida em relação às categorias que haviam facilitado a formação de identidades em condições de modernidade. Porque há "dois sujeitos históricos, fragmentários e irredutíveis a categorias rígidas ao mesmo tempo que desconcertantes, que atravessam o mundo vivendo em sua pele as transformações mais radicais", que são de alguma maneira os reveladores das configurações deste mundo. O primeiro deles é "a nova figura do trabalhador imaterial, que não é propriamente imaterial, ou seja, o trabalhador da época pós-fordista. Esse é o protagonista, ao mesmo tempo ativo e passivo, da dissolução do velho pacto social e da precarização da vida. Ativo, na medida em que promove sua própria instabilidade, optando pela libertação do vínculo fordista que atribuía ao trabalho uma unidade de tempo, lugar e ação. Passivo, enquanto sofre o fato de ser posto a trabalhar em todos os âmbitos e momentos da vida e vê como o capital é parasito de sua própria criatividade, inventiva, capacidade de empreender projetos..."[33] Nele se compõe a figura de um "novo cidadão do mundo – que se traslada, muda de profissão, adquire e compartilha conhecimento, introduz no processo de produção suas próprias capacidades individuais em uma rede de conexão global". Esse personagem se encontra

> em uma relação estreita com o segundo sujeito histórico, que é também uma figura socialmente "instável" e mutável: o migrante. Não menos que o trabalhador imaterial, o migrante é por antonomásia protagonista da globalização, portador e conector de histórias, saberes, culturas, ideias. Não menos que o trabalhador imaterial, é objeto da exploração neoliberal globalizada. Seu trabalho e sua vida, transportados por todo o mundo, convertem-se em fatores desestabilizadores da velha ordem jurídica baseada nos conceitos de nacionalidade, status, pertença, assim como dos contextos culturais dos quais o migrante procede.[34]

Trata-se de narrar as travessias quebradas de migrantes e de trabalhadores imateriais que encontram em seus caminhos a possibilidade de formas de estabelecimento e residência que não assumem os modos conhecidos e as formações de redes que dão lugar à emergência de efeitos de unificação que, no entanto, resistem a se atribuir um nome acabado. Assim, o projeto pode ser formulado deste modo: é preciso

---
33. Ibid.
34. Ibid.

gerar uma "mitologia" do *levantamento* cujo agente é uma *rede* (e não, digamos, um povo) de *migrantes* (e não, digamos, de nativos).

Mas de que modo se faz isso? Basta compor livros nos quais se contem histórias? Sim e não. Wu Ming 4 formula a pergunta do seguinte modo:

> Como é possível impedir que os mitos cristalizem, alienem-se da comunidade que os quer utilizar para contar sua luta pela transformação do mundo voltando-se contra a própria comunidade?
> Nossa resposta – que não pode ser senão uma resposta parcial se queremos evitar o erro absolutista de que estamos falando – é a seguinte: contando histórias. É preciso não parar de contar histórias do passado, do presente ou do futuro, que mantenham em movimento a comunidade, que lhe devolvam continuamente o sentido da própria existência e da própria luta. Histórias que não sejam nunca as mesmas, que representem dobradiças de um caminho articulado através do espaço e do tempo, que se convertam em pistas transitáveis. O que nos serve é uma mitologia aberta e nômade, em que o herói epônimo é a infinita multidão de seres vivos que lutou e luta para mudar o estado de coisas. Escolher as histórias justas quer dizer orientar-se segundo a bússola do presente. Não se trata, portanto, de buscar um guia (seja este um ícone, uma ideologia ou um método), um Moisés que possa nos conduzir através do deserto, nem uma tribo de Levi à vanguarda das outras. Trata-se de aprender a interpretar o deserto e todas as formas de vida que nele habitam, descobrir que, na realidade, não há

> "deserto" e que o ponto de chegada do êxodo não é uma Terra Prometida fantasmática, mas uma rede de "traços da canção" que podemos delinear no próprio deserto, rede que termina por modificá-lo e repovoá-lo continuamente.[35]

Trata-se de "continuar contando histórias": trata-se de impedir que as histórias contadas se apresentem como formas terminais. Trata-se de compor redes de histórias que, no entanto, se apresentem como "linhas" ou "pistas" (a expressão é de Bruce Chatwin). Trata-se de contar histórias que possam manter a comunidade em movimento e que não acabem de se desprender dela. Que funcionem como "pistas transitáveis": como instrumentos na configuração de trajetórias. O propósito é ambicioso. E de que modo pode ser realizado? As respostas práticas que Wu Ming propõe são variáveis. Mas todas elas passam pela intenção de "valorizar a cooperação social tanto na *forma* da produção como em sua própria *substância*", de modo que "o poder do coletivo [seja] ao mesmo tempo conteúdo e expressão da narrativa".

E de que modo se valoriza a cooperação social na *forma* de produção? Propondo uma multiplicidade de formas de atividade. Porque a prática do grupo não se reduz à escrita de livros. Ele oferece também alguns serviços: o de receber manuscritos de leitores, lê-los e comentá-los e facilitar, nos casos em que for possível, a publicação. Essa intermediação é realizada enquanto se conduz de modo prático uma indagação sobre as formas da circulação e da propriedade, que se prolonga em uma discussão constante e ocorre, sobretudo,

---

35. Ibid.

nos boletins que se encontram no site, mas que são enviados sob a forma de mensagens, sobre a propriedade intelectual (porque é fundamental "superar os mitos, rituais e resíduos da propriedade intelectual", de modo que "se alguém não consegue evitar buscar afinidades, Wu Ming está no mesmo campo de batalha que os programadores e empreendedores que trabalham no *open source software* ou software livre").[36]

A figura da programação em fonte aberta é o marco geral de uma experiência que constitui uma das respostas mais interessantes (mesmo em suas limitações) ao problema da articulação da necessidade da construção de uma mitologia para um movimento que recusa o tipo de organização que era característico dos movimentos sociais em condição de modernidade, e cujas formas talvez sejam mal descritas, precisamente, na forma de *histórias-padrão* distribuídas em formatos estáveis. Trata-se de uma tentativa, que foi posta em prática muito recentemente (e da qual é difícil, portanto, avaliar seu resultado final), de escrita colaborativa, que recorreria às possibilidades da comunicação digital. O propósito, tal como se mencionava, era compor uma narrativa em fonte aberta.[37] E a materialização da ideia era simples:

---

36. E o conjunto dessas atividades configura uma estratégia, que Tommaso de Lorenzis descreve deste modo: "A decisão de recorrer ao selo Wu Ming responde à exigência de praticar um anonimato ambivalente, entendido como presença contínua na comunidade dos leitores, transparência na confrontação das redes sociais e ao mesmo tempo repúdio da lógica da Aparição. Anonimato atípico, que se configura como alternativa verossímil a uma atitude de retiro e autorreclusão, a um Oculto narrativo caro a alguns escritores do outro lado do oceano [digamos, de um Thomas Pynchon]" (Wu Ming, *Giap 10*).

37. O ponto de partida da proposição é que há uma identidade em todo texto entre a versão que se pode usar e seu "código-fonte". Não que não haja códigos ou matrizes virtuais: a análise estrutural ou narratológica identificava há tempos uma multiplicidade deles. Mas não há nenhuma inscrição por trás da superfície a que seja preciso ter acesso caso se queira modificá-lo: "O código-fonte e o modo como o 'programa' se apresenta ao usuário coincidem em quase todos os aspectos. Se não consideramos o

A ideia era escrever um relato, torná-lo disponível no site, pedir a quem quisesse que o lesse e propusesse comentários, reescritas possíveis, modificações do final, variações nos diálogos. Qualquer um poderia criar sua versão do relato e nos enviá-lo de algum modo. De nossa parte, recolheríamos todas as propostas, faríamos modificações mais convincentes, produziríamos uma nova versão "oficial" da história. E assim sucessivamente, como acontece em alguns programas de fonte aberta...[38]

Para que a iniciativa se realizasse pela primeira vez, outra coisa seria necessária: uma ocasião. E a ocasião foi uma proposta proveniente da cidade de Trento, que solicitava ao grupo que escrevesse um relato em dez partes que deveria se referir, de alguma maneira, a um ciclo de afrescos inéditos que se encontra na Torre Aquila, na cidade, e que estaria destinado a ser lido uma tarde de verão por um ator acompanhado por uma trilha sonora que começaria a ser composta de imediato por um grupo de músicos resolvidos também a pôr em prática um sistema em fonte aberta, pelo qual a partitura em curso seria colocada no domínio público para ser modificada.

O texto resultante é simples. Em uma região da Itália há um abatedouro de porcos. Certo Corazza trabalha no lugar; é o único italiano em um posto usualmente ocupado por esses migrantes dos quais falava a entrevista com Amador Fernández-Savater (é claro que entre esses migrantes e os desocupados que, na Itália, dispõem de alguns meses depois de

---

caso particular das traduções, uma mesma língua encarna ambas as funções". Em: <http://www.wumingfoundation.com/italiano/opensource/opensource.html>.
38. Ibid.

haverem perdido seus empregos para encontrar outros, antes de cair além das margens do sistema, não há uma diferença radical). O matadouro tenta se renovar mecanizando-se; é o espaço arquetípico da gestão industrial nos meios rurais. E uma das formas dessa mecanização é, de certo modo, bem-vinda; bem-vinda por Corazza, por exemplo, já que uma de suas tarefas é levantar animais caídos no chiqueiro para levá-los ao corredor da matança. Essa tarefa será realizada, de agora em diante, por um instrumento que o texto chamará de Pigpicker.

Só que um dia o Pigpicker levanta o próprio Corazza e o lança no corredor da matança. Corazza não morre, mas o caso é divulgado. Outro dos narradores do texto o escutou. Esse é um empregado ao qual a fábrica concedeu uma casa que se encontra no terreno perimetral do matadouro: a cinquenta metros da cozinha onde vive esse senhor Tomacek que nos fala. Do outro lado da cerca há ainda algumas árvores. A vida é ainda tolerável, mas deixará de sê-lo em pouco tempo. O caso de Corazza começou a circular, mesmo sabendo-se pouco do evento. Não está claro se foi uma tentativa de suicídio, um acidente ou um ato de protesto. Mas em seu nome logo se organiza certa Brigada Elvio Corazza, que uma noite tenta ingressar no recinto e libertar os animais. A invasão fracassa, mas induz a empresa a construir uma cerca mais segura, que encerrará também, eletrificada, a casa desse Tomacek em torno do qual a narração começa a gravitar.

Fora da cerca perimetral ocorre um protesto de granjeiros que solicitam à administração da região que lhes pague pelos prejuízos que lhes causa a concorrência com o matadouro, que agora resolverá comprar suas granjas, fechá-las e expandir-se. Assim, é preciso construir, no terreno onde Tomacek vive, novos edifícios, que começam a rodear sua casa, o que torna sua vida gradualmente não vivível. Semelhante à vida geral dessa região, que era agora cada vez mais uma extensão do matadouro, de forma que aqueles que por acaso a atravessavam "podiam ver infiltrações do terreno e chuvas outonais pondo o barro do chiqueiro em contato com a água dos rios e fazendo crescer o pfi-sei-lá-o-quê, micro-organismo que mata os peixes e infecta os humanos. Podiam ver as crianças do lugar respirando uma substância venenosa chamada ácido sulfídrico, enquanto a maior parte de seus pais continuava vivendo como se nada estivesse acontecendo. Podiam ver a urina dos porcos espalhando no ambiente os antibióticos usados pelos animais, e as bactérias da zona se tornando super-resistentes graças à exposição...".[39] Não podiam ver, talvez, as discussões que alguns mantinham sobre os possíveis protestos ao processo, em breves intercâmbios que o texto comunica.

E que continua se organizando em torno da história de Corazza, que vai tomando a forma de uma balada. Assim como se organiza uma manifestação de solidariedade a Corazza, que se associa a um protesto pela segurança no trabalho. Ao mesmo tempo, a situação de Tomacek atingiu um ponto intolerável, e então ele resolve ir até a caixa de luz de sua casa, pela qual passa o sistema que alimenta o conjunto do matadouro, e o desliga. O texto é interrompido para registrar a narração de um dos assistentes, que nos diz que ao protesto sindical se somaram alguns outros: associações de

---

39. "A batalha de Corazza".

consumidores que protestam contra a falta de controles, manifestações de "animalistas", ambientalistas... A interrupção da corrente fez saltar o sistema de reciclagem de ar no chiqueiro: como o cheiro desagradável permanece lá dentro, o ar no campo exterior parece agora insolitamente limpo, de modo que alguns podem crer que essa limpidez se deve à respiração conjunta das pessoas reunidas. Em uma torrezinha que há sobre sua casa, parece a Tomacek que alguns entraram no perímetro agora não eletrificado e alcançaram o matadouro. Com que resultado? Não sabemos. A última palavra é de Tomacek, que diz: "neste momento, tudo parece possível".

Na execução que se realizaria em Trento em 6 de novembro de 2003 dois atores declamavam o texto, acompanhados por um grupo que executava a música composta – também em fonte aberta – por um quarteto momentâneo de compositores chamado Quadrivium, e por uma projeção de diapositivos, que constituíam o conjunto dessa história que se desenvolvia em flutuante referência aos afrescos da Torre Aquila, que estavam no fundo dessa execução, eco remoto na história passada e recordação de uma vida rural que não permanece nem passa.

Esse relato circularia de outros modos: lido, comentado, modificado e transformado em um *cartoon*; lido e acompanhado por música eletrônica em um programa dedicado à "Carne" em uma série radiofônica sobre os elementos; modificado de maneira imprevisível por aqueles que o haviam recebido no formato *wiki*, que permite modificá-lo de maneira múltipla e instantaneamente. E que se encontra disponível, como se fosse um material aberto. Ou um protótipo. Porque o relato era o resultado do protótipo de um processo em rápida expansão. Expansão que se iniciaria de imediato mediante um relato chamado *Ipertrame*, cujo procedimento é mais ambicioso e mais complexo. Envolve, junto com Wu Ming, Carlo Lucarelli e Enrico Brizzi – além da multidão de intervenientes – e depende de um *weblog* associado ao relato, nesse local onde podemos encontrar um arquivo de variantes, junto ao texto definitivo: o registro dos passos através dos quais, de maneiras indiretas e graduais, certa narração seria construída. Ou em uma colaboração que acontece com um grupo de escritores espanhóis cujo nome é *El tronco de Senegal*, em que se tentava gerar um relato em torno do desastre do *Prestige*.

O projeto se baseia em uma crença: que a organização de uma mitologia do movimento de justiça global, como movimento cujas ações não podem se moldar sobre a tradição dos movimentos de libertação nacional ou social em torno dos quais se haviam formado os repertórios de "ações contenciosas" em condições modernas, deveria ser acompanhada pelo projeto de formas que possibilitem, precisamente, a colaboração de grupos grandes e heterogêneos de pessoas durante tempos prolongados na produção de uma ficção. Essa confiança está também na base de *A comuna (Paris, 1871)*: a confiança no valor que reside em propor, em vez de um relato do evento (ou um antirrelato), um dispositivo que gere histórias, e em expor esse dispositivo ao mesmo tempo que aquilo que produz, de maneira que cada um de seus resultados possa ser visto como uma das possibilidades de um sistema de relações que, desde o começo, as excede; colocar no espaço público um dispositivo de geração que permita que certo material narrativo circule por uma coletividade cujos saberes ilumina e que deveria ajudar a precisar como, na descrição que propunha Karin Knorr Cetina e que citei anteriormente, circula um detector através de uma comunidade de físicos que colaboram, "na forma de simulações e cálculos parciais, desenhos técnicos de projeto, apresentações artísticas, fotografias, materiais de prova, protótipos, transparências, informes escritos e verbais...", instâncias que "são sempre parciais", momentâneas cristalizações de processos cuja clausura não pode ser prevista, surgimentos e desaparições que não quiseram se deixar separar da trama de gestos, palavras, trajetórias e desenvolvimentos que constituem sua matriz talvez incerta.

DUAS CENAS DE LINGUAGEM

1

Durante a entrevista com Amador Fernández-Savater, quando Wu Ming 4 emprega o termo "linhas da canção", está fazendo referência a um livro de Bruce Chatwin, *The songlines*, que conta as viagens do autor pela Austrália, em busca de certo conhecimento sobre a concepção aborígene da relação entre canção e mundo. É provável que Wu Ming 4 esteja pensando em algumas passagens de Chatwin nas quais são apresentados testemunhos de informantes aborígenes. Arkady Volchok, seu guia na viagem do livro, explica, por exemplo, "como se pensava que cada ancestral totêmico, quando viajava através do país, havia dispersado um rastro de palavras e notas musicais na linha definida por suas pegadas, e como essas pistas do sonho jaziam na terra como 'vias' de comunicação entre as tribos mais distantes".[1] Ou,

---
1. CHATWIN, Bruce. *In Patagonia – The Viceroy of Ouidah – The songlines*. Nova York: Simon and Schuster, 1997, p. 379.

de maneira ainda mais significativa, a declaração de um aborígene chamado Flynn, que diz a Chatwin que "o que os brancos costumavam chamar de 'Caminhada' [a viagem aborígene seguindo as 'linhas da canção'] era, na prática, uma espécie de telégrafo-mais-bolsa-de-comércio que vinculava pessoas que nunca haviam se visto, e cuja existência talvez ignorassem".[2] O meio de comunicação era a canção, o "comércio de canções" que era a condição do comércio de coisas, de modo que uma Linha de Canção é sempre já uma rota de comércio, um artefato de "produção direta da sociedade".

É compreensível que o texto de Chatwin seja atrativo para Wu Ming, pois vincula uma prática das artes verbais com a produção de uma forma particular de solidariedade social. Pela mesma razão, Wu Ming poderia ter invocado outro modelo da canção (da relação entre cantar e socializar): a canção de banquete na Grécia antiga. Como Andrew Ford indicou em um livro recente, *The origins of criticism* [As origens da crítica], um momento central do banquete era quando os "participantes executavam canções que sabiam de memória ou improvisavam outras novas para a ocasião. Para que as canções circulassem, havia brindes em verso (que convidavam uma resposta) e vários jogos de canções. Quando as canções circulavam, era comum 'tomar' o verso de outro convidado 'de maneira inteligente' (*dexios o kalos*) e continuá-lo, improvisar sobre ele ou mudar para outra canção". A circulação da canção produzia um espaço regulado para que os participantes se exibissem: "Os jogos de canções serviam por isso como uma série de estruturas que permi-

---

2. Ibid., p. 423.

tiam aos participantes 'atuar por si mesmos' enquanto interagiam e competiam com os outros".[3] Assim, nas canções de banquete não havia uma diferenciação rígida entre a conversação e a canção, e os ditos dos participantes eram frequentemente chamados tanto de "enunciados" como de "canções". Nesses espaços, as enunciações musicais estavam imediatamente vinculadas às discussões éticas, e estas às posições religiosas ou políticas.

Mas essas canções de grupo serviam também ao propósito de reforçar "a solidariedade dos homens que participavam delas".[4] Por isso são descritas nas fontes gregas em termos do que era "apropriado" (*prepei*) ao contexto e à ocasião. "Apropriado" é aquilo que é religiosamente correto, que se desenvolve de acordo com o costume e que conduz ao estado de ânimo desejado para a ocasião. (O valor central aqui é *kairos*, o sentido do apropriado a uma dada situação.) Como resultado, "as regras que governam a canção são indissociáveis dos escrúpulos sobre a fala religiosamente correta",[5] e esta é por sua vez indissociável de um parecer global sobre o socialmente desejável.

É possível descrever o problema de "projeto" que a estrutura formal do banquete (com sua alternância de canção e conversação) tenta resolver utilizando os termos desenvolvidos por Sack em relação a *Translation Map*: facilitar um certo tipo de espaço social – determinado pelo governo de si, mas cujo sucesso depende que das atividades individuais resulte a emergência de ações coletivas. A canção, aqui, ofe-

---

3. FORD, Andrew. *The origins of criticism: literary culture and poetic theory in classical Greece*. Princeton, N. J.: Princeton University Press, 2002, p. 32.
4. Ibid., p. 11.
5. Ibid., p. 15.

rece aos que se integram à sua trama a possibilidade não só de compreender, mas de *sentir* qual é a sua posição em uma rede mais vasta de relações sociais e semânticas, ao mesmo tempo que apreendem a existência de uma organização coletiva construída através de suas ações.

Há um texto particularmente interessante sobre essa vanguarda a que Sack e Brooks quiseram vincular seu projeto no qual se propõe outra figura de um enlace entre um desenvolvimento de fabulação coletiva e um ato de "produção direta da sociedade": certa vanguarda que, em uma entrevista de 1974 com Maurice Nadeau, Roland Barthes descrevia ou sonhava. Essa vanguarda, para Barthes, deveria se consagrar a uma prática do *texto*, ou seja, a uma prática que ignorasse as figuras maiores da modernidade literária: que não originasse nem romances, nem poesias, nem ensaios. E que resistisse a participar de tudo aquilo que pertence à dimensão da "escrivância" e que sanciona "o repúdio de quem escreve a se situar como sujeito da enunciação".[6] Contra essa prática da "escrivância" se definiria "uma vanguarda muito ativa, muito marginal, muito pouco legível, mas muito 'buscadora'", que se orientaria na direção de "certa ideia utópica da literatura, ou da escrita, de uma escrita feliz",[7] que aboliria a distinção rígida entre escritores e leitores:

> Eu imagino então uma espécie de utopia, em que os textos escritos no prazer poderiam circular por fora de toda instância mercantil, e em que, em consequência, não teriam o que se diz – com uma palavra bastante atroz –

---

6. BARTHES, Roland. *Oeuvres completes*. Paris: Seuil, 2002, v. III, p. 66.
7. Ibid., p. 67.

uma grande difusão. Há vinte anos, a filosofia era ainda muito hegeliana e brincava com a ideia de totalização. Hoje a própria filosofia se pluralizou e, por isso, podemos imaginar utopias de tipo mais grupuscular. Mais falansteriano.

Esses textos circulariam então em pequenos grupos, em amizades, no sentido quase falansteriano da palavra e, em consequência, se trataria verdadeiramente da circulação do desejo de escrever, do prazer de escrever e do prazer de ler, que se envolveriam e se encadeariam por fora de toda instância, sem passar por esse divórcio entre a leitura e a escrita.[8]

Vê-se a relação entre essa figura e a dos projetos que estamos descrevendo. Mas deveria se ver também a diferença, porque esse "envolver-se" é um aderir-se a uma produção que não se abandona, mas também é um fechar-se. Esse espaço do "prazer de escrever" e do "prazer de ler" que se desprendem de toda instância, todo ponto de parada, todo resultado exportável, toda conexão com um mercado, é por natureza "grupuscular" (e aqui o imaginário social que Barthes mobiliza é um pouco o que animava grupos da vanguarda clássica tais como o *Collège de Sociologie* ou ainda o situacionismo). O que não é o caso em práticas como as de Wu Ming, nas quais se trata, em algum sentido, de formar corpúsculos, mas corpúsculos que estejam desde o começo entreabertos. Por isso talvez valha a pena vinculá-los a outra prática, muito mais usual e em cujo âmbito se gerava inicialmente o projeto: a da prensa alternativa que forma o te-

---
8. Ibid., p. 67-68.

cido normal das culturas *underground* em qualquer cidade. E Wu Ming provém desse terreno, que conduz à luz e reelabora. Não é possível aqui seguir em detalhe essa vinculação, que tem de ser evidente para qualquer um que siga o processo. Eu me limito a manter a reflexão que Janice Radway propôs sobre certas revistas de adolescentes (certos *zines*) que, a seu ver, tratam "não somente das linguagens do eu e com a ideia de planejar um futuro individual, mas também, e talvez mais radicalmente, da viabilidade da produção colaborativa e das formas comunais de sociabilidade", que supõem a articulação de "novas formas sociais que não deixariam cada uma, só e vulnerável, confrontando uma cultura alheia, mas as situaria em comunicação coletiva, em comunhão e comum acordo com outras".[9]

> Os *zines* – escreve Radway – tratam das amizades, das alianças, das afiliações e dos grupos. Exploram o delineamento e a porosidade das fronteiras, os cruzamentos, conexões e confluências. Os *zines* também se comprometem profundamente a conversar com muitos discursos diferentes que se desenvolvem na cultura que os rodeia. Na verdade, estão tão comprometidos com eles que citam, referem e ventriloquizam um múltiplo espectro de discursos, com o objetivo de responder a eles. Desse modo, recirculam discursos culturais ao mesmo tempo que os alteram, fazendo sua justaposição e combinação.[10]

---

9. RADWAY, Janice. "Grils, Zines, and the Miscellaneous Production of Subjectivity in an Age of Unceasing Circulation". *Center for Interdisciplinary Studies of Writing of the University of Minnesota Speaker Series*, v. 18, 2001, p. 10.
10. Ibid., p. 11.

Certamente os artefatos que assim se realizam são "formas complexas e contraditórias", "produções fraturadas que mobilizam e respondem a múltiplas tecnologias de construção do sujeito". Porque os *zines* tendem a ser "montes caóticos de materiais trazidos da cultura de massas, da vida cotidiana, da experiência afetiva", de modo que deveriam ser lidos não tanto como testemunhos de experiências ou locais de explorações de identidades que se suporiam pré-existentes, mas como espaços onde se produz uma radical geratividade: "trata-se de ações experimentais, multifacetadas, de instanciações de diversas posições de sujeito".[11] Ainda mais porque essa experimentação passa por uma falta de consideração pelas maneiras usuais da apresentação, pela alternância do manuscrito e do impresso, em que as letras se fundem em imagens que se superpõem com narrações que prosseguem, se contradizem, se interrompem e se mesclam com declamações do privado e do público. Porque essas publicações "desenvolvem discursos de construção do eu como efeitos da linguageria, ou seja, processos intermináveis de citação e de resposta, assuntos debatidos, fluidos, desprolixos e fundamentalmente contraditórios."[12]

O projeto de Wu Ming tenta desenvolver essas energias de maneira que se articulem, por exemplo, com a forma do romance. Nisso se inscreve na tradição de certa literatura, mas se distingue dela. De que modo? Como é que um tipo de produção como essa se vincula com os tipos que contemplava a tradição imediata? Como se vincula com essa tradição que Rancière – a quem voltaremos agora brevemente –

---
11. Ibid., p. 11.
12. Ibid., p. 12.

vinculava à época do regime estético? Ou seja, à época que se inaugurava quando um número crescente de escritores operava de maneiras que excediam os marcos normais da época das "poéticas representativas".

Na verdade, assim chama Rancière a constelação de ideias, instituições, predisposições e procedimentos que teriam dominado as artes verbais nessa modernidade que se abria entre os séculos XV e XVII (certamente Rancière pensa no caso francês, de maneira que pouco pode falar do teatro inglês ou – mais gravemente – da narrativa espanhola do Século de Ouro). Nesse mundo da primeira modernidade, o objetivo principal das artes verbais era contar histórias. Histórias-padrão, diria Tilly: ações que se estruturaram em ordem à sua resolução e que implicaram personagens que nos foram apresentados em narrações do poema ou do teatro contadas segundo as regras de gêneros cuja identidade se definisse pelo que representavam: comédias ou tragédias, peças de temas elevados ou de temas baixos, entre os quais fosse sempre possível distinguir e em cujo marco se respeitasse esse "princípio de conveniência" segundo o qual a linguagem que se usasse deveria estar em conformidade com o que era representado e com a finalidade da representação – linguagem elevada caso se tratasse de comover pela sorte de um sujeito nobre em suas alternativas de fortuna ou de desgraça; popular caso se tratasse de expor o irrisório da sorte de pessoas das camadas inferiores. Comédias e tragédias que se dirigiam a receptores aos quais se supunha certo tipo de saber: supunha-se que a arte elevada tinha como seus destinatários próprios os indivíduos de uma sociedade de corte, para os quais a ação da palavra era fundamental, de maneira que as representações das letras serviam para se instruírem em seus poderes e fragilidades. Por isso, "o sistema da ficção poética é colocado [neste universo do "regime poético"] sob a dependência de um ideal da palavra eficaz",[13] que se identifica, em última instância, com "a palavra vivente do orador que arrebata e assombra, edifica e arrebata as almas ou os corpos".[14]

O jogo desses quatro princípios definia, segundo Rancière, o espaço de desenvolvimento das "artes de escrever"na modernidade europeia até que se produzisse e generalizasse – contra eles, desprendendo-se deles, embora recompondo alguns de seus elementos – a invenção da poética antirrepresentativa, que se encontraria já expressada naquela carta de Schiller em que nos detivemos no princípio deste livro. O novo regime tendia a se instalar em torno de uma série de evidências: "À primazia da ficção se opõe a primazia da linguagem. À sua distribuição em gêneros se opõe o princípio antigenérico da igualdade de todos os temas representados. Ao princípio da conveniência se opõe a indiferença do estilo em relação ao tema representado. Ao ideal da palavra em ato se opõe o ideal da escrita".[15] Essas evidências se expandiram primeiro em uma área relativamente restrita do norte e do centro da Europa, onde acabaria se estabilizando a pressuposição de que há uma prática possível das letras que anula os imperativos da cultura das poéticas, para se consagrar à exploração da densidade das linguagens, exploração que se fixa em objetos destinados a uma decifração silenciosa.

---

13. RANCIÉRE, Jacques. *La parole muette. Essai sur les contradictions de la littérature*. Paris: Hachette, 1988, p. 26.
14. RANCIÈRE, Jacques. *L'inconscient esthétique*. Paris: Galilée, 2001, p. 35.
15. RANCIÈRE, Jacques. *La parole muette*, op. cit., p. 28.

O escritor poderia, quando isso houvesse acontecido, se apresentar como o sintomatólogo de uma comunidade e afirmar que o seu trabalho é um trabalho de decifração e reescrita, a execução daquele "que viaja nos labirintos ou subsolos do mundo social", que nessa viagem "recolhe os vestígios e transcreve os hieróglifos pintados na própria configuração das coisas obscuras e quaisquer", que "empresta aos detalhes insignificantes da prosa do mundo sua dupla potência poética e significante".[16] O escritor da idade estética poderia se propor como aquele indivíduo capaz de expor cada singularidade do mundo como um símbolo da totalidade (presente ou ausente) à qual pertence. Como um símbolo de certas figuras determinadas da totalidade: a da sociedade ou a do eu (que se supõem intimamente vinculadas). Um fragmento do mundo – se afirmaria nesta constelação – pode ser sempre interpretado como símbolo de uma sociedade ou um fragmento de expressão como símbolo de um sujeito, cuja leitura se oferece ao escritor que, como se fosse um geólogo ou um arqueólogo, se volta para o ponto onde se expõe, no mais banal dos detalhes, o segredo que nele habita. E que o expõe ao leitor não por intermédio da construção de um argumento, mas de uma fantasmagoria que arruma os vestígios, exuma os fósseis e dispõe "os símbolos que são testemunhas de um mundo e escrevem uma história", mesmo quando isso não leve senão à visão "do feito bruto e insensato da vida".[17] Esse escritor seria Hugo ou Balzac, desenvolvendo o leque das partes de uma vida a partir de alguns símbolos sensíveis, ou Mann, detalhando o progresso da genealogia dos Buddenbrooks;

---

16. Ibid., p. 36.
17. Ibid., p. 38-39.

Faulkner, na decifração dos símbolos erráticos de uma desordem última; ou Cortázar, explorando as passagens que se abrem entre algum espaço de Paris e de Buenos Aires.

O escritor poderia se identificar como aquele indivíduo cujas execuções são capazes de expor o subsolo da história ou os labirintos do eu, mas também a densidade própria da linguagem. Por isso seus textos poderiam também se propor como o espaço de desenvolvimento de uma "palavra solilóquio, que não fala a ninguém nem diz nada mais que as condições impessoais, inconscientes da própria palavra",[18] "a palavra surda de uma potência sem nome que está por trás de toda consciência e toda significação, e à qual é preciso dar uma voz e um corpo".[19] E a modernidade, em sua progressão, tentaria articular estas duas cenas: uma cena de decifração e restituição de símbolos da subjetividade ou da história, e uma de confrontação com uma potência anônima. Como em Flaubert, que leva as consequências desses pressupostos a uma exacerbação particular (e que por isso seria mais tarde a referência constante das vanguardas) em que se tenta alcançar pela linguagem aquilo que a excede, mostrar a manifestação de novas formas de individuação em um mundo feito de átomos de sensação que se deslocam ao acaso e em cujo deslocamento os personagens estão capturados desde o começo, o mundo que "escapa em frases singulares", "a dança dos aromas arrastados pela grande corrente do infinito, a potência das percepções e afeições desligadas, as individuações em que os indivíduos se perdem",[20] ao mesmo

---
18. Ibid., p. 39-40.
19. Ibid., p. 42.
20. Ibid., p. 109.

tempo que de "fazer sentir, sob a prosa banal das comunicações sociais e os dispositivos narrativos comuns, a prosa poética da grande ordem ou da grande desordem: a música das afeições e das percepções desligadas, abraçadas na grande corrente do infinito".[21] Mas também em Beckett, em que a decifração das vias pelas quais se chegou a ser quem é, um entrevado em uma cama de hospital, se realiza ao mesmo tempo que se desenvolve uma linguagem fraturada, na qual se deixa ler a exterioridade que é sua condição, ou em Lispector, em que a emergência de um fundo do real tem lugar em um dispositivo destinado a provocar a emergência de uma vitalidade muda que faz falar, sem se deixar representar na fala.

É claro que isso se faz em uma linguagem. E os escritores da época do regime estético sabem que uma linguagem é feita de símbolos: jogo de partículas e códigos, que nada garante que se unam a nenhuma realidade. A pontualidade de uma exposição do fundo sobre o qual se desenvolvem as formas do mundo deve ser realizada em uma arquitetura que não pode evitar a palavra em sua estrita banalidade: a banalidade da frase que descreve as ações de uma marquesa. Por isso, a literatura moderna é particularmente instável e uma ansiedade específica a habita: porque se trata de fazer falar aquilo que se subtrai da apreensão individual, esse ponto onde o mundo se abre ao que o subjaz, na mais banal das moedas: a linguagem na qual se realizam as comunicações, as referências, as conversações, e que será preciso, portanto, separar de si mesmo, pôr à distância, *estranhar*. Mas essa vontade de estranhamento se encontra sempre à beira de

---

21. Ibid., p. 115.

duas tentações: a tentação de iniciar o empreendimento de expor uma matéria da significação que seria anterior a todo código e a exposição da desnuda artefactualidade das linguagens. Artaud, digamos: a glossolalia. Ou Valéry: a escrita de um entendimento combinatório.

Esse desenvolvimento se produz em um espaço de uma peculiar incerteza, porque o autor que escreve no tempo posterior à dissolução lenta das sociedades de corte, o escritor geólogo ou arqueólogo cujos textos circularão em um mercado, se vê obrigado a construir suas audiências "como consumidores gerais mais que específicos, o que é inevitável quando existem como público anônimo". Porque onde se escreve para a edição no espaço público, para cada escritor "não há testemunha nem receptor particular; o que é separado, descartado, expulso, publicado, não está axiomaticamente associado a outro particular".[22] Assim escreve Marilyn Strathern, que comenta que "depois dos dias dos patrões não há categoria social de recepção, além da muito geral do leitor (não importa o quão 'generalizado' ou 'especializado'). Os escritores podem certamente produzir tendo alguns indivíduos em mente, mas raramente podem exigir evidências do consumo por parte de outras pessoas".[23] Onde o texto clássico aparecia indexado a destinatários particulares, a literatura da idade estética se encontra disponível para qualquer um. Seu destinatário é um público.

Um público é uma forma social particular. É uma comunidade, de certo modo, mas uma comunidade muito di-

---

22. STRATHERN, Marilyn. *Property, Substance, and Affect: Anthropological Essays on Persons and Things*. Londres: Athlone Press, 1999, p. 59.
23. Ibid., p. 268, n. 23.

ferente, digamos, da comunidade dos cidadãos ou daquela dos trabalhadores. Porque sou parte de um público não tanto na medida em que tenha esse ou aquele atributo ou ocupe essa ou aquela posição particular no espaço social, mas enquanto me reconheça como o destinatário de um ato de abordagem que se verifica por meio de certo fragmento verbal que sei que pode ser recebido por diferentes indivíduos em diferentes lugares. Quando recebo uma mensagem ou uma informação, quando me é dirigida a palavra em uma reunião, sou abordado enquanto indivíduo situado em uma determinada posição e em uma determinada relação social com quem me dirige a comunicação: a interação está inserida em uma relação social que existe fora e antes da própria interação. Mas essas fantasmagorias ou mitologias das quais fala Rancière se destinam a uma coletividade que – para usar uma expressão de Michael Warner – "está sempre além da sua base social conhecida"; o escritor sabe que seu destinatário "deve ser mais que a lista dos próprios amigos. Deve incluir estranhos".[24] Isso porque "um público é uma relação entre estranhos", no sentido de que, para as comunicações que ocorrem em relação a um público, "alcançar estranhos é sua principal orientação".[25] Na medida em que um público é formado de indivíduos que se identificam como tais enquanto participam da circulação de um certo discurso, sua identidade não pode ser previamente conhecida.[26]

---

24. WARNER, Michael. *Publics and Counterpublics*. Nova York: Zone Books, 2002, p. 74.
25. Ibid., p. 74.
26. Daí um corolário: o discurso público se desenvolve em um espaço em que essa "relacionalidade entre estranhos" se tornou normal. A modernidade em que isso acontece é uma modernidade que induz cada um a moldar "as dimensões mais íntimas da subjetividade em relação à participação conjunta com pessoas indefinidas em um contexto de ação rotineira" (p. 76).

Por isso, a forma de a palavra pública se dirigir a nós é ao mesmo tempo pessoal e impessoal. E assim devemos considerá-la: como essa palavra que, neste próprio momento, se dirige a nós como estranhos. O que significa algo importante: o fato de que "a palavra pública deva ser encarada de duas maneiras: como se estivesse dirigida a nós e como se estivesse dirigida a estranhos" tem como resultado um benefício peculiar, que "entendemos nossa subjetividade como se tivesse ressonância imediata com outros".[27] Não é a cada um de nós, enquanto indivíduos portadores de peculiaridade, que o discurso se dirige. O "leitor hipócrita" do prefácio de *As flores do mal* não sou eu; ou melhor, sou eu apenas no momento em que presto atenção ao enunciado. Por isso, enquanto membro de um público, recebo um fragmento verbal sabendo que não está dirigido a mim enquanto a *pessoa* que sou.

Integro um público e me converto, então, no destinatário da enunciação pessoal e impessoal que se dirige a mim na medida em que presto atenção a ela. Minha integração é, em princípio, dependente de um ato voluntário: é a minha aquiescência em processar, provisoriamente, uma chamada que não está dirigida a mim, o que determina que eu pertença a um público. Por isso a figura do público é eminentemente moderna: "A experiência da realidade social na modernidade é muito diferente daquela das sociedades organizadas pelo parentesco, o status hereditário, a afiliação local, o acesso político, a paróquia ou o ritual. Em todos esses casos, a própria posição na ordem comum é a que é, prescindindo dos próprios pensamentos, sem importar em quão intensa

---

27. Ibid., p. 78.

seja sua carga afetiva. A energia apelativa dos públicos nos impõe uma carga diferente: faz-nos crer que a nossa consciência é decisiva. A direção do nosso olhar pode constituir nosso mundo social".[28] É claro que essa consciência se dá em um espaço particular, onde tem lugar uma circulação reflexiva de discursos: a circulação aleatória de algumas letras.[29]

Mas isso é o que sabem os artistas. O "ideal da escrita" é o ideal de certo tipo de recepção, nem pessoal nem impessoal, realizado em um espaço de retiro que se encontra, no entanto, em comunicação ou ressonância com âmbitos mais vastos. Roger Chartier, em um texto recente no qual se interroga sobre o estatuto das letras quando se desenvolvem em telas, propõe que a leitura que começa a se generalizar rumo ao fim do Antigo Regime, enquanto é "uma leitura silenciosa, mas realizada em um espaço público",[30] "é ambí-

---

28. Ibid., p. 89.

29. Falando do *roman-feuilleton* na França do século XIX, Malcolm Bowie observa o seguinte: "O romance se abriu para o perigoso e insano labirinto da cidade moderna, e no entanto criou um mundo fechado, autossustentado, no qual tanto os habitantes da cidade como os do campo podiam escapar. O leitor, enquanto folheava as páginas do jornal ou do livro, era um solitário, perdido em um mundo privado de aventura e sonho, operando somente as regras complexas da gramática narrativa, e ao mesmo tempo o participante consequente em um comportamento coletivo pelo qual um precário sentimento de comunidade se forjava" (BOWIE, Malcolm; KAY, Sarah; CAVE, Terence. *A short history of French literature*. Oxford e Nova York: Oxford University Press, 2003, p. 200).

30. É claro que esse modo de dirigir uma palavra não acontece apenas na literatura. Porque a cena em que os artistas antecipam a recepção de seus trabalhos não é um dos gabinetes ou das coleções que haviam sido, até finais do século XVIII, locais privilegiados de exibição dos objetos de arte (que compartilhavam a cena com instrumentos e curiosidades), mas esse tipo de instituição cuja estrutura definiria pela primeira vez o Museu do Louvre, e onde se podia tornar visível a obra enquanto obra: enquanto objeto particular que se expõe como representante de certo ideal geral, colocado nos quadros de uma história, assim como os compositores vinham antecipar a figura do indivíduo situado em uma sala de concertos. Por exemplo: "A analogia entre o museu e a sala de concertos é reveladora. Na sala de concertos, a sociabilidade ruidosa, para a qual a performance musical prestava meramente um acompanhamento, era nessa época substituída pela silenciosa devoção de ouvintes que se esqueciam do mundo apesar de estarem em um lugar público, indivíduos

gua e mista": "efetua-se em um espaço coletivo, mas ao mesmo tempo é privada, como se o leitor traçasse em torno da sua relação com um livro um círculo invisível que o isolasse. Não obstante, esse círculo é penetrável e pode ocorrer um intercâmbio sobre o que se lê porque há proximidade e há convivência. Pode nascer algo de uma comunicação, de uma relação entre indivíduos a partir da leitura, inclusive silenciosa, pelo simples fato de ela ser praticada em um espaço público".[31] Na leitura se articulam "formas da intimidade e do privado com formas do intercâmbio, da comunicação".[32] Essa cena de leitura, na qual o leitor se encontra em vínculo (local) com seus outros, com aqueles que falam, aos quais comunica sua leitura, essa união do universal e do particular, é o local em que reside a possibilidade da literatura em condições de modernidade: porque a literatura (e, certamente, a crítica literária, ou o ensino acadêmico da literatura) não parece poder prescindir de alguma variação da ideia de que é possível uma "singularidade que reflita algo profundamente compartilhado".[33]

---

que escutavam a mesma música, mas a recebiam como sua própria experiência. O museu que começou a existir ao mesmo tempo era outro lugar destinado ao culto da arte, onde as pessoas podiam encontrar a privacidade em público" (BELTING. *The Invisible Masterpiece*, op. cit., p. 61). Quando Esteban Buch descreve "o ritual profano do concerto" descobre que o próprio dele é que "propõe a cada um estar ao mesmo tempo só e com os outros" (BUCH, Esteban. *La Neuvième de Beethoven: une histoire politique*. Paris: Gallimard, 1999). "Ao mesmo tempo só e com os outros", retirado no interior de um círculo invisível cujo limite pode sempre transpor, e do qual assiste ao desenvolvimento de figuras finalmente comunicáveis: ali as obras encontrariam seus espectadores. Mas poderia ser dito que esse é o caso também para certa ideia da leitura.

31. CHARTIER, Roger. *Entre poder y placer. Cultura escrita y literatura en la Edad Moderna*. Madri: Cátedra, 2000, p. 87.

32. Ibid., p. 88.

33. Ibid., p. 90. Chartier menciona esses desenvolvimentos no decorrer de uma reflexão sobre o texto eletrônico, que – pensa ele – "poderia significar [...] o desdobramento da leitura no espaço doméstico e privado ou nos lugares em que a uti-

Isso não significa que o discurso que circula nesses espaços seja estável: ao contrário. Porque se dirige a estranhos, busca estender sua circulação, expor-se à aleatoriedade de sua circulação, mas ao mesmo tempo a seleção de técnicas, locais, estilos, implica uma caracterização do espaço de circulação que "se entende simultaneamente como se tivesse o conteúdo e a pertença diferencial de um grupo, em vez de estar aberta à potência infinita e incognoscível da circulação entre estranhos".[34] Duplo enlace que é de certa forma a condição fatal dessa modernidade que se estabilizava – como Michael Mann, comentando com Ernest Gellner, observa – como "uma sociedade racionalizada moderna em que um sistema de comunicações impessoal permite que mensagens livres de contexto passem tanto vertical como horizon-

---

lização dos bancos de dados informáticos, de redes eletrônicas, adquire grande importância", de tal modo que "a trajetória desse novo meio poderia ter como resultado uma forma de leitura mais privada do que aquela que a precedeu, por exemplo, a que se realiza nas bibliotecas". Nesse sentido, o texto eletrônico (ou, ainda, o sistema de práticas que demanda) "seria o auge de um percurso que começou muito antes da informática e da eletrônica, nas sociedades do Antigo Regime". Essa trajetória é a da perda de prestígio da leitura em voz alta, que correspondia a "uma forma de sociabilidade compartilhada e muito comum" e "nutria o encontro com o outro, sobre a base da familiaridade, do conhecimento recíproco, ou no encontro casual, para passar o tempo". No decorrer do século XIX, a leitura em voz alta começava a se restringir a dois espaços privilegiados: o do ensino, onde a leitura em voz alta era praticada como propedêutica para a leitura em silêncio, e o de alguns espaços institucionais, de tal modo que se reduz, no final do percurso, "à relação adulto-criança e aos lugares institucionais" (p. 86-87).

34. Warner, op. cit., p. 106. "Em um público, o discurso dirigido indefinidamente e auto-organizado abre um mundo vivido cuja clausura arbitrária permite esse discurso e é posto em contradição por ele. O discurso público, em sua maneira de se dirigir, abandona a segurança de sua audiência dada, positiva. Promete se dirigir a qualquer um. Entrega-se em princípio à possível participação de qualquer estranho e, em consequência, põe em risco o mundo concreto que é sua condição dada de possibilidade. Essa é sua fecunda perversidade. O discurso público postula um campo circulatório de estranhamento que deve lutar para capturar como uma entidade com quem é possível falar. Nenhuma forma com tal estrutura pode ser muito estável. O caráter projetivo do discurso público, no qual cada caracterização da trajetória de circulação se torna material para novos estranhamentos e recaracterizações, é um mecanismo para a (não necessariamente progressista) mutação social" (p. 113).

talmente através de amplos espaços sociais", garantido por "um sistema educativo 'universal, padronizado e genérico'".[35] Porque nessa condição que se expandia essa forma de subjetivação que Gellner chamava de "homem modular", caracterizado, a seu ver, pela capacidade de "realizar tarefas altamente diversas no mesmo idioma cultural geral", uma propensão tanto para o igualitarismo quanto para o individualismo que é a maneira geral de participação em sociedades que reclamam uma integração que não depende do ritual nem da pertença a comunidades orgânicas, cujos valores e cuja cultura se exige que internalizem, e onde se supõe que cada ato está "vinculado a um conjunto de relações, todas elas unidas umas às outras e, portanto, imobilizadas".[36] É claro que esse "homem modular", na forma que tendia a assumir inicialmente, era integrado na sociedade através da figura da nação, que definia seus cidadãos ao mesmo tempo como sujeitos de uma estrutura administrativa, as partes de um povo e os participantes de uma cultura mais ou menos homogênea. "Nessas circunstâncias, pela primeira vez na história do mundo uma Cultura Elevada nesse sentido se volta para a cultura operacional e estendida de uma sociedade inteira, em vez de para o privilégio de uma camada social restrita".[37]

Esse é o marco mais geral em que se desenvolverá essa cultura da literatura que, no entanto, seria um foco constante de inquietação, porque se obstinaria em instalar nesse meio em que circulam as mensagens livres de contexto o tipo de

---

35. MANN, Michael. "The emergence of modern European nationalism". In: HALL, John; JARVIE, I. C.. *Transition to modernity: essays on power, wealth and belief*. Cambridge [Inglaterra]; Nova York: Cambridge University Press, 1992, p. 138.
36. GELLNER, Ernst. *Conditions of Liberty: Civil Society and its Rivals*. Nova York, NY: Allen Lane/Penguin Press, 1994, p. 100.
37. Ibid., p. 106.

regiões de indefinição que descreviam o Blanchot de "A voz narrativa" ou o Barthes que, no início de "A morte do autor", se detinha na indeterminação do caráter de quem fala em Sarrasine e vinculava essa indeterminação à resistência do texto a se atar a momentos empiricamente identificáveis do seu entorno: a pessoa que o escreve, o momento em que o faz, o espaço em que se produzem as práticas de extensão e retração de suas distribuições. A literatura é um exercício fundamental para a vida neste mundo, mas ao mesmo tempo uma fonte de inquietação. Por um lado, a consagração a essa forma particular de ficção que é o romance supunha a mobilização de recursos cognitivos e afetivos que seriam cruciais para a vida em universos destradicionalizados: porque a predisposição para acreditar temporariamente em acontecimentos que se sabem fictícios – que é a predisposição associada ao desenvolvimento dos universos românticos – implica um "assentimento irônico" que se estabelece ao mesmo tempo que se interpreta o que se tem diante dos olhos à luz das hipóteses do que se poderia fazer nessas circunstâncias. E isso é essencial para o desenvolvimento de trajetórias biográficas que devem atravessar mundos funcionalmente diferenciados. Mas também habitua a uma posição de instabilidade, que é indissociável do dispositivo romântico. Desde o começo este se constituía como pretensão de imitação, mas também prestando ao leitor um acesso à interioridade dos personagens, uma acessibilidade perturbadora que podia reforçar a percepção da própria inacessibilidade e pôr o sistema em condições de mutação permanente.[38]

---

38. Tenhamos em mente que, no que concerne à escrita, não há particularidade maior da poética expressiva que o romance. E o romance (e depois o conto) de-

Percepção da própria inacessibilidade vinculada à corporalidade. Como escreve Catherine Gallagher, "o contraste implícito entre quem lê (com sua individualidade autônoma, que não necessita de nenhuma prova referencial para ter um sentido) e o personagem (com sua falta radical de quididade, que o faz oscilar continuamente na direção do tipo abstrato) pode também levar o leitor a viver uma experiência que poderia ser resumida nos seguintes termos: a incompletude do personagem de ficção pode não só conferir à 'realidade' material daquele que lê uma sensação de plenitude ontológica, mas pode também nos fazer pensar em nossa imanên-

---

senvolve uma possibilidade que se encontra em gérmen em formas anteriores, mas não nessas formas maiores que haviam sido a épica ou o teatro. A inovação técnica do romance é o pensamento e a fala representados. No teatro não sabemos dos personagens senão o que dizem, o que fazem, e o que os outros personagem dizem deles. Na épica oral sabemos dos personagens o que nos conta o narrador sobre suas ações e as palavras do personagem que se transcrevem. Em um caso e no outro as palavras se vinculam a locais claros de emissão. Mas no romance acontece outra coisa: eu sei o que pensam os personagens, porque aparece representado em um texto, em que aparecem representadas também suas palavras. Mas o romance faz isso mediante a produção do que Ann Banfield chama de "frases impronunciáveis": frases que ninguém poderia nunca falar, linhas vocais que conjugam a mudança constante das perspectivas, de personagem para personagem, cujos pensamentos são representados de maneira que saibamos como se vê o mundo a partir do lugar que é seu, e cujas palavras também se representam, de maneira que são ao mesmo tempo abertas e mudas, de modo que vemos, de repente, o mundo, através do que Banfield chama de "perspectivas não ocupadas". Em virtude de se compor em frases que ninguém poderia nunca dizer, no romance nos são apresentadas descrições do mundo como não seria visto por ninguém. Porque a linguagem dos romances tende a não se ancorar a um eu inequívoco: tanto que, quando o faz, é difícil não se ter uma impressão de estranheza. Por isso tantos romances narrados na primeira pessoa têm em seu centro personagens que, repentinamente, se ausentam. Porque o ausentamento é a forma normal do "eu" no romance: o desaparecimento do narrador na consciência múltipla do romance. Por isso o alto modernismo, o de Proust ou Woolf, Lezama Lima ou Faulkner, cede com tanta frequência a essas frases erráticas que – segundo Banfield – "expressam o pensamento no conteúdo pela lógica" (BANFIELD, Ann. *The Phantom Table. Woolf, Fry, Russell and the Epistemology of Modernism.* Nova York: Cambridge University Press, 2000, p. 353). Mas de tal modo que é capaz de construir relações entre momentos não relacionados, e construir um aparecimento fixado, embora compondo perspectivas e alternativas, "um espelho-perspectiva impessoal que exibe sua visão do tempo e da mudança" (p. 357).

cia corporal à luz de sua possível ausência, instigando assim um desejo perturbador pela materialidade da nossa própria existência".[39]

Um enlace semelhante se formula em um texto de Jacques Derrida de alguns anos atrás chamado *Passions*. Derrida esboçava ali uma breve reflexão sobre a "literatura", que seria preciso diferenciar – dizia ele – das "belas artes ou da poesia". Por quê? Porque "a literatura é uma invenção moderna, ela se inscreve nas convenções e nas instituições que, para não reterem senão um traço, asseguram-lhe em princípio *o direito de dizer tudo*. A literatura vincula assim o seu destino

---

39. GALLAGHER, Catherine. "Fiction". In: MORETTI, Franco (Ed.). *Il romanzo*. Torino: Einaudi, 2002, v. I, p. 536. Talvez por isso a insistência nas figuras do umbral: em Kafka, está claro, mas também, recentemente, em Coetzee. Uma magnífica elaboração da questão da literatura em relação à (im)possibilidade de nomear será encontrada em um ensaio de Coetzee sobre a literatura e a tortura, "Na câmara escura". Literatura e tortura? Na opinião de Coetzee há uma linha problemática que vincula as duas coisas: "O fato de a sala de tortura ser um local de experiência humana extrema, inacessível a todos, exceto aos participantes, é uma segunda razão pela qual o romancista em particular deveria ser fascinado por ela. Sobre o caráter do romancista, John T. Irwin, em seu livro sobre Faulkner, escreve: 'É precisamente porque ele para diante da porta escura, esperando entrar na câmara escura, mas incapaz de fazê-lo, que é um romancista, que deve imaginar o que acontece além da porta. Na verdade, é essa tensão com relação à câmara escura na qual não se pode entrar que converte esse quarto na fonte de todas as imaginações: o ventre da arte'. Para Irwin (que segue Freud, mas também Henry James), o romancista é alguém que, diante de uma porta escura, confrontando uma grade insuportável, cria, em vez da cena que está proibido de ver, uma representação dessa cena, e uma história dos atores que inclui a de como chegaram ali." (*White writing: on the culture of letters in South Africa*. New Haven: Yale University Press, 1988). Mas isso supõe um leitor que seja capaz não somente de prestar atenção, mas de permanecer na borda: "acampando diante de uma porta fechada, diante de uma trave insuportável". O texto é o sinal de uma alteridade que nos atrai na medida em que se expõe como inacessível. O texto se apresenta como um ato de vigilância com respeito à propensão de enclausurar certo universo. Faz uma economia do segredo, teria dito Derrida: da apresentação do absolutamente horrível, mas também do absolutamente maravilhoso, da sala imunda onde se desfaz o comum e do espaço prometido onde se baseia uma comunidade justa. O inimaginável: é isto que o texto deve deixar – na figura que Coetzee define – que se inscreva. E que se entregue ao leitor qualquer, ao qual se deve colocar em uma situação liminar: frente àquela sequência de símbolos que se apresentam a ele como um teatro de sombras que ao mesmo tempo o vincula e o separa dessa exterioridade que é a da morte, da liberdade ou do delírio.

a uma certa não censura, ao espaço da liberdade democrática..."[40] Mas, ao mesmo tempo, essa autorização que associa originariamente a literatura à democracia "constitui paradoxalmente o autor em alguém que não é responsável diante de ninguém, nem diante de si mesmo, pelo que fazem ou dizem, por exemplo, os personagens de suas obras e, portanto, por aquilo que ele mesmo escrevera. E essas 'vozes' falam, ausentam-se ou fazem vir – inclusive na literatura sem pessoa e sem personagem".[41] Portanto, no coração dessa autorização fica um lugar destinado a uma negação em responder: o leitor de literatura sabe que no centro do dispositivo há uma retração absoluta, que sequer é a retração de algo que pudesse ser determinado. Por isso,

---

40. DERRIDA, Jacques. *Passions*. Paris: Galilée, 1993, p. 65. Também Rancière insistirá nessa relação. Em sua opinião, a "circulação aleatória da letra" que as poéticas expressivas afirmam está associada à possibilidade da formação de uma "comunidade sem legitimidade". Em que sentido? Recordemos que um "regime de visibilidade das artes" é a forma em que se autonomiza certo campo das artes, mas também a forma em que essa autonomia se articula "a uma ordem geral das maneiras de fazer e das ocupações" (RANCIÈRE. *Le partage du sensible*, op. cit., p. 30). E assim como a "poética representativa" encontra sua potência na medida em que "entra em uma relação de analogia global com uma hierarquia global das ocupações políticas e sociais, o primado representativo das ações sobre os personagens ou da narração sobre a descrição, a hierarquia dos gêneros segundo a dignidade de seus temas, e o próprio primado da arte da palavra, da palavra em ato, entram em analogia com toda uma visão hierárquica da comunidade" (p. 31). A "poética expressiva" seria então o regime de visibilidade das artes verbais que correspondem ao cancelamento de um regime social de estratos sociais estáveis. Por isso *Madame Bovary*, apesar do conformismo político de Flaubert, foi considerado, no momento de sua aparição, como um exemplo de democracia na literatura: por sua resistência a comunicar nenhuma mensagem, por sua insistência em não instruir, por sua consagração à igualdade dos temas que nega ter relações necessárias entre formas e conteúdos, e se pergunta se essa indiferença não é "em definitivo senão a própria igualdade de tudo o que advém sobre uma página de escrita, disponível para todo olhar". Porque "essa igualdade destrói todas as hierarquias da representação e, assim, institui a comunidade dos leitores como comunidade sem legitimidade, comunicada, desenhada apenas pela circulação da letra" (RANCIÈRE, op. cit., p. 17. Para Rancière, o desenvolvimento de uma cultura da estética está intimamente vinculado ao desenvolvimento de uma cultura da democracia, enquanto esta se compromete a explorar as possibilidades da igualdade: erosão das hierarquias fixadas e voz neutra seriam fenômenos correlativos.

41. Ibid., p. 66.

> há na literatura, no secreto exemplar da literatura, uma possibilidade de dizer tudo sem tocar no segredo. Quando todas as hipóteses são permitidas, sem fundo e até o infinito, sobre o sentido de um texto ou as intenções de um autor cuja pessoa não é representada nem não representada por um personagem ou um narrador, por uma frase poética ou ficcional que se separam de sua suposta fonte e permanecem por isso em segredo, quando não tem sentido sequer decidir acerca de um segredo que está por trás da superfície de uma manifestação textual (e essa situação é o que eu chamo de texto ou pista), quando é o chamado desse segredo que, no entanto, reenvia ao outro ou a outra coisa, quando é isso mesmo que mantém nossa paixão em suspense ou nos vincula a outro, então o segredo nos apaixona, inclusive se não o há, se não existe, oculto por trás do que for. Inclusive se o segredo não é segredo, inclusive se nunca houve um segredo, um só segredo. Nem um.[42]

Mas ao mesmo tempo isso permite um acesso oblíquo, para cada um, à possibilidade de uma instância, enterrada em si, de "uma solidão sem medida comum com a do sujeito isolado",[43] isento de todo vínculo social, solidão absoluta de um resto que se escaparia graças a esse teatro de palavras que abre uma sequência de "palavras impronunciáveis". No mundo que a modernidade desenvolveu, a escrita literária abre uma zona em que o indivíduo pode fazer uma experiência de si como exterioridade com relação a todas as sociedades ("a coisa que sou" será o nome do indivíduo para Borges: sem palavra nem silêncio, sem espaço nem duração).

---

42. Ibid., p. 68.
43. Ibid., p. 70.

2

A literatura da idade estética tendia a ser concebida como um local onde se vinculava a possibilidade de fazer certa experiência de si, da exterioridade de si, mediante a confrontação com certo tipo de linguagem, confrontação cuja condição prática era a abertura de um espaço de circulação entre estranhos que acontecia onde se dissolviam esses universos da complementaridade hierárquica para os quais uma tradição altamente ritualizada era estruturante. Por isso não era estranho que nesse momento de aprofundamento decisivo da tradição que era o episódio terminal da modernidade se tendesse a conceber os trabalhos das letras como essencialmente *dispersantes*, porque era justamente isso que acontecia nesse momento da vanguarda em que Barthes afirmava a possibilidade ou o desejo de uma "utopia grupuscular": do Severo Sarduy de *Cobra* ao Philippe Sollers de *Nombres* [Números]; do William Burroughs de *The Job* [O trabalho] ao primeiro Peter Handke. Essa possibilidade de experiência e construção, no entanto, se inaugurava muito antes, quando um número crescente de escritores opuseram "à linguagem como instrumento de demonstração e de exemplificação, dirigida a um ouvinte qualificado" a afirmação da "linguagem como corpo vivente de símbolos, ou seja, de expressões que ao mesmo tempo mostram e ocultam em seu corpo o que dizem, expressões que não manifestam tanto algo determinado como a própria natureza e a história da linguagem enquanto potência de mundo e de comunidade". As expressões são de Rancière, que assim prossegue: "não há solidão de linguagem. Há dois eixos privilegiados segundo os quais pode ser pensado: o eixo horizontal da mensagem transmitida a um ouvinte determinado ao qual se faz ver um objeto, ou o eixo vertical em que a linguagem fala, em princípio, manifestando sua própria proveniência, explicitando as potências sedimentadas em sua própria espessura".[44] A poética representativa teria situado o lugar das artes verbais no primeiro; a literatura moderna no segundo.

Mas não haveria mais de dois? Não haveria um terceiro eixo de comunicação verbal suscetível de configuração estética? Ou, ao contrário, não haveria uma situação das palavras que não responderia a nenhum dos dois? Talvez sim. Talvez as formas de enunciação e recepção que tentam constituir, de maneiras diferentes, os projetos que estamos descrevendo não se reduzam a nenhum dos dois. E isso não seria, afinal, estranho. Não o seria, pelo menos, se fosse verdade que, como afirma Scott Lash, o presente se caracteriza pela generalização de formas de associação que "não são nem tradicionais, *Gemeinschaften*, nem modernas, *Gesellschaften*"; formas que não respondem nem ao tipo de socialidade que se constitui no contexto dos Estados nacionais modernos nem às classes de socialidade que são próprias das comunidades tradicionais. É possível, da mesma forma, supor um modo de arte verbal que não seria simplesmente tradicional nem moderno? Suponho que sim: que uma cena tal é a que se constitui em todos esses projetos, como no projeto de Wu Ming, naturalmente, mas também no *Proyecto Venus* e no projeto de Vyborg. E nisso eles seriam análogos – voltaremos a este ponto – às comunidades de programação em

---

44. RANCIÈRE. *La parole muette*, op. cit., p. 44.

fonte aberta: porque "o grande paradoxo do Linux é que, embora a comunidade de programadores subscreva aos valores centrais da modernidade, ao mesmo tempo suas estruturas sociais se assemelham àquelas de uma vila medieval. A coesão social se baseia nos valores compartilhados pela comunidade do Linux. O uso da internet, no entanto, criou uma nova vila virtual de solidariedade transespacial, em que a solidariedade mecânica e baseada nos valores de Durkheim e a solidariedade orgânica coexistem de modo feliz".[45]

Mas o que quero dizer com uma arte verbal tradicional? A questão é muito vasta, mas podemos formar uma ideia a partir das elaborações de Paul Zumthor, o grande especialista canadense. Sua reconstrução – na forma da Idade Média europeia, a que postula *La lettre et la voix* [*A letra e a voz*], de que extraio as afirmações que se seguem – é hipotética: sua retração teria começado onde se iniciava o *romance*. Porque é precisamente ali que teria começado a se formar um ideal da escrita, através de um texto escrito em língua vulgar que apresenta vastos encadeamentos de relatos que se reconhecem como ficcionais, e que começam a realizar movimentos reflexivos – por meio de indivíduos que se reconhecem incipientemente como os criadores de seus discursos – pelos quais voltam sobre si como escritos. Mas, pela mesma razão, oferecem uma certa experiência da língua:

> o *romance*, posto que a escrita entra no seu projeto, se converte então no lugar de uma experiência difícil de expressar, de transmitir: a língua que foi a da infância,

---

45. TUOMI, Ilka. *Networks of Innovation*. Nova York: Cambridge University Press, 2001, p. 214.

que continua sendo a do trabalho cotidiano, se altera e se torna subitamente uma "língua estranha", esse *belo mentir* que Ogrin evoca no verso 2327 do *Tristan* de Béroul a propósito da epístola que vai compor: ressoam então sob a máscara (ao mesmo tempo exibidos e dissimulados) os ecos de profundidades inquietantes, em vão reprimidos, esse "rumor da língua" de que fala Barthes, esse excesso de sentido...[46]

A literatura começaria onde se inaugurou, em virtude de um exercício de escrita, a possibilidade de uma experiência da língua como se ela se encontrasse alterada. Mas a condição disso é certa deslocalização: "O escrito tira de suas amarras, se assim se pode dizer, aspira a derivar, recusa o presente da voz, se torna complexo, proclama sua existência fora de *nós*, fora *daquele* lugar",[47] graças a uma prosa que pode separar o que se diz da circunstância em que se diz (porque o ritmo da poesia, o jogo de sons que desenvolve, os gestos que necessariamente a acompanham, a amarram ao espaço em que vem a aparecer).

Inevitavelmente, na performance oral quem canta ou recita compromete sua totalidade pessoal, se apresenta com suas disposições corporais, suas qualidades afetivas, seus nervos e seus músculos, uma agilidade que lhe permite atuar em tempo breve ou uma resistência que o mantém imóvel, e o sentido do que canta se encontra imediatamente aderido ao seu desenvolvimento local. Nela o indivíduo que enuncia se encontra imediatamente presente no local em que tem

---

46. ZUMTHOR, Paul. *La letra y la voz. De la "literatura" medieval* (Trad. Julián Presa). Madri: Cátedra, 1989, p. 329. Trad. modificada.

47. Ibid., p. 331.

lugar seu enunciado. Mas, ao mesmo tempo, testemunha a unidade comum que engloba o recitante ou o cantor e sua audiência. Porque o discurso poético medieval "se integra no discurso coletivo, ao qual esclarece e magnifica";[48] a performance é memorial e tem "como objetivo final evitar as rupturas irremissíveis".[49] E desse modo cumpre a função que lhe é própria: garantir uma certa integração. Porque "nos tempos do desdobramento feudal para as pequenas comunidades de base nas quais o Ocidente reporia suas energias, essas funções da voz poética tiveram, sem dúvida alguma, um aspecto vital: contribuíam para a proteção de grupos isolados, frágeis, agrupados por elas em torno de seus ritos e da recordação dos antepassados".[50] A performance, na presença simultânea dos indivíduos, exalta a capacidade de consentimento ou o poder de resistência de uma comunidade estabelecida em continuidade com seu passado. Assim, "a diferença (mais intuitiva do que matéria de prova) que fazemos, entre 'ficção' e 'realidade histórica', não pode ser bem aplicada a esses textos. Estes procedem, em conjunto, de uma mesma instância: a tradição memorial transmitida, enriquecida e encarnada pela voz. Daí o prestígio do já dito, do antigo".[51]

Essas performances que Zumthor postula se desdobram em um espaço de "intervocalidade"; assim, quem escuta se vê confrontado com arranjos de enunciados vindos de outros locais e recompostos no instante. No arrebatamento de cada desenvolvimento, numerosas trajetórias se conjugam: todo texto, arrebatado por essa intervocalidade

---
48. Ibid., p. 170.
49. Ibid., p. 171.
50. Ibid., p. 171.
51. Ibid., p. 172.

que o estabelece e o arrasta, capta uma multiplicidade de ecos. Por isso, todo texto possui contornos imprecisos, está dotado de "fronteiras mal assinaladas, às vezes incompletas, [que] o une a outros textos, ao invés de separá-lo".[52] Uma rede atravessada por uma "corrente intervocálica", mas que se atualiza sempre em relação a um lugar particular:

> Apenas pelo próprio fato de esse homem nos estar recitando, neste dia, nesta hora, neste lugar, entre estas luzes e sombras, um texto que talvez já conheça de memória (pouco importa); pelo fato de se dirigir, entre os que me cercam, a mim como a cada um deles, e que transborda (mais ou menos, que importa!) nossas expectativas: o que enuncia está dotado de uma pertinência incomparável; pode se mobilizar imediatamente em discursos novos; integrar-se deliciosamente na cultura comum da qual, sem transtornar sua firmeza, suscita um incremento imprevisível.[53]

Por isso, segundo Zumthor, as tradições orais tendem a se aderir à existência coletiva, comentam-na, revelam-na; então, a seu ver, o texto oralizado é inimigo, como não o é o texto escrito, de uma recepção que o dissociaria de sua função social e do lugar que possui na comunidade real, na tradição tal como vem a se desenvolver na circunstância concreta em que se enuncia. Por isso toda performance oral, ao mesmo tempo que uma reunião de materiais provenientes do passado comum, é um convite à continuação.

---
52. Ibid., p. 180-181.
53. Ibid., p. 180-181. Trad. modificada.

Em que sentido? Em um livro recente, John Miles Foley descrevia uma situação de poesia oral que é interessante aqui para nós: uma performance de uma canção épica realizada por um *guslar*, poeta tradicional sérvio, em 1973, em Trsic. O *guslar* está sentado sobre uma mesa; à sua volta há umas duas dezenas de pessoas; o canto é acompanhado por um instrumento de uma só corda; o poema se compõe de versos de dez sílabas; o canto é executado em altíssimo volume, de modo que a demanda física é muito árdua.

> Umas poucas pessoas iam e vinham em torno, aparentemente não afetadas pelo que estava acontecendo, mas a maior parte da audiência prestava uma atenção arrebatada. Entretanto, inclusive os mais atentos se comportavam de maneira muito diferente daquela das delicadamente silenciosas e confiavelmente corteses *coteries* que adornam as leituras de poesia em universidades e outros foros públicos nos Estados Unidos. Os mais concentrados respondiam ao cantor gritando versos alternativos ou adicionais, ou apresentando observações em voz alta sobre a ação da saga que se desenvolvia diante deles. Um ancião que estava sentado perto do *guslar* abriu sua bolsa no momento em que a canção alcançava seu clímax heroico, exibindo orgulhosamente uma coleção de medalhas que havia ganhado por valentia na batalha.[54]

A disposição que se espera desses assistentes é que sejam capazes de prestar uma atenção arrebatada ao mesmo

---

54. FOLEY, John Miles. *How to Read an Oral Poem*. Urbana e Chicago: University of Illinois Press, 2002, p. 83.

tempo que intervêm acrescentando linhas, interrompendo, comentando o que escutam. É para indivíduos dispostos desse modo que a performance se singulariza ao mesmo tempo que se vincula a uma dimensão virtual mais vasta: a da tradição que constitui o seu contexto. Nesse fundo, cada personagem que aparece no relato "vive", além do presente da performance, e participa de um tecido de histórias que o seguem onde se apresenta. Desse fundo provêm as fórmulas especiais que se encontram nelas e que atuam como chaves para situar o que se escuta no contexto do que já se escutou e, novamente, no contexto mais vasto do tradicional. Por isso o caráter aditivo dessas composições: porque cada uma de suas linhas é "uma entidade independente que se relaciona com os decassílabos vizinhos apenas como um membro próximo de uma aliança em geral temporária",[55] que se encontra aqui, mas remete ao espaço em que coexiste com outras na tradição poética. Assim, pode-se supor que o objeto próprio da "atenção arrebatada" dos ouvintes é o espaço peculiar que a performance inaugura, desconectando um fragmento de tempo e espaço de suas redes imediatas, locais, para inscrever uma comunidade formada pelo cantor e a audiência no espaço da tradição. Mas se a situação suscita uma "atenção arrebatada" ao mesmo tempo que permite uma participação singularmente intensa, é porque a performance se supõe feita de elementos que são igualmente acessíveis para uns e outros, de maneira que as adições e os comentários possam ser tecidos diretamente em uma trama que todos conhecem (porque, "com relação aos nossos hábitos, o

---

55. Ibid., p. 89.

fato mais surpreendente é que [em situações de arte verbal como essas] a consciência da totalidade não é o resultado *a posteriori* de uma escuta sucessiva dos diversos episódios que a formam. Existe *a priori* em relação à escuta do episódio".⁵⁶). Essas execuções estão, em certo sentido, imediatamente vinculadas aos seus lugares, mas seus componentes são singularmente móveis:

> Na verdade, o texto com destino vocal é, por natureza, menos apropriável que o texto proposto à leitura. Mais que ele, é adverso a se identificar com a palavra do seu autor; mais que ele, tende a se instituir como um bem comum do grupo no seio do qual funciona. Por um lado, o "modelo" dos textos orais é mais fortemente concreto que o dos textos escritos: os fragmentos discursivos pré--fabricados que veicula são mais numerosos, mais bem organizados e semanticamente mais estáveis. Por outro lado, no interior de um mesmo texto no curso de sua transmissão, e de texto em texto (em sincronia e em diacronia) observam-se interferências, repetições provavelmente alusivas: intercâmbios discursivos que dão a impressão de uma circulação de elementos textuais viageiros que se combinam a cada instante com outros em composições provisórias.⁵⁷

E que se combinam ao mesmo tempo no que se refere a mudar o estado de coordenação de certa coletividade. Porque, para Zumthor, trata-se disto: a performance oral apon-

---

56. VARVARO, Alberto. "I romanzi della Romania medievale". In: MORETTI, Franco (Ed.). *Il romanzo*. Turim: Einaudi, 2001, v. III, p. 47.
57. ZUMTHOR, op. cit., p. 184.

ta para restituir, para um grupo determinado, a consciência da continuidade de um certo número de indivíduos entre si, como também a consciência da continuidade entre a coletividade que formam e o lugar da terra em que se desenvolve. Ao mesmo tempo, trata-se de estabelecer a continuidade entre o presente da coletividade e o longo passado no qual se inscreve, mas em condições em que a comunidade é definida por atributos específicos: porque "em princípio, senão sempre, a mensagem oral se oferece a uma audição pública; a escrita, ao contrário, à percepção solitária. Entretanto, a oralidade não funciona mais que no seio de um grupo sociocultural limitado; a necessidade de comunicação que a subentende não aponta espontaneamente à universalidade... enquanto a escrita, atomizada entre tantos leitores individuais, associada à abstração, não se move sem dificuldades no nível do geral, senão do universal".[58]

A qual dessas cenas se parece a circulação de mensagens e imagens em Wu Ming, mas também no *Proyecto Venus* ou em *Park Fiction*? Nestes projetos não se encontrará um escritor "arqueólogo ou geólogo" que componha, em uma cena separada, o que um leitor, enquanto estranho que processa o texto como se estivesse destinado a ele, decifra, operação que privilegia essas figuras da estranheza que os projetos em questão mobilizam de maneiras muito diversas. Mas tampouco – apesar da preferência por produções em que as partes se associam em configurações temporárias como se fossem partes independentes – se encontrará neles a vontade de reunir um grupo em torno de uma tradição compartilhada.

---

58. Ibid., p. 186.

Trata-se, precisamente, de construir a mitologia de um futuro em que a comunidade manterá sua integração não tanto por meio da unanimidade de uma identidade que se daria por fechada (e que se cristalizaria na elaboração de uma história-padrão que descreveria o seu presente como o resultado da marcha de um princípio transcendente), mas mediante protocolos de conversação, cuja forma precisa será necessário inventar.

E isto é importante: se os textos de Wu Ming aparecem imediatamente feitos de "elementos textuais viageiros" e tendem a se instituir "como um bem comum do grupo", se se aderem "à existência coletiva que não deixam de comentar revelando-a a si mesma" e estão dotados "de fronteiras mal definidas, às vezes incompletas, que os unem a outros textos mais que os separa", ao mesmo tempo estão dirigidos a uma coletividade que "está sempre além da sua base social conhecida". Como se vinculam então as duas coisas? Qual é o sistema que os reúne? Um esboço de resposta a essas perguntas é o que propõe o próximo (e último) capítulo.

UM REGIME PRÁTICO

1

Se resolvêssemos manter o léxico de Rancière (mesmo diferindo de seu diagnóstico do presente, na medida em que esse diagnóstico não admite que tenha havido novidades essenciais no universo das artes), poderíamos dizer que os últimos foram anos de emergência de um *regime das artes* que pode ser útil chamar de *prático*. Mas por que fazê-lo? Por várias razões. Uma delas é a sorte que sofre uma demanda particular: a demanda de autonomia. "Autonomia", tal como se formulava no contexto da cultura moderna das artes, não significava simples separação: a arte era concebida, nessa tradição, como uma prática que, se isolava partes ou elementos do domínio do comum, o fazia para que em sua combinação em uma "segunda totalidade" (como dizia Theodor W. Adorno) ou em uma acumulação simples de fragmentos se expusesse um *fundo* que estaria ali presente, inadvertido e gravitando sobre as situações. Mas as práticas da arte podiam desenvolver sua potência de verdade, de desvelamento, de exposição, inclusive de crítica, somente onde não se deixassem regular por imperativos econômicos, legais, morais e sequer políticos. Do artista se supunha, então, que cumprisse com sua parte e com sua função onde não cedesse sua iniciativa a nenhuma outra potência ou se somente a cedesse àquelas outras instâncias de soberania, que eram: o inconsciente quando se supusesse que a arte devia expressar o mais intenso e interior da subjetividade; o povo quando se quisesse que expressasse o mais próprio da sociedade; a matéria quando se apresentasse como o lugar em que se mostra o fundo de tudo o que é fabricado e o ponto onde uma subjetividade pode se perder. A cultura da arte moderna havia se constituído mediante o privilégio que acompanhava a exposição, em um espaço aberto para qualquer um (embora nas formas pontuais do livro ou da mostra, do concerto ou da função), de um fragmento de matéria formada que se apresentava como o símbolo de uma exterioridade que uma vida justa devia ser capaz de integrar.

Por isso, a partir do início do século XIX, artistas e escritores recorreram cada vez com mais frequência a certo repertório de ações que tendiam a integrar uma estratégia de produzir conformações singulares e fixadas para as quais não houvesse regra definida, fragmentos do sensível que se expusessem como expressões de outro pensamento; objetos indiferentes, mantidos a distância e contidos em sua força; objetos extraordinários, que chamassem a atenção para sua própria improbabilidade e que atraíssem, na própria medida do seu enigma, esses estranhos, que são cada um daqueles que chegam ao lugar – salas de leitura ou galerias – em que produzem seus efeitos. Estranhos com os quais se supõe uma comunidade mínima, que é necessária para que alguma comunicação aconteça. Inclusive quando essa comunicação se efetue à beira do colapso, já que os artistas da era estética tendiam a conceber sua tarefa como a de ocupar o espaço e o tempo que se abrem entre um momento de escrita (que estará sempre perdido) e um momento de leitura que a escrita não pode antecipar totalmente, com performances de ação, de imagem ou de inscrição que se desenvolvam à beira do colapso. Do colapso que gera o inteiramente incomunicável ou a comunicação que se quer absolutamente imediata. Daí a tentação, nas letras, do hieróglifo e da glossolalia. Daí a tentação, nas artes visuais, da discussão e da garatuja. E daí a tentação, na constelação das vanguardas, de uma fusão apocalíptica ou gradual da arte e da vida, onde esta cumprisse as promessas que aquela primeira formulasse.

As estratégias que mobilizam *A comuna* ou *What's the time in Vyborg*, *Translation Map* ou *A balada de Corazza* diferem inclusive daquelas que se mobilizavam naquelas regiões desta constelação das quais as vanguardas se encontram mais próximas, enquanto famosamente queriam provocar uma fusão da arte e da vida. De Roberts, de Schaefer, de Wu Ming pode-se dizer que não querem que de suas operações resulte nem uma obra de arte concluída nem o cancelamento de sua possibilidade. Nem a afirmação de uma distância da arte com relação à vida nem sua simples anulação. Nesses projetos se constroem transições: entre o espaço das galerias ou dos museus e o lugar onde ocorrem essas operações entre especialistas e não especialistas que produzem manipulações de imagens ou símbolos e modificações diretas nas relações entre os corpos. Mas a condição para que essas transições possam se estender é a perda de poder de um pressuposto: o de que uma prática só pode se desenvolver a partir de uma demarcação disciplinadora. A mais simples descrição desses projetos deve consignar que o que neles está em jogo é a invenção de uma cultura das artes para uma época de fim da sociedade disciplinadora – da sociedade em que as práticas do saber ou a representação se organizavam sob a forma geral das disciplinas, ao mesmo tempo que dispunham os mecanismos e instituições desse regime do poder que Foucault chamava de "disciplinar" (e que havia decidido o modo como se formariam as tramas dominantes de organização no contexto dos Estados nacionais onde eles emergiam).

Talvez seja possível esclarecer essa proposição por meio de uma série de jogos de analogias entre a dinâmica que esses projetos sugerem e outras dinâmicas em outros domínios. Em quais? Em certas regiões da ciência, por exemplo. Nas ciências da vida, em que – na opinião da historiadora Evelyn Fox Keller – ocorre no presente uma mudança de "cultura epistêmica": a transição da cultura epistêmica que se constituía próximo ao início do século XIX para outra que começa a se esboçar. Porque a biologia, no sentido em que até pouco tempo se podia entender a palavra, se iniciava nos locais (e na época) em que o fazia a arte moderna: a palavra foi usada pela primeira vez em 1802 por Jean-Baptiste de Lamarck, Gottfried Reinhold Treviranus e Lorenz Oken. As posições do primeiro deles são, no entanto, aquelas que dariam lugar ao desenvolvimento das formas concretas dessa ciência. Por quê? Porque ela encontraria sua identidade disciplinar mediante a afirmação da comunidade das formas de vida animais e vegetais, ao mesmo tempo que sua oposição ao "não vivente". A biologia se baseava nesse jogo de reuniões e distinções, que permitiam o estabelecimento de um espaço intelectual onde as investigações podiam se desenvolver naturalizando uma noção básica, a de "vida", e se desenvolver sem que fosse preciso construir explicitamente esta noção: a disciplina podia construir seus métodos e suas teorias sem necessidade, inicialmente, de dar uma definição positiva da categoria que devia assegurar sua unidade.

A biologia se iniciava alojando em si um ponto cego. Tinha que fazê-lo. Mas esse núcleo de indeterminação engendraria tensões que estavam destinadas, mais cedo ou mais tarde, a vir à luz

> mesmo quando a nova demarcação disciplinadora lhes oferecesse alguns estudiosos dos fenômenos vivos um refúgio da necessidade de dizer o que é a vida, a mesma demarcação, ao mesmo tempo, exacerbava essa mesma necessidade. Era, por isso, inevitável que a demarcação da biologia como ciência separada gerasse uma tensão duradoura que se concentraria, em última instância, na fronteira que delimitava a categoria dos seres vivos, e a violabilidade ou inviolabilidade dessa fronteira. No início do século XX, a questão de o que é a vida era apresentada com crescente urgência e, junto com figuras acompanhantes como o "enigma da vida" ou o "segredo da vida", era entendida crescentemente como uma provocação que exigia uma resposta, uma solução, um desmascaramento.[1]

---

1. FOX KELLER, Evelyn. *Making Sense of Life. Explaining Biological Development with Models, Metaphors, and Machines*. Cambridge, MA: Harvard University Press, 2002, p. 16.

Não é difícil ver a analogia entre essa dinâmica da biologia e a do universo das artes, que, certamente, se constituía onde – a partir de finais do século XVIII, em uma área restrita da Europa – vinham a se agregar várias práticas até então distinguidas, em um processo que tornava possível a postulação de que há um limite discernível que separa o domínio da arte. Essa decisão constitutiva da modernidade estética – cuja condição de eficácia é a naturalização da noção de *arte* – exacerbaria, no entanto, a necessidade de realizar seu forçamento. Próximo ao início do século XX, a pergunta pela arte não só se desenvolveria com crescente urgência, mas se entenderia "crescentemente como uma provocação que exigia uma resposta, uma solução, um desmascaramento". A história é bem conhecida, mas é sempre bom voltar a ela: a história pela qual a postulação de que há tal coisa como a arte acaba desencadeando a ideia de que a postulação é falsa, mesmo quando a energia dessa polêmica se houvesse gerado na esfera que a própria postulação abria. Ainda mais porque desde o começo (desde esse começo que Rancière situa em Shiller) a arte aparece ao mesmo tempo como uma esfera distinta de entidades e como um local onde se formula uma verdade de importância geral. De certa forma, talvez, como Lamarck, que afirmava a existência de um abismo entre os seres vivos e os não vivos, buscava uma articulação dos dois domínios através da noção de organização, de maneira que "essa demarcação podia ser lida ao mesmo tempo que se oferecesse a certeza da autonomia da biologia e do seu objeto, ou como uma provocação que diminuísse essa autonomia".[2]

---

2. Ibid., p. 17.

Mas um paralelismo entre o que acontece nas ciências biológicas e o que acontece nas práticas estéticas não só tinha lugar nesse momento inicial da tradição moderna, mas volta a se produzir em seu final. Na opinião de Fox Keller, a tradição que havia definido as ciências biológicas em condições de modernidade é crescentemente excedida. Esse excesso assume a forma de uma complicação das demarcações estabelecidas. Assim como a própria distinção da vida como domínio separado servia a Lamarck como base para uma ciência que se supunha observar as formas particulares que a organização adquiria nesse domínio, "aqueles que estão hoje mais interessados nas propriedades distintivas da organização... tendem a se concentrar na construção de pontes materiais" e a considerar a possibilidade de construir novos agrupamentos: a suspeitar que "mais que reunir em uma categoria as plantas e os animais, podem conjugar computadores e organismos; trovões, pessoas e guarda-chuvas; animais, exércitos e máquinas de venda automática".[3]

"Aqueles que estão hoje mais interessados nas propriedades distintivas da organização" acham que poderia ser produtivo agrupar as entidades de maneiras diferentes daquelas que a oposição do vivo e do não vivo impõe, mas que também pode se associar aos indivíduos que trabalham em torno desses agrupamentos de outras maneiras. Porque a biologia não só havia se constituído mediante a distinção entre o vivo e o não vivo, mas também mediante a distinção entre aqueles que se dedicam à ciência pura e aqueles que se dedicam à ciência aplicada. E a distinção entre os que se ocupam

---

3. Ibid., p. 293.

da teoria – da verdade profunda dos fenômenos – e aqueles que se ocupam do projeto de experimentos ou de aplicações – dos problemas do fazer – se torna tão frágil como a distinção entre o vivo e o não vivo. Frágil e singularmente duvidosa quando se trata de construir modelos que "servem como úteis ou instrumentos para a mudança material, como guias tanto para a fabricação como para o pensamento". Aqui se conectam a dimensão teórica e a prática de maneiras novas: a formulação de um modelo de explicação do real é, ao mesmo tempo, o protótipo para o projeto de um experimento. Esse é o caso em uma órbita que nos interessa particularmente, porque diz respeito ao status da forma de produção de saber de maneira semelhante à que ocorre nos projetos dos quais viemos nos ocupando: esses casos em que a formulação de um modelo se vincula à construção de *simulações*.

O que é uma simulação? Um organismo sintético: um organismo artificial ao qual se supõem algumas propriedades de organismos naturais, e cujo desenvolvimento pode ocorrer em condições controladas. A construção de simulações é particularmente útil em algumas circunstâncias:

> [...] [quando se trata de] explorar fenômenos para os quais nem equações nem nenhum tipo de teoria geral foram ainda formulados, e de cuja dinâmica subjacente de interação não temos senão indicações rudimentares. Nesses casos, o que se simula não é nem um conjunto bem estabelecido de equações diferenciais nem os constituintes físicos fundamentais (as partículas) do sistema, mas sim o fenômeno observado em toda a sua complexidade, antes da simplificação e antes de toda intenção

de destilá-lo ou reduzi-lo à sua dinâmica essencial. Nesse sentido, a prática pode ser descrita como uma configuração vinda de cima.[4]

Essa "configuração vinda de cima", essa maneira de averiguar coisas sobre fenômenos não teorizados e a respeito dos quais toda análise é insuficiente, é realizada por meio do desenho de "universos artificiais que evoluem de acordo com regras locais, mas uniformes, de interação que foram especificadas previamente",[5] com o objetivo de localizar "a vida tal como a conhecemos no mais vasto domínio da vida como ela poderia ser".[6]

A biologia tende, assim – na descrição de Fox Keller –, a adotar um modelo segundo o qual *conhecer* e *fazer* encontram-se intimamente ligados: "a vida tal como poderia ser" é também "a vida como poderia ser fabricada". As simulações em computadores dos organismos biológicos são representações ou metáforas, mas também protótipos ou modelos. Por isso seu status em relação à demarcação entre o natural e o artificial é ambíguo, uma vez que é possível que seja crescentemente preciso descartar a existência de uma distinção irreversível entre simulação e realização. Por quê? "Por um lado, os meios de construção podem mudar, como sem dúvida o farão. Podem chegar a se assemelhar tanto ao meio no qual, e a partir do qual, os organismos biológicos crescem, que tal divisão já não seria discernível. Por outro, a convergência entre a simulação e a realização,

---
4. Ibid., p. 268.
5. Ibid., p. 271.
6. Cit. em ibid., p. 275.

entre as construções literais e metafóricas, pode ser abordada através da manipulação de materiais biológicos existentes."[7] Em ambos os casos se trata de uma assimilação de computadores e organismos que "opera para a realização literal de fins híbridos. E é fundamental entre estes a produção de objetos materiais que resistem à própria possibilidade de diferenciar as categorias de computadores e organismos".[8] De maneira que uma série de transições se produz nesse caso: a debilitação da consciência da definição disciplinar, no que ela se relaciona com a distinção entre o vivo e o não vivo, é paralela à debilitação de outras distinções.

Peter Gallison sugeriu que as simulações em computadores deveriam ser consideradas como práticas que se situam em uma posição epistêmica nova: não são nem estritamente experimentais nem estritamente teóricas. Um modelo de explicação é, ao mesmo tempo, um guia para a construção: a relação com a prática aqui é mais estreita que aquela que podiam descrever as relações entre experimento e teoria. Por isso é possível e necessário considerar a deriva que afeta a biologia contemporânea como a emergência de uma "ciência prática". Fox Keller retém essa noção de R. C. Collingwood, que estabelece uma diferença entre ela e as ciências teóricas a partir do sentido que adquiriam em uma e outras as proposições causais: essas são proposições cuja significação é sua aplicabilidade; fora dela,

---

7. Ibid., p. 288.
8. Ibid., p. 290. Como indica Karin Knorr Cetina, "são, por um lado, invenções tecnológicas, mas ao mesmo tempo instrumentos de investigação e objetos de estudo em um programa empírico. Nesses casos, tentativas empíricas tradicionais de representar o mundo chegaram a se interarticular com procedimentos para fazer e simular a 'natureza' de maneiras assombrosas" (p. 616-617).

carecem de sentido. Mas essas ciências tendem a se tornar "práticas" em outro sentido. Porque, em condições em que a produção do saber depende de colaborações complexas (em que, por exemplo, a construção de uma simulação depende do desenvolvimento de um programa),

> parte do seu sucesso depende também das práticas de outros comprometidos em esforços aliados (na ciência ou na engenharia) e na sua capacidade para encontrar o trabalho útil para suas próprias necessidades e em seus próprios contextos. Para dizer brevemente, assim como a distinção entre o teórico e o experimental começa a se dissolver tão logo é examinada, também o faz a distinção entre o puro e o aplicado. As aplicações às quais pode se prestar uma descrição teórica podem cobrir um vasto território, muitas vezes muito distante dos investigadores originais. Ela pode aparecer em outros laboratórios, em outros departamentos, ou fora da academia – em espaços estritamente comerciais, por exemplo. Quando se leva em conta esses outros domínios da aplicabilidade, a palavra "prática" assume um sentido claramente mais geral que aquele em que Collingwood pensava.[9]

De modo que as maiores distinções em torno das quais certa cultura epistêmica se estabilizava desde o início do século XIX tornam-se agora incertas. Assim como tornam-se incertas as distinções que a cultura da arte moderna elaborava, uma vez que a dinâmica iniciada nos projetos que descrevemos consiste precisamente nisso. No contexto da vontade

---

9. FOX KELLER, op. cit., p. 263.

de explorar as formas da vida social, da geração de narrações ou de imagens associadas à modificação de estados de coisas em situações determinadas, exploração essa que passa pelo desenvolvimento de processos de construção que reorganizam os dados de uma situação para estruturá-los de modos às vezes contraintuitivos, um número crescente de escritores e artistas deixam de ser regidos pelas categorias a partir das quais alguns repertórios de ações e de frases, certos esquemas de interpretação e produção se produziam de maneira dominante até pouco tempo, para explorar o projeto de "regimes de transparência".

Essa expressão é de Karin Knorr Cetina, que a emprega para se referir a alguns desenvolvimentos na ciência, mas que acredita tender a se converter em uma forma normal de operação em várias áreas. "O que podemos observar em vários níveis e várias regiões da vida pública na mudança do milênio é um discurso sobre a transparência e o esforço para implementá-lo. Creio que esse interesse na transparência deve ser visto no contexto mais amplo do deslocamento de regimes exclusionários da verdade por marcos inclusionários".[10] Esse seria um desenvolvimento capital nas culturas da ciência do presente. Mas o que é um regime exclusionário? Não é preciso invocar aqui imagens de opressão ou de violência: trata-se, simplesmente, de "qualquer situação ou sistema em que as fronteiras contem e sejam socialmente acentuadas em relação à distribuição do conhecimento".[11] Exclusionária é uma forma de investigação que depende do

---

10. KNORR CETINA, Karin. "Transitions in knowledge societies". In: BEN-RAFEL, Eliezer; STERNBERG, Itzak (Eds.). *Identity, Culture, and Globalization*. Amsterdam: Brill, 2001, p. 263.

11. Ibid., p. 263.

confinamento da produção de saber mediante um movimento de territorialização e edificação de limites. Um sistema inclusionário, ao contrário, "ganha em poder exibindo a informação que obtém".[12]

Daí a relevância, para os participantes desses projetos, da referência à empresa de programação de *software* em fonte aberta, em que gostaria de me deter por um momento. O que é um desenvolvimento em fonte aberta? Um projeto no qual um programa é colocado no espaço público junto com seu código-fonte, de maneira que um usuário possa testá-lo em busca de falhas ou ajustar seu funcionamento, para que ela seja comunicável. E de que forma tendem a funcionar esses projetos? Detenhamo-nos em um dos documentos fundamentais produzidos pelos participantes desse movimento: um texto que se deve a Eric Raymond, cujo título é "A catedral e o bazar". O objetivo do texto é descrever o tipo de programação que seria típico dos projetos em fonte aberta, que descreve – em contraste com o "estilo de construção de catedrais" que seria característico dos projetos de código fechado – como "um grande bazar de diferentes agendas e abordagens". Esses projetos, na descrição de Raymond, tendem a se iniciar com o ato de um indivíduo ou de um pequeno grupo que resolve voltar a usar ou reescrever um programa existente, ao mesmo tempo que provocam a formação de um círculo de indivíduos ocupados em examiná-lo. Esses "programadores em círculo trabalham naquelas que são na verdade subtarefas paralelas e separáveis, e interagem muito pouco entre si; as modificações de códigos e os informes de falhas passam pelo grupo central".

---
12. Ibid., p. 264.

Mas essa comunicação só se produz na medida em que haja acesso comum ao código-fonte e se cancele esse terrível fenômeno dos projetos em código fechado – "uma falta de correspondência entre os modelos mentais do programa daquele que o desenvolve e daquele que o examina" –, enquanto na programação em fonte fechada ambos estão confinados a esses papéis, "a programação em fonte aberta rompe essa restrição, tornando mais fácil para quem examina e para quem programa desenvolver uma representação compartilhada que esteja fundamentada no código-fonte e se comunicar de modo efetivo em torno dela".[13]

Assim, esta transparência torna possível a comunicação das partes, mesmo quando a estrutura da qual participam não seja inteiramente descentralizada. Isso ocorre porque em cada um dos projetos que constituem o universo do Linux (um sistema operacional cujo código-fonte está livremente disponível) uma parte do sistema permanece relativamente estável e constitui o ponto focal em torno do qual emerge e se desenvolve uma série de subcomunidades. É claro que essa restrição é o mínimo necessário para manter outras partes do sistema abertas e extensíveis. Na verdade, pelo fato de a inovação nos componentes nucleares do sistema ser relativamente rara, outras partes da arquitetura crescem rapidamente, de modo que, por exemplo, quando novos componentes materiais são produzidos, há programadores que o integram ao sistema operacional, porque

> o próprio Linux pode ser visto como um ator que se apropria rapidamente de novos elementos e os converte em

---

13. RAYMOND, Eric. "The Cathedral and the Bazaar". Em: <www.catb.org/~esr/writings/cathedral-bazaar>.

recursos para a comunidade de usuários do Linux. Essa é provavelmente a principal diferença entre os projetos de software convencionais e o projeto do Linux. O Linux é claramente uma ecologia de desenvolvimento sociotécnico, não um projeto que implementa um plano predefinido. Por isso, a história do desenvolvimento do Linux nos mostra de que maneira artefatos tecnológicos e coordenação social podem coevolucionar.[14]

A evolução do sistema implica um duplo movimento de sedimentação e abertura: a estabilização de uma dimensão do sistema, assim como a abertura a usuários que se supõe estarem sempre em condições de revisar o trabalho de outros – embora com as restrições suplementares da instituição do *copyleft*.

O problema aqui é de coordenação, de articulação entre uma grande intensidade de participação e a manutenção da integração das partes. Porque a inovação constante que é própria do sistema pode sempre entrar em contradição com sua estabilidade. Grande parte das estruturas sociais desenvolvidas no contexto do Linux depende, na verdade, da exigência de resolver a tensão derivada da necessidade de inovar, mas também de manter a complexidade do sistema em controle. Mas isso é comum ao conjunto das produções de bens culturais sob a forma que o teórico Yochai Benkler chama de "produção entre colegas baseada no domínio público", projetos dos quais participam grupos de indivíduos que colaboram em projetos de grande escala não regulados pelos mecanismos de coordenação que dominavam cada uma

---

14. TUOMI, op. cit., p. 181.

das duas grandes formas modernas de organização para a produção: os mercados (onde indivíduos autônomos intercambiam bens ou ações a partir de preços fixados) e as companhias (onde as ações são realizadas a partir de ordens mais ou menos especificadas, no contexto de uma organização funcionalmente diferenciada e hierarquicamente integrada). "A produção baseada em mercados ou companhias confia na propriedade ou no contrato para assegurar o acesso a conjuntos limitados de agentes e recursos na busca de projetos especificados. [...] A produção entre colegas se baseia em direcionar um conjunto não limitado de recursos disponíveis para um conjunto não limitado de agentes, que podem se consagrar a um conjunto não limitado de projetos".[15]

A maneira de especificar informações no contexto de uma colaboração desse tipo – que "se baseia na coleta e no intercâmbio descentralizados de informação para reduzir a incerteza dos participantes"[16] – não carece de relações com formas que existiram por um longo tempo: na produção acadêmica, por exemplo. Ou inclusive nessa forma de produção coletiva de informação que é a conversação. Mas os projetos em questão se diferenciam de uma coisa e da outra. Porque, diferentemente da produção acadêmica, a programação em fonte aberta "desenfatiza" a figura da profissão: os indivíduos que ingressam no circuito de produção não o fazem necessariamente enquanto especialistas que dedicam ao projeto o essencial do seu tempo. Isso é facilitado por uma diversidade de níveis aceitáveis de participação. Mas eles se

---

15. BENKLER, Yochai. "Coase's Penguin, or, Linux and *The Nature of the Firm*". *Yale Law Journal*, 4.3 (agosto de 2002), p. 46.
16. Ibid., p. 7.

diferenciam do tipo de conversações que mantemos na nossa vida cotidiana, não só por um grau relativo de formalização, mas, sobretudo, pela escala das colaborações.

A forma de organização própria da comunidade de fonte aberta (que "está na prática organizada em torno de projetos, procedimentos de comunicação, instrumentos de comunicação e colaboração e módulos de *software* que evoluem constantemente"[17]) não é simplesmente arriscada nem se desenvolveu de maneira espontânea, mas seu desenvolvimento se baseia em um sistema complexo "de relações sociais, valores, expectativas e procedimentos".[18] E uma parte do procedimento é fundamental: sua modularidade, sua capacidade de se dividir em partes que possam ser elaboradas independentemente das outras, de maneira que "é possível que a produção seja incremental e não sincrônica, reunindo os esforços de diferentes pessoas, com capacidades diferentes, que estejam disponíveis em momentos diferentes",[19] capazes de propor contribuições de variadas dimensões, e de articulá-las em dispositivos de integração de modo que um projeto em fonte aberta é normalmente originado por uma proposição local, que tende a emergir como a reescrita a partir de um fragmento de domínio público para uso pessoal e se prolonga em um meio social de examinadores que o confirma ou o desvia, e que pode se estabilizar em uma ecologia sociotécnica, estruturada na forma de um núcleo relativamente estável e uma periferia variável, capaz de metabolizar rapidamente elementos do entorno em que se desenvolve para aumentar seus recursos disponíveis.

---

17. TUOMI, op. cit., p. 172.
18. Ibid., p. 173.
19. Ibid., p. 10.

Entende-se por que a programação em fonte aberta é um motivo de reflexão constante entre os participantes dos projetos que estamos descrevendo: porque ali se tenta uma gestão do comum que não depende de modelos de coletivização disciplinares. Mas se a programação em fonte aberta é um foco constante de reflexão para os participantes desses projetos, é, além disso, porque neles se apresenta outra região de problemas que estão ligados à "substância da comunidade" no presente: a de uma política dos saberes em sociedades de domínio técnico. Como sugere Stephen P. Turner, a situação em que nos encontramos no início do século XXI é definida por um desenvolvimento sem precedentes de duas tendências de longa duração: a tendência para a extensão das formas institucionais e legais (e as formas culturais que lhes estão associadas) da democracia liberal, enquanto ela se basearia em colocar à discussão pública as questões que afetam a vida das comunidades; e a tendência para a extensão dos espaços em que a tomada de decisões se produz em torno de culturas de especialistas que se formam na articulação da ciência e da burocracia. Esse é o caso, por exemplo, no campo da saúde pública ou da ecologia, como também no campo da economia. E mais ainda onde a nossa compreensão da prática científica é a de, precisamente, a ciência não apenas como conjunto de saberes estabilizados, mas como saber fazer que depende de treinamentos específicos, e de formas de produção e recepção de saberes que são inacessíveis para o indivíduo comum. É óbvio que o potencial de conflito se torna exponencialmente maior quando essa tendência é combinada com as formas da globalização. Por isso um desenvolvimento é decisivo no que concerne ao presente: o do "governo por comissões". Ou seja, o de uma delegação crescente de tomadas de decisão para grupos especializados. É claro que esses grupos assumem diversas formas. A mais comum delas é, certamente, essa delegação simples que se produz quando se encarrega a um grupo de especialistas a realização de um informe sobre o qual uma burocracia deve tomar uma decisão. Trata-se de uma forma quase política que se apresenta como meramente técnica.

Mas nos últimos anos foram produzidos, ao mesmo tempo, outros desenvolvimentos. Esses desenvolvimentos se devem à vontade de controle democrático, somada a uma percepção de insuficiência causada pela parcialidade dos saberes específicos, como também pela dificuldade de estabelecer os parâmetros para tomadas de decisão em casos hipercomplexos: a saúde, o equilíbrio ecológico, a economia. É em torno dessas questões que se produziram os fenômenos mais notáveis do que Turner chama de "comissões vindas de baixo": iniciativas vinculadas ao estabelecimento de canais de comunicação entre culturas especializadas e indivíduos interessados. Um subconjunto delas são as "organizações fronteiriças" que mantêm "a aspiração a 'representar' em duas direções, geralmente de um corpo de opiniões ou saberes especialistas para uma comunidade de usuários, e dos usuários para os especialistas".[20] Trata-se de organizações que "fazem um trabalho similar a outros meios de relações entre usuários e especialistas, conhecidos como 'objetos fronteiriços' ou 'pacotes padronizados'. Um informe geológico é um objeto fronteiriço. Pode ser usado por não geólo-

---

20. TURNER, Stephen. *Liberalism 3.0*. Londres: Sage, 2003, p. 78.

gos, mas é produzido pelos cientistas como um resultado de investigação. Os 'pacotes padronizados' são formas de cooperação entre usuários e especialistas" que "provêm um marco de expectativas mútuas flexíveis no qual ambas as partes podem confiar".[21]

No centro de *Park Fiction*, do *Translation Map*, de *A comuna* encontra-se a construção de "objetos fronteiriços" que facilitam a comunicação das partes da coletividade de produção e são ao mesmo tempo objeto de uma exposição no espaço público: espetáculos postos à vista geral e locais, ao mesmo tempo, em torno dos quais se constituem comunicações entre indivíduos obstinados em manter uma relação com a tradição da arte moderna – cujas estratégias, no entanto, abandonam – e populações interessadas na articulação, na problematização, em colocar em circulação de pontos de irritação e maravilha que aparecem em situações concretas. Esses "objetos fronteiriços" se estruturam como as comunidades de programação em fonte aberta: a núcleos de colaboração intensa são agregados círculos de participação esporádica cuja integração é assegurada pelo planejamento dos projetos. É claro que entre esses núcleos e esses círculos não há uma distinção definitiva. A intensidade da colaboração depende da entreabertura de cada um de seus níveis. Entreabertura que possibilita a constituição desses projetos como "campos de atividade transparente", cuja singularidade não reside apenas nos materiais que reúnem, mas na reunião de indivíduos e de espaços, de organizações e recursos que provocam.

---

21. Ibid., p. 78.

2

Abrir canais de comunicação entre especialistas e não especialistas e produzir "objetos fronteiriços"; articular formas centralizadas e descentralizadas e dar lugar à formação de "ecologias culturais" sustentáveis: essas ações são observadas também, embora de outras formas, em uma série de iniciativas que, para terminar, eu gostaria de abordar. Refiro-me a uma cadeia de processos que Arjun Appadurai descreve e analisa sob a rubrica de "democracia profunda". Uma das principais formas de ação política não partidária no contexto da globalização é – na opinião de Appadurai – aquela que, em busca de liberdade ou de justiça, optaria, mais que pelo recurso à confrontação armada, por praticar uma "política da associação – entre grupos tradicionalmente opostos, como Estados, corporações e trabalhadores",[22] que aponte para um redesenvolvimento criativo da física da globalização e passe pela reconstituição da cidadania em situações nas quais ela se encontra desagregada – em um contexto, ao mesmo tempo, de privatização do Estado e de crescimento da demanda democrática em uma escala global. O exemplo principal de Appadurai é o de um movimento ativista que em Mumbai, na Índia, opera com o nome de A Aliança e se encarrega de questões associadas ao acesso dos pobres à moradia e aos serviços. A Aliança é formada por três associações muito diversas, de composições diferentes, com histórias próprias – um grupo de profissionais do trabalho social, um movimento de moradores dos povoados miseráveis

---

22. APPADURAI, Arjun. "Deep democracy: Urban Governmentality and the Horizon of Politics". *Public Culture*, v. 14, n. 1, 2002, p. 22.

e uma associação de mulheres pobres – e cujas conexões com outros grupos são variadas. O objetivo de A Aliança é intervir em favor de uma grande parte da população de Mumbai que carece de moradia ou possui moradias inseguras ou carentes dos serviços essenciais: população de "cidadãos sem cidade", para quem é crucial assegurar um espaço protegido em condições de alto risco.

As estratégias de A Aliança são variadas. Essa variedade se explica em parte pela diversidade de seus integrantes, que a obriga a um processo contínuo de negociação e de formação de consenso que se organiza em torno de uma resistência comum a essas formas do ativismo que se associam ao trabalho social ou à assistência estatal, ativismo de organizador especialista, externo à comunidade em que intervém: porque A Aliança tem como ponto de partida a crença de que as formas de organização e projeto institucional que são instituídas têm que generalizar e refinar aqueles saberes que os pobres já possuem. Por isso uma oposição às figuras do "projeto", como se encontra nos programas clássicos de desenvolvimento (o que não implica uma negação em negociar com agências estatais ou ONGs). É claro que essa política – e a formação das estruturas que a permitem – é um processo lento: por isso a centralidade, nas operações de A Aliança, da figura da paciência (paciência instável, devido à pressão da condição de emergência que é o estado normal da vida dos pobres, e devido também às demandas próprias da heterogeneidade dos componentes da associação) e a insistência nos processos de aprendizagem progressiva e mudança acumulativa.

Aqui também a transparência é um meio fundamental de operação, porque é crucial para a vida de A Aliança manter a igualdade desses grupos diversos, mesmo quando haja uma diferenciação entre aqueles integrantes de A Aliança que se ocupam da ação localizada nos bairros pobres onde operam e aqueles que asseguram a comunicação com as instituições do governo e com grupos associados no cenário global. E é crucial caso se queira manter um princípio que oriente suas operações: o impulso à federação, à associação de iniciativas locais em redes mais vastas, a formação de redes que ponham em circulação os dados do local e que se edifiquem por meio de um uso intensivo das comunicações. Redes que se articulem, entre outras coisas, em atos de exposição: na exposição, por exemplo, daqueles resultados que A Aliança conseguiu na prática do censo, da enumeração, do catálogo dos indivíduos, dos recursos e das necessidades por meio da qual se realiza uma acumulação de saber e se estabelece uma posição de discurso. Na exposição das poupanças: porque ela insiste na poupança diária como modo de incrementar os recursos e manter processos de longo prazo, mas também como disciplina moral (como local onde, na formação de um recurso comunitário, se gera também certa forma de subjetividade). Na exposição, também, dos atos realizados, que se estabelecem no espaço público como *precedentes* e dessa maneira se convertem em instrumentos de negociação que permitem a argumentação em relação a agências estatais ou privadas (o que supõe a crença de que todo discurso deve se apoiar em uma ação). Na exposição, por fim, de algumas práticas técnicas: as exposições de casas, mediante as quais se colocam os resultados do saber no domínio público e se estabelecem linhas de comunicação. Ou os festivais de *toilets*, onde se expõem *toilets* que efetivamente funcionam, junto aos projetos que lhes deram origem, para trazer à luz pública um local de urgência (e de vergonha) para esses "cidadãos sem cidade", ao mesmo tempo que se tornam disponíveis seus saberes, de modo a atrair recursos que permitam seu refinamento e sua extensão. E para que a comunidade funcione como hóspede e facilite as vinculações com redes pelas quais A Aliança se estende globalmente.

Appadurai afirma que, no período que se inicia em torno de 1970 (quando concluía o ciclo de processos de democratização através das instituições dos Estados nacional-sociais), os esforços para reviver os princípios democráticos e estendê-los de maneira transnacional assumiam duas formas principais. Uma delas era a reivindicação dos direitos humanos, que aproveitava o crescimento exponencial das comunicações para reclamar dos governos o cumprimento dos princípios democráticos em seus territórios: política da demonstração e do símbolo. A segunda forma ("mais fluida e quixotesca") consiste em um esforço para construir uma "democracia sem limites" e experimentar formas institucionais e técnicas que instituam uma "democracia profunda". Essa experimentação passa pela ativação de comunidades locais por intermédio de projetos institucionais que facilitem a circulação de recursos na comunidade, em condições de transparência, ao mesmo tempo que se estabelecem as bases para a colaboração e o intercâmbio direto entre as comunidades – não necessariamente nacionais – mediante formas de federação. Isso, segundo Appadurai, produz um efeito múltiplo: por um lado, favorece a circulação de ideias acerca das condições de vida entre diversas comunidades;

por outro, se estabelece um circuito de comunicação com respeito a agências estatais ou ONGs. "Assim, a crítica e o debate internos, o intercâmbio e a aprendizagem horizontais, e as colaborações e associações com pessoas e organizações mais poderosas formam um ciclo de processos que se reforçam mutuamente. É aqui que a profundidade e a lateralidade se tornam circuitos unidos pelos quais podem fluir as estratégias a favor dos pobres".[23]

Por que menciono esse caso? Porque nos últimos anos aqueles que têm querido vincular uma produção estética complexa a uma interrogação sobre "a substância da comunidade" têm tendido a desenvolver um de dois tipos de estratégias. A primeira – dominante, eu diria, na mais inquieta das artes dos anos 1980 e início dos anos 1990 – era a que optava pela apresentação agressiva, em público, de uma privacidade – prática do abjeto ou do informe, que supunha estabelecer no espaço público aquilo que nenhuma publicidade podia integrar –, recorria à figura da apresentação negativa, à elaboração de imagens ou textos que mostrassem, apresentassem, fizessem sentir aquilo que se postulava como *excesso* com respeito ao domínio da representação.

Esse tipo de estratégias difere da – "mais fluida e quixotesca" – que é a dos projetos que tentei descrever, em que uma quantidade de artistas e não artistas se consagram a realizar iniciativas que implicam a mobilização de uma série de recursos disponíveis para o desenvolvimento de conversações criativas nas quais se constroem discursos e imagens, ao mesmo tempo que se edificam *microesferas públicas expe-*

---

23. Ibid., p. 46.

rimentais. A condição dessas operações é que nelas não se prescrevam uma série fechada de usos *legítimos* desses recursos. Que se admitam usos desviantes. E inclusive não estritamente artísticos. Mais ainda: a condição desses projetos é que pelo menos alguns dos que participem façam um uso não artístico dos recursos que eles reúnem. Possibilidade cujo reconhecimento é facilitado por sua modularidade, que permite a incorporação de participantes de várias maneiras e em vários níveis: formulando os projetos, levando as evidências à visibilidade e os enunciados que constituem seus materiais, comprometendo-se com uma acumulação de conhecimentos sobre os quais se montará a produção, ampliando e organizando a coletividade, operando como passo de retransmissão entre esta e seus entornos. Porque essas formas de produção colaborativa que estão orientadas simultaneamente em duas direções, para a produção de objetos e para a produção de identidades, ocorrem em condições de incerteza. Particularmente quando as identidades estão em processo constante de reconfiguração: porque esses projetos se desenvolvem onde os dados da situação não prescrevem qual é a forma que a coletividade está destinada a assumir. Por isso, a maior parte deles se produz em lugares de relativa desestruturação das formas do social: naquelas que Scott Lash chamava de zonas "selvagens", nas quais as identidades são voláteis e as formas da vida comum são continuamente reformuladas. E o lugar conta: porque essas comunidades de produção são *comunidades de lugar* que, ao mesmo tempo que se vinculam a redes, se integram de modos que não são binários (desenvolvidos a partir do estabelecimento de limites rígidos em torno dos quais se diferenciam pertenças), mas – para usar um termo que Lawrence Grossberg usa para se referir às formas de coletividade que têm lugar nos cenários de rock alternativos – *territorializantes*.

As comunidades que se reúnem em torno desses projetos são territorializantes enquanto favorecem a geração de uma consciência de localização que prescinde, no entanto, de toda dramaturgia do autóctone. Consciência de localização que é de certa forma como essa "consciência globalizante" da qual falava Tom Nairn em um texto que citamos no começo deste livro: ela "tem mais a ver com um 'estar no mesmo barco' do que com qualquer forma de exaltada transcendência. O 'barco' pode estar escorando ou afundando, ser instável ou estar com excesso de ocupantes, os passageiros podem estar lutando pelas minguantes provisões de água ou pela direção que o barco deveria tomar. Entretanto, o que chegou a contar como muito mais que qualquer versão da transcendência é o peculiar e incômodo reconhecimento de uma 'sorte comum' irreversível...".

Como se desenvolvem círculos de interdependência que se baseiam nesse "incômodo reconhecimento", mais que em qualquer "transcendência exaltada"? Essa é uma indagação tácita dos projetos. Nesse sentido eles são "laboratórios ao ar livre", experimentações que têm lugar em público, pelas quais um coletivo se consagra a uma produção de fabulações ou de arquiteturas ao mesmo tempo que regula suas interdependências, descobre possibilidades de territorialização e entreabre o território produzido. Daí a importância para os que participam deles da relação com os espaços da arte e da literatura tal como existem, inclusive onde podem se ver como lugares de mera mercantilização. Esses espaços se percebem como fontes de recursos, mas também como âmbitos em que os processos se colocam na presença de qualquer um. É claro que não se trata de propor nesses espaços exposições irreversíveis e definitivas, mas séries de apresentações em cadeia. As apresentações têm no contexto desses projetos menos o caráter de decisões definitivas que de proposições problemáticas: configurações debatíveis, hipotéticas, "configurações vindas de cima" que me encontram no espaço público, se é que sou um observador estranho, como alguém que, dadas as condições, poderia ser parte deles, conjuntos de materiais abertos à reelaboração, entre os quais não se encontra nada que *estabeleça limite* à maneira como o faz uma obra de arte, nenhuma dimensão enclausurada ou caixa-preta. Nos "agregados arriscados" em que esses projetos consistem, nas cenas de atos de exibição e simulações que produzem, se me junto a uma "observação distante", o que observarei é uma *emergência*.

O que é uma emergência? O que as ciências da complexidade chamam de "emergência" ocorre em sistemas de elementos que realizam ações simples, que podem muito bem estar governados em sua interação (ou melhor, "intra-ação", para usar a expressão de Karen Barad) por leis simples, mas que quando se juntam em campos de atividade e impacto produzem regularidades que nenhum exame deles em separado teria permitido prever. Uma emergência não é qualquer fenômeno que se deva à interação de um grupo de elementos, mas uma formação que persiste, embora menos como persiste um objeto inalterável que como um torvelinho subsiste à aparição e desaparição de seus átomos ou um organismo à substituição de suas células. Como os torvelinhos e os organismos, o caráter desses fenômenos é determinado pelo contexto em que ocorrem, contextos com os quais se encontram em relação de intimidade, através das mil zonas de indiscernibilidade que se estendem à sua volta, onde há outras emergências, com as quais interagem, em comunicações nas quais incrementam sua competência: uma emergência é a ocasião de uma aprendizagem.

E uma emergência é analisável; os elementos do sistema no qual se produz analisam a emergência que integram todo o tempo, para converter o que emergiu no ponto de partida de seus desenvolvimentos, de modo que a persistência produzida se prolongue e possa se tornar o ponto de partida de outros processos. Assim ocorre essa "transformação do extremamente improvável no provável", que "é uma característica importante dos sistemas que exibem fenômenos emergentes".[24] Isso comenta John Holland, que assim prossegue: "Mesmo quando as regularidades persistentes mais simples são infrequentes em um procedimento de geração, eventualmente acontecerão se o sistema se desenvolver por algum tempo. Uma vez que acontecem, por definição persistem, convertendo-os em candidatos para se combinarem com outras regularidades persistentes (outras cópias ou variantes). Nesse ponto podem ocorrer regularidades mais vastas com uma persistência e competência incrementadas".[25] Mas então a passagem do "improvável" para o "provável" terá se produzido.

Todos os projetos em que nos detivemos são locais em que se tenta cultivar a potencialidade de uma situação para

---
24. HOLLAND, John. *Emergence. From Chaos to Order*. Reading, MA: Addison-Wesley, 1998, p. 231.
25. Ibid., p. 231.

se organizar de maneira a produzir persistências, que, além de pontos de exposição de um pensamento estranho a si mesmo, são momentos de organização e desorganização que escapam aos atos individuais dos agentes que por meio dela se integram e da qual se reapropriam no decorrer de uma prática. O que observamos em *A comuna*, em *What's the time in Vyborg?*, nos intercâmbios do *Proyecto Venus* ou de Wu Ming, é a repetida articulação de uma cena peculiar: um grupo de indivíduos (de artistas e não artistas), incluindo um enunciado ou uma imagem em um mundo comum em construção, mobilizando-os em discursos novos, integrando-os ao saber comum, "do qual, sem perturbar a segurança, suscitam um imprevisível incremento", como dizia Paul Zumthor referindo-se ao enunciado de poesia oral. Se persistimos na observação, veremos esses projetos se convertendo em pontos de intersecção de diversas trajetórias, em que novidades originadas em algum lugar do espaço ou da rede se integram a dinâmicas de exploração: ao desenvolvimento pausado de coletividades que articulam o incremento de sua integração e o desenvolvimento da coisa (ou do "objeto epistêmico", ou o *gathering*) de cuja composição se ocupam.

Em *De la démocratie en Amérique* [*Da Democracia na América*], Tocqueville afirmava que a democracia possui uma virtude específica: "estender ao longo do corpo social uma atividade inquieta", que é o motor de uma política que "não somente conduza à existência de muitas associações, mas que crie associações extensas". A extensão das associações, na verdade – e o desenvolvimento desse "saber de como combinar" que é "a mãe de todas as outras formas de saber" –, é um valor particularmente elevado. Porque "uma associação política reúne grandes quantidades de pessoas extraindo-as de seus próprios círculos"; assim, "podemos pensar nas associações políticas como grandes escolas livres às quais todos os cidadãos vão para que lhes seja ensinada a teoria geral da associação".[26]

Se os projetos que temos descrito se vinculam a um saber, é a essa "teoria geral da associação" (ou, como a teria chamado Bertold Brecht, a "Grande Doutrina"). É claro que a democracia da qual fala Tocqueville se desenvolvia no horizonte do local, que excedia ao máximo na direção do nacional, que se articulava com um espaço público limitado, vinculado à generalização de uma economia capitalista, das tecnologias de transmissão a distância e da extensão das culturas de especialistas. E o processo no qual esses projetos vêm a se inserir é o da lenta constituição de uma sociedade civil global, em condições de aumento das tecnologias da proximidade, e onde se coloca em discussão o capitalismo efetivamente existente, discussão que recupera menos as instituições dos coletivismos de Estado que outras – mais antigas – figuras do domínio público, o *commons*, o comum.

As formas do regime estético puderam ser desenvolvidas graças à extensão desses espaços de circulação e de se colocar em comum palavras ou imagens que eram os espaços públicos que se estruturavam na primeira modernidade (e que começavam a se desestruturar há algumas décadas). A literatura ou a arte se propunham a inquietar esses espaços e entreabri-los para aquilo que excluíam, o fundo origi-

---

26. Cit. em SKOCPOL, Theda. *Diminished Democracy. From Membership to Management in American Civic Life*. Normar: University of Oklahoma Press, 2003, p. v.

nário, o espaço de anarquia sobre o qual as ordens diversas vinham se apoiar. Por isso se atribuíram uma função particular: a da visibilização do *outro*, que devia permitir aos indivíduos um distanciamento com relação às demandas da modernidade disciplinadora. Do mesmo modo, a formação de um regime prático depende da extensão de certo espaço social e político. Confrontados com a desintegração das formas de organização características da modernidade madura, nos últimos anos da cultura da arte moderna, em um contexto em que as instituições da literatura ou das artes se recompõem em torno de formas particularmente exclusionárias, os artistas e escritores que iniciam essas estratégias ensaiam uma "desinvenção da modernidade". A expressão é de Bruno Latour e se encontra em um livro recente, *Politiques de la nature* [*Políticas da natureza*]. A modernidade, diz Latour, teria concebido a seta do tempo em termos de uma passagem de um estado de mescla a um de distinção: modernizar-se implicava, nesse contexto, distinguir as ciências dos saberes incertos ou das artes das técnicas e desprender a realidade de seus fantasmas. Por isso, a emancipação era concebida como a passagem do confuso para o claro, ou do mesclado para o simples. Mas é possível conceber outra trajetória, orientada por outro desejo: "Nós não esperamos que o futuro nos emancipe de todas as nossas adesões, mas que nos amarre, ao contrário, com nós mais ajustados, a numerosas multidões de *aliens* que tenham se tornado membros com todo direito do coletivo em vias de formação".[27] Daí a necessidade de elaborar as formas que permitam a indivíduos e cole-

---

27. Ibid., p. 254.

tividades desenvolver sua vida na fidelidade a certo imperativo: "na verdade, será preciso nos mesclarmos ainda mais intimamente à existência de uma multidão cada vez maior de seres humanos e não humanos cujas demandas serão cada vez mais incomensuráveis em relação às do passado, e que no entanto deveremos ser capazes de alojar em uma morada comum".[28]

Uma morada ou um veículo: uma vez mais, a consciência da globalização seria não tanto a de uma transcendência exaltada, mas a de um "estar no mesmo barco", encontrando-se o barco desde o começo em condições distantes do equilíbrio. Não é que essa situação não possa causar uma euforia. Mas, com ou sem euforia, um crescente número de artistas que atualmente se consagram articulando processos de produção estética e formas de investigação da "substância da comunidade" se ocupam, como afirmava Wu Ming, da ampliação dos âmbitos de deliberação e da complicação das decisões, em um contexto em que certa *cosmocracia* (para usar a expressão de John Keane) recorre às figuras da violência, à reconstrução identitária, à solução policial dos conflitos. E que coloca os lucros particulares como topo da demanda democrática. Porque o que se trata nesses projetos é de articular em um território multiplicado – entre a instituição global da arte e Vyborg ou St. Pauli ou Buenos Aires, entre a televisão francesa e certo galpão nos arredores de Paris, entre Einaudi e uma passeata em Gênova ou uma sessão na Torre Aquila – uma demanda democrática que não se conforma com a simples afirmação de princípios, mas tenta mobilizar

---

28. Ibid., p. 254.

outros processos de inovação institucional, organizacional, técnica: de inovação no nível das maneiras de articular conversações, distribuir os espaços e suportes para que se estabeleçam posições, situar esses suportes em espaços particulares e esses espaços particulares em redes. Em um momento como o presente, em que se combinam as demandas de uma enorme abundância comunicativa, uma extensão dos transportes que induz o desenvolvimento de trajetórias quebradas e biografias em zigue-zague, assim como de formas de associação inéditas, é difícil pensar em um propósito superior para as artes que o de realizar o que esses projetos se propõem: desenvolver imagens, textos, arquiteturas do espaço e do som, de tal modo que favoreçam a exploração, por parte de coletividades numerosas, de nebulosas sociais nunca condensadas, de seus veículos, moradas ou mundos comuns.